桃北惊雷

【魏义芳 著】

中国华侨出版社
·北京·

图书在版编目（CIP）数据

桃北惊雷 / 魏义芳著. —北京：中国华侨出版社，2021.2
ISBN 978-7-5113-8508-6

Ⅰ.①桃… Ⅱ.①魏… Ⅲ.①长篇小说－中国－当代 Ⅳ.①I247.5

中国版本图书馆CIP数据核字（2021）第010123号

桃北惊雷

著　　者/ 魏义芳
责任编辑/ 高文喆
封面设计/ 吴凤利
经　　销/ 新华书店
开　　本/ 710毫米×1000毫米　1/16　印张/16.75　字数/296千字
印　　刷/ 天津格美印务有限公司
版　　次/ 2021年2月第1版　2021年2月第1次印刷
书　　号/ ISBN 978-7-5113-8508-6
定　　价/ 58.00元

中国华侨出版社　北京市朝阳区西坝河东里 77 号楼底商 5 号　邮编：100028
法律顾问：陈鹰律师事务所
编辑部：（010）64443056　　64443979
发行部：（010）88189192
网址：www.oveaschin.com　　E-mail：oveaschin@sina.com

如发现印装质量问题，影响阅读，请与印刷厂联系调换。

本故事纯属虚构，如有雷同，纯属巧合。

序

魏岳林

2021 年，是中国共产党建党 100 周年，也是中华人民共和国成立 72 周年，中国人民抗日战争暨世界反法西斯战争胜利 76 周年。作为献礼，桃源县本土作家创作的桃源儿女浴血抗战首部长篇小说《桃北惊雷》出版和发行，可喜可贺！

《桃北惊雷》是一部以抗日战争为题材的长篇小说。1943 年，抗战正处于相持阶段，日军为了夺取洞庭湖粮仓，钳制国民党兵力，迫使集结云南的中国远征军回师救援，悍然把矛头指向湘西北常德这一军事要地，与国民党第六、第九战区在以常德为核心的十几个县市进行了一场殊死的血战。这年 11 月，常德会战正酣之际，日军以一个大队兵力，在桃源县热市古镇棠梨岗附近的雷打岩山和鲁家尖山堵击国军 73 军 15 师、74 军 161 帅的增援部队，双方展开激战。经过 10 多天的"拉锯战"。最后以国军攻坚取胜而告终。在援军合围进攻下，侵占常德仅 6 天的日军被迫撤退，国军取得了常德会战的最后胜利。正是在这一历史背景下，作品以细腻的笔调描述了桃源儿女不屈不挠，揭竿举旗，成立桃北抗日喋血队等情节，在桃源县中共地下党的领导下，演绎了一曲可歌可泣的敌后抗日颂歌。作品还揭露了日本侵略者焚烧古镇，血洗热市的残暴罪行。整个故事新颖，曲折离奇，跌宕起伏，结构紧凑……在常德市老干局主办的《正扬网》上连载刊登后，仅 5 月点击量便达 35.47 万，评论 4800 多条，反响强烈。

桃源县是湘鄂川黔革命老区之一，是湘西北成立最早红色政权——徐溶熙苏维埃政权之地，也是红二、六军团非常活跃的地带，先后有 6000 多名桃源子弟参加革命。《桃北惊雷》更以生动文笔展现出桃源儿女在中华民族生死存亡的历史关头，彰显出中国人民伟大的抗战精神，展示了天下兴亡、匹夫有责的爱国情怀，视死如归、宁死不屈的气节，不畏强暴、血战到底的英雄气概，百折不挠、坚忍不拔的必胜信念。

正如习近平总书记指出的，"中国人民抗日战争和世界反法西斯战争，是正义和邪恶、光明和黑暗、进步和反动的大决战。在那场惨烈的战争中，中国人民抗日战争开始时间最早、持续时间最长。面对侵略者，中华儿女不屈不挠、浴血奋战，彻底打败了日本军国主义侵略者，捍卫了中华民族5000多年发展的文明成果，捍卫了人类和平事业，铸就了战争史上的奇观、中华民族的壮举。"

我们庆祝中华人民共和国成立72周年，庆祝中国共产党建党100周年，纪念中国人民抗日战争暨世界反法西斯战争胜利76周年，就是要铭记历史、不忘初心；缅怀先烈、牢记使命；珍爱和平，开创未来。

作者：魏岳林，湖南省桃源县人大常委会主任。

网海飞鸿

张新民等

①张新民点评

中国人民比历史上任何时期都更接近民族复兴的伟大梦想。越是在这样的时候，越是要铭记历史，越不能忘记我们所走过的艰辛曲折的道路，越不能忘记无数英烈先辈所作出的贡献和付出的牺牲。在铭记历史中砥砺民族复兴的坚强信念，弘扬以爱国主义为核心的伟大民族精神，14亿人民就必定能完成几代中国人的夙愿，实现中华民族伟大复兴的梦想。

作家东方鹰（魏义芳）创作的《桃北惊雷》，是以桃源抗日题材为背景的长篇历史小说，是本土作家首部反映桃源军民抗击日寇侵略的历史长卷。作者以流畅的笔墨，伸向那个特殊年代，一群泥腿子的后代（猎人、乡医、裁缝、铁匠、铳佬、农民），在中共桃北地下党的领导下，扬旌举旗，轰轰烈烈。

作者深入实际，借鉴桃源史实，搜集民间传说，终于创作出这样一部豪气干云、感染力很强的抗日题材的历史小说。

作者是常德市老干部网宣协会理事，桃源县老干部网宣协会副会长。作品首发正扬网，是常德市正扬网的荣誉。作品于2019年1月2日开始连载，半年来正扬网阅读读者达32.47万人次，评论4843人次。

习近平总书记强调指出："伟大的抗战精神，永远是激励中国人民克服一切艰难险阻、为实现中华民族伟大复兴而奋斗的强大精神动力"，提出"在新的历史条件下，全党全国各族人民要大力弘扬伟大抗战精神。"八十四年前，卢沟桥的炮火拉开了中国全民抗战的序幕，伟大的抗战精神便从那时起，掀开可歌可泣、波澜壮阔的全民族抗日篇章，直到抗日战争取得全面胜利，中华民族迎来命运的历史转折。八十四年后，抗战精神的力量穿越时空，仍是激励全民族奋进的动力。

2019年恰逢中国共产党建党98周年，中华人民共和国成立70周年。东方鹰，这位有着51年党龄的老党员，年过古稀，再也坐不住了。桃源是一个红色底蕴深厚、红色资源丰富的革命老区大县，从辛亥革命到抗日战争再到解放战争，涌现出了一大批仁人志士和革命先烈，为中华民族翻身得解放奉献了生命、贡献了力量。东方鹰出生于这片红色沃土，对故土有着深厚的感情。他放弃优越的退休生活，查阅史志，调研老区，奔走乡里，阅尽桃北峻岭山川，一个个生动的民间传说，一件件保家卫国的故事融入脑海，他满腔热忱，以每三天一章的速度，半年内完成了这部感人的长篇抗战小说《桃北惊雷》，令人钦佩。

张新民，常德市政协原副主席，常德市老干部网络宣传协会会长。

②毛先金点评

常德古稀老人半年创作一部抗日题材的长篇小说

在"七七卢沟桥事变"82周年前夕，湖南作家、诗人，常德市老干部网宣协会理事，桃源县老干网宣协会副会长魏义芳同志（网名东方鹰），从2019年1月2日开始在常德老干网宣协会的网站《正扬网》连载发表长篇小说《桃北惊雷》，日前胜利收官。真是可喜可贺，可圈可点，可敬可佩！常德出文人、高手在民间。

《桃北惊雷》，是以桃源人民奋起抗日为背景的文学作品，作者深入实际，借鉴桃源史实，搜集民间传说，终于创作出这样一部豪气干云，感染力很强的抗日题材的历史小说。是本土作家首部反映桃源军民抗击日寇侵略的历史长卷。

《桃北惊雷》共58章，20多万字，结构新颖巧妙，故事跌宕起伏，情节扣人心弦，人物形象丰满，语言生动流畅。本书以1943年11月中日常德会战及桃源热水坑战斗为背景，取材当地村巷抗日故事，形象地书写了劫后余生的热市镇人民，面对日寇的焚烧古镇，血洗热市的残暴罪行，揭竿举旗成立桃北抗日喋血队，在中共地下党领导下，众志成城、同仇敌忾、铁骨铮铮、视死如归、气壮山河的抗日爱国主义篇章。

"诚既勇兮又以武，终刚强兮不可凌。身既死兮神以灵，魂魄毅兮为鬼雄"。日军焚烧古镇，血洗热市。劫后余生的桃源子民刘武杰、丁勇、魏丽敏、魏丽霞、赵蕾、郑怡、郑萌、王茹、周邋遢、王东生、林正华、刘长青等人，面对日本的残暴，揭竿举旗，成立桃北抗日喋血队，在中共地下党领导下，演绎了一曲可歌可泣的敌后抗日颂歌。作品人物鲜活，故事新颖，曲折起伏，结构紧凑。

《桃北惊雷》其思想意义远超艺术意义：作品用血泪控诉了日寇屠杀中国人民的血腥罪行，激情地表现了中华民族的觉醒与反抗，形象塑造了常德桃源一批抗日英雄群体，热情讴歌了"天下兴亡、匹夫有责的爱国情怀，视死如归、宁死不屈的民族气节，不畏强暴、血战到底的英雄气概，百折不挠、坚忍不拔的必胜信念"的抗战精神。特别是充分展现了中国共产党在 14 年抗战中的"中流砥柱"的伟大贡献，高度赞扬了中共常德地下党，组织领导常德城乡人民开展有声有色的敌后抗日斗争，肯定和维护了中国共产党在这场民族解放战争中的历史地位。作品还告诫读者弘扬伟大的抗战精神，"铭记历史，缅怀先烈，珍爱和平，开创未来。"这是一部爱国主义的生动教材。

魏义芳同志是个奇人、狠人、不得了的人。他从桃源县公安局退休后十多年来，废寝忘食，专心从事文学创作。他既擅长小说，又擅长诗歌、散文，在全国平面媒体、网络媒体和影视媒体，发表文学艺术作品约达 2000 万字，其中网络作品 766 万多字、诗歌 4000 多首，被大家称赞为本地文学界一只矫健高翔的雄鹰。他不仅是高产作家，而且还是优秀的网络宣传志愿者。《桃北惊雷》是他继《昊鸫惊梦》《铁拐瘸王》《剑啸云天》《大魏雄风》《虎女闯东汉》等长篇小说并改编成电影剧本之后的又一力作。他 2013 年加入常德市老干部网络宣传协会担任理事和正扬网《文史大观》版块版主。在正扬网，他一边自己发表原创博文 704 篇、论坛主帖 2808 篇，一边不辞辛劳地认真及时打理会员文学、文史作品 7200 多篇。他的这种奉献精神令人感动。

正如常德老干网宣协会会长张新民同志赞叹的那样：好一个东方鹰，搏击长空；好一个魏义芳，人生出彩！

毛先金，常德市委原副秘书长，常德市老干部网宣协会常务副会长。

③傅启芳点评

读《桃北惊雷》随笔

《桃北惊雷》是东方鹰先生撰写的一部以抗日战争为题材的小说作品。在正扬网上连续发表，今又将付梓出版，是常德一大文学成就，可喜可贺！

笔者在网上读来，感慨良多，主要有以下几点：

第一，具有强烈的启迪性。作品以史实为背景，再现了当年我国军民浴血抗敌，不怕牺牲的爱国精神。它告诉人们：中华民族是不可战胜的。而永远保持和弘扬爱国主义精神，是人人应有的天职，是战胜一切敢于侵犯我国敌人的最强大动力，这是作品的首要意义。

第二，展现了"中流砥柱"的伟大贡献。中共党史指出：中国共产党是引领中华民族取得抗日战争全面胜利的中流砥柱。作品生动地描写了桃北抗日喋血队，在中共地下党领导下，演绎了一曲可歌可泣的敌后抗日颂歌。因而，桃北抗日喋血队的贡献是应充分肯定的，是党的"中流砥柱"贡献的组成部分。

第三，作品有很强的可读性。结构严谨，故事新颖，跌宕曲折，文笔流畅，读来很有嚼味。

作者：傅启芳，常德市人民政府原副秘书长，常德市正扬网网监员。

④周则强点评

读魏义芳（东方鹰）长篇小说《桃北惊雷》，感觉有"五好"

一是题材重大选择好。84 年前"七七卢沟桥事变"的炮火拉开了中华民族全面抗战的序幕，伟大的抗战精神从那时起激励中华民族英勇奋斗，84 年后抗战精神的力量穿越时空，仍然是全民族奋进的动力。撷取这样的题材可谓高光。

二是本地实际结合好。小说以常德会战为背景，将其延伸至桃北地区，取材于热市人民英勇抗击日寇的故事，很接地气，常德、桃源人民引以为豪、引以为荣。

三是弘扬爱国作用好。作品生动地表现了桃北人民视死如归、不畏强暴、宁死不屈的民族气节与爱国情怀，是一部难得的爱国主义教材。如若拍成电影、电视剧或建立起抗日战争教育基地，其现实作用与历史意义不可估量。

四是结构新颖布局好。《桃北惊雷》共 58 章，20 多万字，结构新颖，布局合理，故事跌宕起伏，常常意料之外却往往是情理之中，扣人心弦，引人入胜，艺术感染力强，值得品味。

五是连载刊出反响好。《桃北惊雷》从 2019 年 1 月 2 日开始，在常德老干网宣协会的网站《正扬网》连载发表，呈现出读者多、跟帖多、评论多和反响好的状况，是难得的长篇小说。大家一致认为魏义芳同志热爱网宣、钟情写作、充满激情与正能量，满怀难得的创作热忱、是难得的文学高才。诚望各级领导、宣传主管部门、文学艺术界予以关注和支持。

作者：周则强，原常德市纪委原常委、原常德市监察局副局长，常德市诗词学会常务副会长兼秘书长，正扬网网监员。

⑤罗志秋点评

贺魏义芳《桃北惊雷》大结局及阅读后感想

热市是一块热土。

早在 1927 年，这里就建立了中共党的支部。大革命失败后，桃源组建了 4 个中共支部，其中有 2 个属于热市。他们举行暴动，参加石门南乡起义，为革命流血，为理想献身，留下许多可歌可泣的动人事迹。

这里山清水秀，林木丰茂，更让人惊奇的是，这里地下有源源不断的温泉不断外涌，自古就称为热水坑。1943 年，日本侵略者占据了这一方宝地，并从这里向黄石、漆河乃至陬市、桃源进犯。

在反抗日军入侵的一幕幕大剧里，有共产党人，有国民党正规军，有民众自发组织的抗日团体，有普通的老百姓。魏义芳的长篇抗战历史小说《桃北惊雷》，就是在这个历史背景下创作的一部优秀的文艺作品。常德本土作家写常德抗战题材的文学作品特别少，这部长篇历史抗战题材的小说，应该是填补了这方面一个空白。

初次看到魏义芳的名字，还以为是一个秀气的女才子，见面才得知是一个五大三粗的男子汉，交流后才明白是一个才高八斗的高产作家。特别是他加入桃源县老干部网络宣传协会后，对他的了解也更加深入。《桃北惊雷》这部作品，并不是他写完后才在《正扬网》进行连载，而是每天创作几千字，再发到《正扬网》上，一个七十多岁的退休老同志，能有这样的才思、这样的精力，让人不得不感到特别的佩服。

他是文字的高手。小说、散文、诗歌样样都写，创作发表的文学作品有 2000 万字以上。其作品见于《当代》《诗刊》《人民文学》《中流》《写作》《世界华文作家》、人民日报、新华社等传媒杂志及报刊。去年还出版了诗歌集《诗风雅韵》、散文集《桃源飞歌》、楹联集《山河壮丽》；他是网络高手，曾当过多家文学网站的版主、主编、总编。至今仍是正扬网《文史大观》版块的版主；他是一个热爱家乡的宣传高手。近些年来，不断以新闻和文学作品反映桃源的变化，讴歌桃源日新月异的发展变化，讲好桃源的故事，树立桃源的形象，为桃源的发展鼓与呼。

《桃北惊雷》已在正扬网连载完毕，相信读者看完这部作品，一定会从作品中感受到正义的力量，感受到人民的力量，感受到党的力量，从而转化为热爱桃源、热爱家乡的力量。

作者：罗志秋，曾任桃源县委党史办主任，桃源县文联主席，现桃源县老干部网络宣传协会会长，常德市老干部网络宣传协会理事。

⑥徐景列点评

人生古稀仍登攀 ——读《桃北惊雷》有感

作家魏义芳先生，笔名东方鹰，笔耕数十载，擅长写小说，创诗歌，撰散文，著作等身，在全国报纸、杂志、网络、影视，发表文学艺术作品约达2000万字，仅诗歌就有9000多首，被大家称赞为不愧文学艺术道路上的一只矫健高翔的雄鹰。虽已年过古稀，却仍以旺盛的精力、昂扬的斗志，废寝忘食，不辍耕耘，其精神可圈可点，其业绩令人敬佩之至。他潜心打造出一部部精品力作，继《昊鹄惊梦》《铁拐瘸王》《剑啸云天》《大魏雄风》《虎女闯东汉》《陈氏风云》《花俏果媚》等长篇之后，马不停蹄，又在最短时间内，创作出20多万字、记述发生在自己老家桃源县热市镇境内当年军民抗战保家乡的一段历史文化的精彩小说《桃北惊雷》，作为一份厚重而宝贵的精神财富已经奉献于世人面前，可喜可贺！

我，是桃源县热市镇人。年少时，曾耳闻长辈们隐约谈起过当地人民英勇抗击日寇的可歌可泣的事迹，但凤毛麟角，极不完全。今感谢魏义芳先生呕心沥血，别具心裁，将完整、系统、周密的故事情节捧献在我们手上。这是一本融思想性、艺术性、科学性、趣味性为一体的精品力作，也是我们当前贯彻学习"不忘初心、牢记使命"主题教育学习的好教材，更是广大读者，尤其是青少年们，不忘过去，牢记历史，敬仰英烈进行思想教育的一份好版本。

《桃北惊雷》的故事发生在1943年冬天，抗日战争正处于中日激烈对峙的胶着状态，不可一世的日本帝国主义如同一只疯狗，将铁蹄践踏遍大半个中国的疆土，烧杀掳抢，实行"三光政策"，无恶不作。那年11月，被称为"东方的斯大林格勒保卫战役"——常德会战激战正酣，日军为堵击我增援部队，狗急跳墙，凶猛反扑，将魔爪伸向了这个名不见经传的小镇——热水坑。一时间，狼烟四起，日寇横行，激起当地人民奋力反抗。在中共地下党的领导下，以刘武杰、刘长青、丁勇、魏丽敏、谢腊梅、姜明、赵敏、郑怡、林涛、郑萌、周邋遢等一批英雄儿女组成的桃北抗日喋血队演绎了一曲曲惊天地泣鬼神的人民战争的颂歌，打败了貌似强大的日本鬼子，令人敬佩、景仰。

《桃北惊雷》篇幅长，容量大，故事完整新奇，情节曲折跌宕，扣人心弦；人物众多，生动活泼，有血有肉；结构宏伟，有起有落，有松有弛，缇沓婉约。作者饱含激情，颇费心机，实地走访，查阅史料，博览群书，以确切的史实为背景，再现我国军民英勇顽强，斗智斗勇，浴血奋战，不怕牺牲的大无畏斗争精神和高尚美德节操！

今天，我们要高举习近平新时代中国特色社会主义伟大旗帜，紧跟党中央，做好本职工作，坚守岗位，矢志不渝，为实现祖国的复兴伟业不懈努力！

作者：徐景列，作家，湖南桃源人，现居广东中山市。桃源县老干部网宣协会常务理事。

⑦张汉平点评

桃源县为革命老区。正扬网上连续登载魏义芳的长篇小说《桃北惊雷》，是桃源县本土作家创作的桃源儿女浴血抗战的首部作品，小说彰显桃源老区革命儿女面对日寇，坚决抗击、威武不屈和爱国爱家的热血情怀！应大赞特赞！

魏义芳既擅长小说，又擅长诗歌、散文，在全国平面媒体、网络媒体和影视媒体，发表文学艺术作品约达2000万字，其中网络作品760多万字、诗歌9000多首，被大家称赞为文学界一只矫健高翔的雄鹰。他不仅是高产作家，而且还是优秀的网络宣传志愿者。《桃北惊雷》是他继《昊鹁惊梦》《铁拐瘸王》《剑啸云天》《大魏雄风》《虎女闯东汉》等长篇小说并改编成电影剧本之后的又一鸿篇巨制。他2013年加入常德市老干部网络宣传协会担任理事和正扬网《文史大观》版块版主。在正扬网，他一边自己发表原创博文704篇、论坛主帖2808篇，一边不辞辛劳地认真及时打理会员文学、文史作品7200多篇。他的这种奉献精神令人感动。

作者：张汉平，原桃源县漳江镇原党委副书记，退休干部，桃源县老干部网络宣传协会理事。

⑧钟兴珉点评

读魏义芳先生《桃北惊雷》

抗日大旗桃北树，惊雷响处放歌吟。

焚烧古镇狼烟起，偷袭大田浴血拼。

正面交锋仇敌忾，暗中较量夺高岑。

英雄浩气千秋在，先烈忠魂意韵新。

作者：钟兴珉，常德市人，作家、诗人，副研究员。常德市《常德诗人》杂志编辑，常德市老干部宣传协会理事，正扬网《诗词雅苑》版主。

⑨李顺华点评

东方鹰，早已闻名遐迩，他曾在正扬网上发表过创作的长篇连载《虎女闯东汉》，这次又创作出一部抗日题材的长篇小说，足见其具有深厚的文学功底和浓浓爱国情怀。很难想到他是乡土作家已是古稀之龄。魏老，你是常德市老干网宣协会的骄傲！我们为您自豪！

作者：李顺华，汉寿人，汉寿县老年大学校长，汉寿县老干部网宣协会会长，常德市老干网宣协会理事。

惊雷响处发歌吟

——品读魏义芳先生新作《桃北惊雷》　　钟兴珉

中国人民历经十四年的抗日战争，虽经历史长河的冲洗，至今却依然是熠熠生辉，历久弥新，并不断地激励、影响着后人。英勇悲壮的抗日颂歌不计其数，正如有一万个观众，就有一万个哈姆雷特一样。每个中国人心中的抗日战争，都是可歌可泣的；自然每个作者笔下的抗日战争，自然也是精彩纷呈、各有千秋。

魏义芳先生的新作——长篇小说《桃北惊雷》，以故乡桃源人民奋起抗日为时代背景，其独特的情节意境与现代文化交汇融合，从而丰富了中国特别是沅澧大地文化艺术的肌体。

此书分6卷共58章，洋洋洒洒20多万字，字里行间，渗透了作者对那个血雨腥风特殊年代的关注。在作者的笔下，　支由猎人、乡医、裁缝、铁匠、铳佬、农民组成的"桃北抗日喋血大队"，在中共地下党组织的领导下举旗义事、立刀扬威，他们"杀鬼子，保家国"。

穷凶极恶的日军，为了夺取洞庭鱼米之乡，钳制中国兵力、迫使集结云南的中国军回师救援，悍然进犯湘西北重镇——常德。

1943年11月，常德会战进入了白热化。狗急跳墙的日军，焚烧古镇，血洗热市。不屈不挠的桃源子民面对倭寇，奋起抗击，用生命和鲜血谱写了一篇篇感天动地的抗日诗章。

浏览全书，感到作品不仅故事新颖、曲折跌宕，而且结构紧凑、豪气干云。

热市镇，地处桃源县西北边陲，东与石门县接壤。桃花源，自东晋陶渊明《桃花源诗并记》诞生之后便扬名于海内外。这里本是人们所向往的人人平等、自由、康宁、和睦的理想社会，然而日军的到来不仅打破了这人间乐土的宁静，而且由于他们实施的"三光政策"，激起了善良淳朴的桃源乡亲们的奋起反抗。

书中写到：这是一条热水河，这是一条母亲河。区内有一温泉，恒温常年保持37C左右。温泉因含有多种对人体有益的矿物质……温泉流入小溪，小溪400多米内外都是温水。无论是春夏秋冬，小溪便漾满欢歌笑语……这就是作者笔下的桃源故土。也许是因为此故事，发生在魏义芳先生的家乡，所以魏先生有一种独特的生活感受和对生命的深刻体验。家乡的山山水水，历经战火的洗礼越发雄强、伟丽。如作者在五十八章中写到的："清晨，万籁俱寂。东边的地平线上泛起的一丝丝亮光，小心翼翼地浸润着浅蓝色的天幕，新的一天从远方渐渐地移了过来。战后的老爷岭，显得格外宁静……"这些，让人读来自然会激起情感之涟漪。为了保卫这一方宁静而美丽的山水，面对凶残成性的日本侵略者，乡亲父老自发地组织起"桃北抗日喋血大队"。刘武杰、丁勇等人，他们个个智勇双全且功夫了得；还有巾帼英雄姐妹花魏丽敏、魏丽霞。进入桃北抗日喋血队之后，她们成了敌人闻风丧胆的"飞针女侠"。喋血队的口号很简单却很有号召力："杀鬼子，保家国！"

一个作家的才华与灵感，就像种子，需要一块合适的土壤方可生根发芽。自古就有"福地洞天"之称的人间仙境桃花源，就是这样一块能够激发魏先生创作灵感、热情、听任其倾吐衷肠的沃土。

于是，渊深的文化底蕴、开阔的精神视野、丰富的人生阅历便在此交织、融合，从而构成魏义芳先生把握文学艺术的自我表现方式。"我们现在是有组织的人了，一切听从指挥，一切服从命令。我们一定要用自己的实际行动，让鬼子看看，古镇的人民不是好惹的！"这是桃北喋血队员们的铮铮誓言。

在极其艰苦而又凶险的战斗中，刘武杰、丁勇他们时刻牢记这一誓言。面对桃北喋血队的一次又一次沉重的打击，日军中队长木村一郎不禁叹息："从五台山我联想到五雷山，在中国的土地上，处处是风景，处处又是坟墓"。确实，泱泱华夏，处处都是美丽的风景，处处都是埋葬日本侵略者的坟墓！

在魏义芳先生的笔下，桃花源不仅是世人理想的幸福家园，也是埋葬一切外来侵略者的坟墓。一个时代，有一个时代的文学作品。今天，我们捧读魏义芳先生的《桃北惊雷》，仿佛又看到了多年前中国人民在日寇面前舍生忘死、英勇拼搏的情景。

"……桃北抗日喋血大队与前来支援的县中队，没有被数倍于我的日军优良装备所吓倒，我们挺直腰杆，运用有利地形与敌人巧妙周旋，后转入围追、阻截、穿插、分割，像磁铁一样黏住小日本清水大队，创造了桃源抗战史上的奇迹。一个完整建制的日本大队被我们蚕食了，真是打得痛快至极……"这是桃北喋血队副大队长丁勇在一次战友追悼会上说的。

丁勇还说：……今天，我们在硝烟未散尽的土地上，追悼我们逝去的战友，他们的精神永存。我们每一个活着的人都会继承他们的遗愿，践行喋血队成立时的誓言，一定要把小鬼子赶出桃源，一定要把小鬼子赶出中国！丁勇的这番话，可以说是魏义芳先生构成此书的脉络。

桃北喋血队成员，虽然都是土生土长的桃源人，但残酷的战争环境锤炼了他们。经过枪林弹雨的洗礼，使这些祖祖辈辈生活在乡下的农家子弟明白了：只有紧跟中国共产党拿起枪杆子，与那些灭绝人性的敌人作斗争，才有活路。在现代如何写抗日战争体裁的作品，怎样才能突破传统的束缚而满足当代人的文化需求，滋养当代人的精神世界？魏义芳先生用独到的眼光，用相对成熟的文学艺术形式和表现手法，从抗日战争这个大时代环境中汲取营养，从熟悉的题材中精挑细选然后再甄别、剪裁，这样历史题材的作品便展现出原有的特色，令世人从现实生活的广阔天地里仿佛又看到了当年中国人民那种面对外国列强，前赴后继、不怕牺牲、英勇顽强的奋斗精神。

一部好的作品，必须要有属于它自己的东西，也就是说一部好作品，应该呈现出异质性的审美来。《桃北惊雷》，优秀之处就是创新，是触及源头的开阔境界。

《桃北惊雷》在创作手法上，与以往魏义芳先生的其他作品有新的大胆的突破。其表现为真诚、简明、直接而深刻。习近平总书记在文艺工作座谈会上的重要讲话中指出："传承中华文化，绝不是简单复古，也不是盲目排外，而是古为今用，洋为中用，辩证取舍，推陈出新，摒弃消极因壤，继承积极思想，'以古人之规矩，开自己之生面'，实现中华文化的创造性转化和创新性发展。"

作家的胸襟，必须开阔；作家的眼光，必须独到。这种开阔、这种独到，不是善于发现稀罕物，而是独到在他人于百遍千遍念叨熟悉的东西，更别出心裁别出新语、别出新章，从而给人一种思辨性的启示和人生的警策。在书中有这样一个细节，耐人回味：在一次追击中，喋血队员利用杂草树木的掩护寻找逃窜的日军。突然嗖的一声窜出一只兔子，把逃亡中的铃木吓了一大跳。而这只奔忙中的兔子正好帮了喋血队员的大忙：因为让他们发现了"猎物"……在魏义芳先生的笔下，不管是杂花还是丛草，也不管是飞禽还是走兽，都是温热的鲜活的生命之体，都似乎有七情六欲有希望有憧憬。正是因为有这种灵性这种爱、正是赖有这种热忱与执着，所以魏先生在古稀之年对抗日战争这种大背景、大体裁有了一种全新的感悟。

在他的笔端，始终彰显着那种顽强生命的坚韧和张力以及对正义的颂扬和对邪恶的鞭笞。这是一个作家积极的人生，是人世的态度，更是一种有为和对人间走一遭的负责。小说情节尽管多为虚构，但蕴含着作者深厚的人生体验，给人以心理上的撞击，从而引起感情上的共鸣。

人生易老，而魏义芳先生宝刀未老，有诗曰：

抗日旌旗桃北树，惊雷响处放歌吟。

焚烧古镇狼烟起，偷袭大田热血拼。

正面交锋同敌忾，暗中较量挽时轮。

英雄浩气千秋在，心织笔耕意韵新。

2019 年 7 月 10 日

作者：钟兴珉，女，湖南常德市人。作家，副研究员。常德市老干部网宣协会理事，常德市诗词学会常务理事，《常德诗人》编辑。

主要人物

桃北抗日喋血大队：

大队部：

刘武杰：男，46岁，猎人，狙击手，桃北抗日喋血大队大队长。

刘长青：男，42岁，曾任中共桃北地下党负责人，后任桃北抗日喋血大队政委。（牺牲在老爷岭指挥部）

丁　勇：男，44岁，猎人，狙击手，桃北抗日喋血大队副大队长，刘长青牺牲后，接任政委。

魏丽敏：女，28岁，祖传中医世家，与妹妹魏丽霞为双胞胎姊妹。桃北抗日喋血大队参谋长。刘武杰表妹。

赵　敏：女，26岁，桃北抗日喋血大队作战参谋。

林　涛：男，30岁，桃北抗日喋血大队作战参谋。（牺牲在老爷岭指挥部）

王东生：男，32岁，桃北抗日喋血大队战勤参谋，后任机炮分队副队长。

郑　萌：女，24岁，铳佬长女，桃北抗日喋血大队保障分队队长，后任抗日喋血大队战勤参谋。

特战队：

张　虎：男，34岁，猎人，狙击手。桃北抗日喋血大队特战队队长。

姜　明：男，30岁，猎人，狙击手。桃北抗日喋血大队特战队副队长，擅长使用毒物（毒蜂、毒蛇）袭击敌人。

李三子：男，32岁，猎人，狙击手。桃北抗日喋血大队特战队战斗小组长。

张二姥：男，31岁，猎人，狙击手。桃北抗日喋血大队特战队战斗小组长。

刘柳生：男，33岁，猎人，狙击手。桃北抗日喋血大队特战队队员。

谢金山：男，35岁，猎人，狙击手。桃北抗日喋血大队特战队队员。

吴丽达：男，34岁，猎人，狙击手。桃北抗日喋血大队特战队队员。（泥鳅岗负伤，后被五雷山住持张天华救活。）

莫新华：男，33岁，猎人，狙击手。桃北抗日喋血大队特战队队员。

王　新：男，33岁，猎人，狙击手。桃北抗日喋血大队特战队队员。

吴祖鑫：男，36岁，猎人，狙击手。桃北抗日喋血大队特战队队员。

李民生：男，32岁，战士，狙击手。桃北抗日喋血大队特战队队员。（泥鳅岗牺牲）

姜　伟：男，32岁，战士，狙击手。桃北抗日喋血大队特战队队员。（泥鳅岗牺牲）

战斗分队：

第一分队：

赵　蕾：女，25岁，铁匠女儿，桃北抗日喋血大队第一分队分队长。

王　茹：女，22岁，裁缝女儿，桃北抗日喋血大队第一分队副分队长。（泥鳅岗负伤，后被五雷山住持张天华救活。）

游华玲：女，24岁，木匠女儿，桃北抗日喋血大队第一分队第一班班长；副班长谢金明。

廖兴吉：男，26岁，桃北抗日喋血大队第一分队第二班班长（无名高地牺牲）；副班长张少华（无名高地牺牲）、刘兴亚、刘华兴。

左三星：男，28岁，桃北抗日喋血大队第一分队第三班班长；副班长钟黎明。（泥鳅岗牺牲）

第二分队：

谢腊梅：女，28岁，五雷山道观平辈第一剑，桃北抗日喋血大队第二分队分队长。

刘大中：男，29岁，猎人。桃北抗日喋血大队第二分队副分队长。

田新伟：男，24岁，桃北抗日喋血大队第二分队第一班班长。

张荷花：女，30岁，谢腊梅表嫂，桃北抗日喋血大队第二分队第二班班长；副班长覃光威。

谢云山：男，35岁，桃北抗日喋血大队第二分队第三班班长。

第三分队：

郑　怡：女，18岁，铳佬次女，战勤参谋郑萌妹妹，桃北抗日喋血大队第三分队分队长。

田大中：男，28岁，桃北抗日喋血大队第三分队副分队长。

陈高山：男，31岁，接替王东生任桃北抗日喋血大队第三分队第一班班长。

宋元明：男，28岁，桃北抗日喋血大队第三分队第二班班长。

沙小明：男，25岁，桃北抗日喋血大队第三分队第二班班长。（泥鳅岗牺牲）

王大胆：男，26岁，桃北抗日喋血大队第三分队第三班班长。

枪炮分队：

周邋遢：男，52岁，猎人，狙击手。桃北抗日喋血大队枪炮分队分队长。

王东生：男，32岁，桃北抗日喋血大队战勤参谋，后任桃北抗日喋血大队机炮分队副队长。

张新华：男，30岁，桃北抗日喋血大队枪炮分队92步兵炮炮长。

后勤保障分队：

魏丽霞：女，28岁，祖传中医世家，是魏丽敏的双胞胎姊妹。喋血大队后勤保障分队分队长。刘武杰表妹。

林正华：男，26岁，桃北抗日喋血大队后勤保障分队副分队长，主管装备物资。

张　力：男，32岁，医生，桃北抗日喋血大队后勤保障分队副分队长，主管医药、战场救护。

罗沅澧：男，26岁，神枪手，桃北抗日喋血大队后勤保障分队炊事班班长。

县中队：

廖新华：男：35岁，桃源县县中队队长。

中共桃北地下党：

谢　云：男：40岁，中共桃北地下党负责人。

国军系列：

梁祗六：男，48岁，号达濂，湖南安化人。时任国军第73军15师中将师长。

赵正华：男，32岁，国军第73军15师司令部侦察参谋。

张爱财：男，35岁，国军第73军15师梁祗六师长副官。

刘　岗：男，26岁，国军第73军15师警卫排副排长。

张　欣：男，24岁，国军第73军15师警卫排副排长。

王一之：男，38岁，国军第73军15师45团团长。

谢儒轩：男，34岁，国军第73军15师45团二营营长。（热市阵地牺牲）

钟　琪：男，28岁，国军第73军15师45团一营一连连长。（热市阵地牺牲）

刘中杰：男，25岁，国军第73军15师45团一营一连一排排长。

席仲武：男，29岁，国军第73军15师45团一营二连连长。（热市阵地牺牲）

董陈烨，男，21岁，国军第73军15师45团一营二连上等兵。（热市阵地牺牲）

五雷山道观：

张天华：男，52岁，五雷山道观住持。

林少杰：男，50岁，五雷山道观监院。

左中文：男，46岁，五雷山道观都管。

张美娇：女，28岁，五雷山道观观音阁堂主。

谢腊梅：女，28岁，五雷山道观平辈第一剑，后下山参加桃北抗日喋血大队，任第二分队分队长。

欧阳毅：男，32岁，五雷山道观朝圣门堂主。

日军系列：

野泽联队：

野泽雄男：男，48岁，大佐，日军野泽联队联队长。

何野青光：男，32岁，大尉，日军野泽联队92炮兵中队中队长。

清水大队：

清水友林：男，40岁，中佐，日军清水大队大队长。（老爷岭毙命）

木村一郎：男，38岁，中佐，原日军木村中队中队长，清水友林阵亡后，继任木村大队大队长。（无名高地毙命）

藤原武广：男，36岁，大尉，日军清水大队执行官。（兀岭毙命）

麻生玖富：男，34岁，大尉，日军木村大队执行官。（豹子嘴毙命）

石井三郎：男，32岁，少尉，日军清水大队炮兵小队小队长。（老爷岭毙命）

森田宝二：男，35岁，少尉，日军清水大队机枪小队小队长。（老爷岭毙命）

大田武夫：男，28岁，日军木村大队竹田小队第三分队分队长。（老爷岭毙命）

高木武夫：男，26岁，日军木村大队警卫分队分队长。（豹子嘴毙命）

佐藤奋勇：男，32岁，中尉，日军木村大队炮兵小队小队长。（豹子嘴毙命）

木村中队：

木村一郎：男，38岁，大尉，日军木村中队中队长，清水友林毙命后，继任木村大队大队长。（无名高地毙命）

川岛明雄：男，34岁，中尉，日军川岛中队中队长，原木村中队第一小队小队长，木村一郎上调大队后他接任中队长。（老爷岭南峡谷毙命）

猪爪进山：男，33岁，中尉，日军木村中队执行官。（兀岭毙命）

江口广日：男，35岁，中尉，日军川岛中队执行官。（老爷岭毙命）

田野少中：男，34岁，少尉，日军木村中队第一小队小队长。（老爷岭毙命）

小林英松：男，36岁，少尉，日军木村中队第一小队小队长。（兀岭毙命）

渡边大男：男，32岁，少尉，日军木村中队第一小队小队长。（泥鳅岗毙命）

田园一夫：男，25岁，川岛中队第一小队第一分队分队长。（泥鳅岗毙命）

山口生发：男，26岁，川岛中队第一小队第二分队分队长。（泥鳅岗毙命）

新进雄大：男，28岁，川岛中队第一小队第三分队分队长。（泥鳅岗毙命）

佐藤亚男：男，35岁，少尉，日军木村中队第二小队小队长。（兀岭毙命）

藤原墨夫：男，30岁，少尉，日军木村中队第二小队小队长。（老爷岭毙命）

竹田川边一夫：男，33岁，少尉，日军木村中队第二小队小队长。（豹子嘴毙命）

楠木正光：男，33岁，少尉，日军木村中队第三小队小队长。（老爷岭毙命）

上石安康：男，31岁，少尉，日军木村中队第三小队小队长。（老爷岭毙命）

田中一光：男，30岁，少尉，日军木村中队第三小队小队长。（无名高地毙命）

宝木新文：男，29岁，少尉，日军木村中队机枪小队小队长。（兀岭毙命）

松山武南：男，29岁，少尉，日军木村中队机枪小队小队长。（老爷岭南侧丘岗毙命）

铃木中队：

铃木俊雄：男，36岁，大尉，日军铃木中队中队长。（西北丛林毙命）

高木雄武：男，32岁，中尉，日军铃木中队执行官。（西北丛林毙命）

松井俊男：男，32岁，少尉，日军铃木中队第一小队小队长。（银梭岭东

北侧长岭毙命）

网代新雄：男，34岁，少尉，日军铃木中队第一小队小队长。（银梭岭东北侧长岭毙命）

西村雄男：男，31岁，日军铃木中队第一小队第一分队分队长。（银梭岭东北侧长岭毙命）

中野伟光：男，28岁，日军铃木中队第一小队第二分队分队长。（银梭岭东北侧长岭毙命）

木下三郎：男，26岁，日军铃木中队第一小队第三分队分队长。（银梭岭东北侧长岭毙命）

松尾明雄：男，25岁，日军铃木中队第一小队机枪分队分队长。（西北丛林毙命）

苏我五六：男，30岁，少尉，日军铃木中队第二小队小队长。（西北丛林毙命）

土蜘蛛荣光：男，32岁，少尉，日军铃木中队第三小队小队长。（西北丛林毙命）

渡部光影：男，34岁，少尉，日军铃木中队机炮小队小队长。（西北丛林毙命）

冈本中队：

冈本秀林：男，35岁，大尉，日军冈本中队中队长。（泥鳅坡毙命）

吉野秀夫：男，34岁，中尉，日军冈本中队执行官。（泥鳅坡毙命）

佐藤宏二：男，31岁，少尉，日军冈本中队第一小队小队长。（泥鳅坡毙命）

大野明雄：男，32岁，少尉，日军冈本中队第一小队小队长。（泥鳅坡毙命）

阿部光用：男，26岁，日军冈本中队第一小队第一分队分队长。（泥鳅坡毙命）

河野清光：男，27岁，少尉，日军冈本中队第二小队小队长。（泥鳅坡毙命）

麻生大男：男，25岁，少尉，日军冈本中队第二小队小队长。（剖腹自杀）

石川高广：男，30岁，少尉，日军冈本中队第三小队小队长。（泥鳅坡毙命）

酒井大队：

酒井生发：男，42岁，中佐，日军酒井大队大队长。

松山中队：

松山民夫：男，36岁，大尉，日军松山中队中队长。（热市阵地毙命）

黑木东旺：男，25岁，少尉，日军松山中队第一小队小队长。（热市阵地毙命）

岸谷中队：

岸谷胜男：男，34岁，大尉，日军岸谷中队中队长。（热市阵地毙命）

仓木中队：

仓木仰光：男，35岁，大尉，日军仓木中队中队长。（热市阵地毙命）

宫崎大队:

宫崎一川:男,34 岁,中佐,日军宫崎大队大队长。(热市阵地毙命)

社会:

刘大佬:男,24 岁,农民,古镇热市高灵洞人。给国军 15 师尖刀排带路,焚烧日军驻热市澡堂街军营。

杜胜明,男,绰号"六斤半",48 岁,古镇永风村最大的土豪。女婿,日军翻译官在此。杜胜明伙同女婿出卖情报,带领日军血洗村庄。

关押地下党交通员谢伟松,配合日特布下机关,诱捕我喋血队员。汉奸。后为抗日喋血大队征集军粮。

万福来,男,绰号万癞子,52 岁,古镇永风村人。家有良田百亩。鬼子进驻热市后,曾出任维持会长,汉奸。后为抗日喋血大队征集军粮。

谢三运,温泉村人,开有纱厂和服装厂。鬼子血洗热市古镇时,屈膝投降,汉奸。后为抗日喋血大队征集药品。

向明生:男,45 岁,曾任中学桃北地下党支部书记,叛徒。(古镇外二公里自杀)

张立生:男,38 岁,交通员,叛徒。(被镇压)

罗一鸣:男,37 岁,交通员,叛徒。(被镇压)

楔子

　　抗日战争格外艰险，牺牲和流血时时威胁着人们。日本侵略者为了慑服中国人民，仅在南京一地，就杀害了我国三十万同胞。但中国人民并没有被吓倒，没有俯首甘当亡国奴，而是竭力奋战。虽然蒋介石下令几十万东北军不抵抗，而东北军将士却求战心切，直至以兵变逼蒋抗日，许多烈士为了保卫祖国，赴汤蹈火，血战沙场。在平型关战役中对顽抗的日军白刃格斗；在阳明堡战斗中，怀抱一捆手榴弹抓住敌飞机一起在空中爆炸；八女投江决不屈服。这一切都源于中华民族几千年来形成的不畏强暴、英勇顽强的民族传统。中华民族的民族精神是伟大的，这是外国侵略者不能灭亡中国的根本原因，也是抗日战争胜利的基础。

　　1943 年，抗战正处于中日对峙阶段，日军为了夺取洞庭湖粮仓，钳制国民党兵力，迫使集结云南的中国远征军回师救援，悍然把矛头指向湘西北常德这一军事要地，与国民党第六、第九战区在以常德为核心的十几个县市进行了一场殊死的血战。国民党中将师长余程万被命令死守孤城。日军战后以"凄绝"形容常德保卫战，承认中国军队的抵抗，"堪为保卫上海战役后最激烈之一次"。

　　1943 年 11 月，常德会战正酣，日军为堵击我增援部队，以一个大队兵力，于那年旧历 10 月 19 日、10 月 20 日，分两批抢占了棠梨岗两边的高山（云盘山和梳背岭）。时隔四天，国民党 73 军 15 师，74 军 161 师分别从慈利、石门、桃源方向派部队到棠梨岗附近的雷打岩山和鲁家尖山设立据点，直接与日军展开激战。双方僵持了 10 多天，打成了"拉锯战"。当时固守常德的国民党 74 军 57 师将士正浴血奋战，伤亡殆尽已渐渐不支，亟待援军通过热水坑增援。这千钧一发之际，蒋介石严令 73 军汪之赋军长："限 24 小时夺取热水坑高地，不成功，则成仁！"汪之赋接令后即下死命令由 73 军 15 师师长梁祗六少将亲率第 45 团（实编两个营）及师直属队由慈利城郊长途奔袭，务求一举攻占。梁师长临危受命，

25

于 1943 年旧历 11 月 24 日夜九时率部出发，沿着崎岖山路，以强行军速度向热水坑疾进。凌晨二时许，接近敌据点，部队停下待命，作战斗准备。日守敌经连日苦战，十分疲惫，戒备松懈。日军在热水坑前山高地上派有双岗，这时两个哨兵都歪坐在掩体内打瞌睡。我尖兵隐蔽接近，手起刀落，把他们双双送上西天。按原定部署，我分东西两路从正面强攻日军固守的两个据点，另派预备队从南路攀爬悬崖陡壁出其不意从敌背后偷袭敌人。战斗开始，梁师长亲自指挥炮兵集中全部火力射击，掩护步兵有进无退的波浪式冲击。拂晓前完全占领敌两个据点，历时三小时，创造了 15 师攻坚战的光辉战例。在援军合围进攻下，侵占常德仅 6 天的日军被迫撤退，国军取得了被称为"东方的斯大林格勒保卫战"的常德会战的最后胜利。

日军焚烧古镇，血洗热市。劫后余生的桃源子民刘武杰、丁勇、魏丽敏、魏丽霞、赵蕾、郑怡、郑萌、王茹、周遍遍、王东生、林正华、刘长青，面对小日本的残暴，揭竿举旗，成立桃北抗日喋血大队，在中共地下党领导下，演绎了一曲可歌可泣的敌后抗日颂歌。作品故事新颖，曲折离奇，结构紧凑，豪气干云。

目录

CONTENTS

第四卷　形神笔肖

第五卷　拍案称奇

第六卷　走向胜利

第一卷

古镇遭劫

第一章

焚烧古镇

　　热市镇地处桃源县西北边陲，东与石门县蒙泉镇接壤，南接双溪口镇，西界慈利县二坊坪镇，西南与九溪、郝坪乡相连，北与慈利县零溪镇、广福桥镇毗邻。是通往慈利、永顺、保靖、龙山、桑植五县的咽喉，地处要冲。历史上这里是兵家必争之地，古老的山道上，走过秦朝将弁、汉代役卒、唐宋铁骑、明清兵士……

　　热市历史悠久。北宋在桃源县设立五寨，即汤口寨、桃源寨、黄石寨、白崖寨、白砖寨，汤口寨即今热市镇汤口村。1943年旧历十月十九日、十月二十三日，日军先后两批从石门、慈利方向窜至热水坑，驻扎在热水坑洗澡堂边的一条街上，同时抢占了澡堂两边高山，在云盘山和梳背岭修筑工事作为据点，用以堵击我从慈利方向来救援常德的部队。

　　进驻热市的是日军一个中队，中队长木村一郎大尉，长得五大三粗，生性残暴，他从士兵混到现在的位置，全靠他那烧杀掳掠的残忍习性，双手沾满了中国人民的鲜血。

　　少尉田野少中急急忙忙地报告："进驻古镇热市，请大尉示下！"

　　"粮食、花姑娘的干活，男人们通通地枪毙！"木村一郎发疯地说。

　　"明白！"田野少中一声立正，带领一小队鬼子向古镇跑去。

　　乌云密布，狗汪鸡飞。霎时像瘟疫席卷热市古镇。

　　王裁缝躺在偏屋，不时发出阵阵咳嗽。女儿王茹一溜烟进屋："爸，您快到地窖躲一下，日本人进镇了！"

　　"这些遭天杀的畜生，中国人不是好惹的！"王裁缝愤愤地说，起身拿起了戒尺。

　　"爸，您还是走吧！"王茹催着说。

"哐"的一声，堂屋祖坛那只香炉被持枪的日本兵挑下，随即叮当咣啷，屋里一片狼藉。

王裁缝忍无可忍，扬起戒尺，哧的一声扎进日本兵的右眼，痛得鬼子直转圈。日本兵听到同伙哀叫，一下窜进来四个。高个举枪打中王裁缝，王裁缝慢慢倒了下去。王茹不顾一切扑了上去："爸，您醒醒！"

闻信赶来的王茹母亲，拿着一把菜刀向日本兵冲去，没等近前，三把刺刀捅进了她的前胸，顿时倒在血泊里。王茹随手拾起一把板凳，向日本兵砸去。

"花姑娘！吆西！"日本兵一下弃了手中武器，一名下士指挥着将王茹绑了，悬吊在房梁下。

"畜生，不得好死的一帮畜生！"王茹怒骂道。

"嘿嘿，咱今日好好地欣赏桃源的花姑娘！"下士嬉笑着，突然伸手撕掉王茹上衣，王茹胸部裸露着。乱哄哄传来一阵淫笑。

"下士，您何不将她留着遮羞布一并除掉呢？"一日本兵朗声笑道。

"你的工作，我们的欣赏！"下士大大咧咧说道。

高个日本兵受宠若惊，快步奔向王茹。当高个日本兵罪恶的手伸向王茹裤子时，只见两个人影一闪，4名日本兵中招，哼都没有哼一声就歪倒在一边去了。

这两位不是别人，正是古镇人见人爱的双胞胎姊妹花。姐姐叫丽敏、妹妹叫丽霞。姊妹俩从小跟着祖父钻研中医，特别是银针习得出神入化。方圆百里无人不晓。飞针取穴，针法了得。誉为"飞针仙女"。

王茹一看："两位姐姐快来救我！"

魏丽敏、魏丽霞姐妹迅速解掉索套，将王茹放了下来，穿好衣服，说声："走，我们到溪边去！"

古镇冒起浓烟，热浪阵阵袭人。刘武杰尾随丽敏、丽霞背后，他是双胞胎姊妹的表哥，热市古镇出名的猎人。小日本窜进古镇，他对姐妹放心不下，悄悄地跟在后面，保护小姐妹的安全。他亲眼看见丽敏姐妹进了王裁缝的屋，救下王裁缝的女儿王茹，他本想上前帮忙，可他多了个心眼，静观事态的变化。恰好这时一个日本兵挑着一只鸡路过，那双贼眼滴溜溜地往屋里溜，他一使绊腿，那家伙呼的一声倒下，刘武杰就势一脚，那混蛋日本兵头一歪，便随他的同伙报到去了。刘武杰听说姐妹们去溪边，他从另一条路抄捷径赶到了前面。

少尉田野少中的小队在追赶无辜的居民，惊叫声中混杂着稀疏的枪声。风声鹤唳，惨不忍睹。

丽敏姐妹搀扶王茹，飞快来到溪边，这是一条热水河，这是一条母亲河。这个地区内有一温泉，水温常年保持 37℃ 左右。温泉因含有多种对人体有用的矿物质，对关节炎、骨髓炎、皮肤病和妇科病等有不同的疗效。温泉流入溪水，小溪 400 米内都是温水。古镇有一条不成文的约定，上游 200 米为男性区域；下游 200 米为女性区域。无论男女老少，无论春夏秋冬，小溪便漾满了欢乐的笑声。

清代诗人白介庵有一首七律《温泉烟暖》，这样盛赞大自然奇迹：卓锡何年记上方 / 喧波玉暖玉泉乡 / 花迷铜浦能疗疾 / 露邑铅溪可洗肠 / 一滴绿澄留法界 / 半瓶红冷籍慈航 / 搜奇岂与穷山叶 / 踏破青莎兴未央。

饱含矿物质的温水溪，是大自然对古镇人们的馈赠。这里不仅可以解乏，还可以疗伤。丽敏姐妹搀扶王茹到溪边，姐妹俩是想帮王茹疏通血脉。

"王茹姐，你下肢还肿胀么？"魏丽敏边按摩边问道。

"丽敏姐，现在好多了。谢谢你们的救命之恩！"王茹动情地说，"可我的爹妈死得太惨了，老爹尽管有病，妈妈平常连杀鸡都不敢看，居然拿着菜刀跟日本鬼子拼上了，他们活出了中国人的骨气！"

"王茹姐，你不要过于悲伤，大叔虽然只是个裁缝，那柄戒尺居然刺瞎了日本鬼子的眼睛！是我辈崇敬的英雄！"魏丽霞安慰道。

"刚才你们姐妹俩飞针取穴，日本兵来不及想就见阎王了，真的大快人心！我对你们的机智勇敢，真是佩服。听这枪声，古镇乡亲一定有不少兄弟姐妹遇难了！该天杀的小日本畜生！"王茹感慨地说。

"这小日本一来，咱们就没有好日子过了。姐，你想没想过我们以后怎么生活？"魏丽霞昂起头，用征询的口吻望着姐姐丽敏说。

这个问题一提出，王茹也把目光投向魏丽敏。

丽敏知道，这不是一般的问题，面对鬼子的凶残，小镇人能做什么呢，只有奋起反抗。前几天，她听表哥说，国军的队伍正在向古镇移动，她知道，要是表哥在就好了。为了不使妹妹失望，她坚定地说："杀日本！"

"杀日本！好哇、好哇！"丽霞高兴地摇晃姐姐。

"怎么杀，谁来组织……"王茹自言自语。

"是呀？姐姐，您就当我们的头吧！"丽霞望着姐姐说。

"狗养的小日本，我教你追花姑娘！"只见对岸河沿上一女子扬起拳头狠狠地往下砸，那样子不亚于武松打虎。

"丽敏姐，你看，又一个打虎英雄！"王茹高兴地说道。

"那不是铁匠女儿赵蕾吗？"魏丽敏说。

"真是赵蕾,好样的!赵蕾……"魏丽霞扬起嗓子喊道。

"哎……我来了!"赵蕾回答道。

"不要喊了,别把鬼子引来了。"魏丽敏嘱咐道。

"小心,鬼子真过来了!"刘武杰提醒道。

"表哥,你怎么过来了?"魏丽敏问。

"别说了,听我的安排!现在一共有5个鬼子向这边跑过来了,等下鬼子下水后,丽敏、丽霞用飞针对付前面三个鬼子,我打第四个,第五个由赵蕾、王茹负责,大家见机行事,分工不分家,我们一定叫鬼子见阎王,为我们的父老乡亲报仇!对了,丽敏把你的外衣脱给我!"刘武杰有条不紊地吩咐着。

"好,有我表哥在,咱们就不怕!"丽霞胆子又回来了。

"我刚才在河对岸干掉了两个鬼子,中国花姑娘不是那么好惹的!"赵蕾一句话把大家逗得笑了起来。

"肥田君,打枪的不要,下水逮花姑娘!"一名中士模样的日本兵说道。只见5名日本兵把枪一扔,扑通扑通向水里冲来。

赵蕾、王茹装着害怕状,哆哆嗦嗦站在水中央。

"花姑娘的,害怕的不要,我们中日亲善……"中士模样的日本兵说道。

丽敏姐妹等目标接近,5米,3米,挥手一扬,三名鬼子倒在溪流中。刘武杰趁机跃起,锁定第四名鬼子,把他拉下水淹死。第五名见势不妙,掉头就跑,丽敏、丽霞姐妹,赵蕾、王茹将其围住,赵蕾一个猛扑,鬼子被扯下水中,王茹不知哪里来的力气,死死拽住鬼子头发往下按,一会儿,鬼子就不动弹了。

"好了,大家上岸把鬼子的枪带上,家我们是回不去了,先跟我上山躲避一阵子,大家意下如何?"刘武杰说道。

"我们听表哥的!"丽霞接着说。

"是这样,我刚路过古镇,鬼子杀害了我们70多名乡亲。我尾随丽敏、丽霞姐妹,对她们放心不下,没想到她们救下王茹,我干掉了另一名鬼子。接着就来到溪边,暗中保护你们,没想到又遇到鬼子,咱们同心协力杀掉了这一批鬼子。姐妹们是好样的。我刘武杰长年累月打猎,熟悉这一带地形,有几个山洞我还藏有粮食、衣物,够我们渡过难关。请姐妹们放心,我们一定会回来的,我们的血海深仇一定要报!"刘武杰说的话深深感动了姐妹们。

"大表哥,你就领着我们干吧!"赵蕾学着丽霞的口吻说。

刘武杰要的就是姑娘们的这种情绪,要知道,非常时期,有志才能有作为。

第二章

作坊惨案

东去云盘山 6 里地，居住着一户制作鞭炮、土铳的山里人家。户主姓郑，土家族，打从爷爷那辈起，家族就办起了小作坊。郑老老实憨厚，勤劳持家，以微利维持家族生存。绰号铳佬，远近皆知。膝下一儿二女，长女郑怡，24 岁；次女郑萌，18 岁；儿子郑民，20 岁；老伴丁蓉，62 岁，身板硬朗。郑家日出而作，日落而息，过着悠闲的田园生活。

一大早，铳佬把大女儿叫到跟前，交代说："作坊里的硝不多了，你去东边陈家称十几斤硝来，快去快回！你小舅丁勇那里我还有 20 斤陈货，如果他有空，就一并捎来了。"

"爹，您老放心，我和小舅一会儿把硝带回来！"长女郑怡回道。

"路上小心！"铳佬总感到心里不踏实，昨天热市古镇遭小日本焚烧，他有所耳闻，那个惨哪，不仅打了个寒战。

少尉田野少中焚烧古镇惨无人道的兽行得到了木村一郎大尉的赞赏。清晨，他率一个班的兵力沿云盘山阵地外围清障。他的小队虽然损失了十多名士兵，但他却屠杀了 70 多名中国老百姓。为此，他暗暗自得，趾高气扬。

朝霞映照山岚，群峰挺拔。作坊几缕炊烟，引起了田野少中的注意。他手一招，那些兵速地围拢来，他作了一个包围的手势，忽地又散开了。

郑民听见作坊外响动，麻利出来察看，被一枪击中小腹，倒了下去。"妈妈，快跑……"

"哥！"小女儿郑萌扑向郑民。

"花姑娘的，开枪的不要！"田野少中一声怪叫，日本兵围住丁蓉母女。铳佬手持一根扁担："我跟你们拼了！"一日本兵反身，一枪托将铳佬砸昏。丁蓉母女被日本兵轮奸。

苏醒的铳佬忍无可忍，伸手点燃了作坊，轰的一声，作坊炸塌，日本兵连同郑萌被气浪摔了出去，郑萌落在一稻草堆上，8名日本兵被炸死，少尉田野少中侥幸逃命。

当长女郑怡与小舅丁勇回来时，这里已恢复宁静。一股焦烟随风弥漫。

"爹、妈，弟、妹，你们死得好惨哪！我郑怡不报此仇决不为人！"郑怡的哭声凄凄惨惨。

"怡儿，还有舅呢！咱们同日本鬼子不共戴天，血仇一定要用血来报！"铁打的汉子亦被眼前的惨景惊呆了，怡儿一家的亲人都没了……

"姐……"威风送来微弱的声音。

"舅，是小妹！"郑怡睁大眼睛搜寻，"在那儿呢！"顺着郑怡的手指望去，稻草堆上躺着一个人。两人飞快地跑过去，郑萌伤势惨不忍睹，下身还流着血呢。丁勇把头转过去，对郑怡说："怡儿，你给小妹处理一下，我们赶快离开这儿，说不定鬼子马上就来了！"

郑怡强忍悲痛，麻利地将郑萌伤势处理了一下："小舅，我们可以走了！"

"好。我背郑萌，你拿这些硝，对付鬼子，说不定还能用上！"丁勇吩咐道。

"知道了，舅！"郑怡跟随丁勇深一脚浅一脚往北走。走了一会儿，郑怡突然感觉方向不对，于是问道："小舅，我们这是去哪儿？"

"傻丫头，日本兵杀了你全家，扔下8具尸体，你想他们会甘心吗？去我那里，绝对不行，那些为非作歹的汉奸会把信息吐露给他们的，况且小妹还有伤。舅舅打过猎，对这一带地形还是熟悉的，我的老朋友刘武杰也在这一带活动，他的表妹丽敏姐妹是闻名百里的名医，小妹的伤，说不定他能帮上忙！"丁勇说道。

"舅！"伏在背上的小妹一阵心热。

"小舅，我知道了，今天没有你，我还真不知道怎么办呢！"郑怡说的是实话，惨案现场对她打击太大了。她一个山里贫民家的女孩子，从来没有经受过如此重大的精神打击，亲人就这样一下都没了。

"注意，前面有鬼子！"丁勇说着，拉郑怡躲在一山坡背后，静观变化。

猎人出身的丁勇，时刻警惕着，周围一丁点变化，躲不开猎人的眼睛。那棵大樟树下，正在演绎一场袭击鬼子的情景剧。正是丁勇的好友刘武杰他们。

一大早，刘武杰带着丽敏姐妹及赵蕾下山摸情况，遭遇田野少中派出的搜索小队，7个鬼子被他们三下五除二地干掉了，这才大大咧咧走了出来。

魏丽敏眼尖："那不是铳佬家的郑怡吗？"

顺着丽敏手指的方向望去，丽霞答道："是三个人！"

"没错，丁勇也在那儿！"刘武杰认出了老朋友，飞快地跑了过去。

"真是你们！"丁勇悲感交加，握住了老猎友的手。

"小妹妹受了伤？"刘武杰问道。

"铳佬家惨遭小日本毒手，唯有郑怡外出买硝才得以幸免。"丁勇说道。

"丽敏、丽霞，快过来，小妹妹受伤了！"刘武杰焦急地喊道。

"表哥，我们来了！"丽敏、丽霞两姊妹飞快跑了过来，简单地作了处理，用银针封住了郑萌的穴位，让她的疼痛有所减轻。

"表哥，我们赶快离开这里回山洞吧，如果鬼子回来我们就要麻烦了！"魏丽敏建议道。

"我和赵蕾前面探路，你们后面跟上，丽敏、丽霞姊妹断后，防止有人跟踪。丁勇。我们一起走吧！"刘武杰吩咐道。

"表哥，你放心，我们不会让可疑人跟踪的。"魏丽敏爽快地说。

这是一伙同生死的兄弟姐妹，缓慢地行进山道上。猎人刘武杰熟悉地形，巧妙地躲过了鬼子的眼线，他们回到了歇息的山洞。这让在洞养伤的王茹的心情一下子好了许多。

晚饭后，刘武杰坐在悬崖边，独自梳理两天来的情景。古镇的情况他知道，一下那么多乡亲命丧鬼子淫威下，古镇人能不愤恨么！危难中他去古镇，放心不下的是那对双胞胎姐妹，她们不仅是他的表妹，更重要的是古镇人们的心肝宝贝。方圆百里，这一对医学奇才不能落入鬼子手中。谢老板告诫他，适当时候拉起抗日游击队伍，骚扰敌人，配合主力部队歼灭敌有生力量，这是一个十分繁重的任务。

两天来，丽敏、丽霞、王茹、赵蕾，加上今天来的郑怡、郑萌姐妹，他的猎友丁勇，一共有8个人了，这是一支了不起的力量。如何引导他们，是不是该亮牌子了。他想到了猎友丁勇，这是一个响当当的汉子。他目睹了铳佬家的凄惨遭遇，鬼子灭绝人性的兽行在他大脑留下了烙印。

"丁勇，你来一下！"刘武杰叫道。

"哎！"丁勇答应一声，随刘武杰走了出来。

"丁勇，你看我们现在住的环境可以吗？"刘武杰随口说道。

"地形隐蔽，不愧为行家里手。老刘，我们聚在一起，是不是还要干点什么？"丁勇说。

"哦，说说你的想法！"刘武杰来了兴趣。

"我刚才与她们闲聊，知道昨天古镇遭焚，70多名乡亲死于枪炮之下，王茹、郑怡都是举家遇难。遭遇中，你和她们姐妹们先后杀掉了 20 个日本鬼子，这在她们心中，你是英雄。大家与日本鬼子的仇恨不共戴天，现在都憋着一股劲，作为临时领头人，你可不能让大家失望！杀鬼子，我丁勇绝不后退一步。"丁勇推心置腹地说。

"好兄弟，我要的就是你这句话！咱们联手干，为父老乡亲报仇！"刘武杰斩钉截铁地说。

"咱们还要扯起一面旗，就叫桃北抗日喋血队"丁勇大胆的建议。

"好哇！我任队长，你任副队长。下设三个战斗小组：第一组 组长魏丽敏，成员魏丽霞、刘武杰；第二组 组长赵蕾，成员王茹；第三组 组长郑怡，成员郑萌、丁勇。你看，这个方案如何？"刘武杰征询道。

"我看行，回洞我们就向大家宣布，让大家心里有主心骨！"丁勇说。

刘武杰、丁勇快步向石洞走去。

"大家到这边来，听刘大哥宣布重要消息！"丁勇大声说。

"兄弟姐妹们，日本鬼子焚烧了我们的家园，杀害了我们的亲人，我们忍无可忍！血债要用血来还！两天来，我们遭遇鬼子，大家协力杀掉了 20 多个鬼子，这个了不得呀！只要我们团结起来，就一定把鬼子赶出我们的家园！刚才我和丁勇兄弟商量，决定举旗立威，成立桃北抗日喋血队，我任队长，丁勇任副队长，带领大家杀鬼子！"刘武杰的讲话，被热烈的掌声打断。

"为了便于工作，决定下设三个战斗小组：第一组 组长魏丽敏，成员魏丽霞、刘武杰；第二组 组长赵蕾，成员王茹；第三组 组长郑怡，成员郑萌、丁勇。我们现在是有组织的人了，一切听从指挥，一切服从命令，我们要用实际行动，让鬼子看看，古镇的人民是不好惹的，杀鬼子，保卫家国！"刘武杰说道。

"杀鬼子，保卫家国！"姐妹们热血沸腾了。

第三章

遭遇鬼子

谢腊梅在五雷山学艺，从师紫槐道人，三年来，习得金刚剑精髓，成为五雷山年轻弟子中的佼佼者。这日，她正在晨练，老家来人说鬼子焚烧了热市古镇，盘踞云盘山，骚扰乡邻。她的家在紧挨云盘山的大田村，家有父母和一个未成年的弟弟。

谢腊梅牵挂父母，辞别师傅，二日后，到达大田村田家堰。只见一名鬼子追赶一名村妇，那女人头发散乱，拼死反抗。谢腊梅怒不可遏，斜刺里飞起一脚，踢中鬼子下巴，转手一拧，颈部错位，鬼子倒地而死。谢腊梅扶起少妇："咱们走！"

"花姑娘的，别走！"背后传来急促喊声。谢腊梅回头一看，3名日本鬼子追了上来。旋即对少妇说："你赶快走，我来对付他们！""妹妹小心！"

"花姑娘的，你的不要害怕！"瘦高个鬼子哇里哇拉的叫道。

谢腊梅一阵恶心，随手一枚钢钉甩进瘦高个嘴里，鬼子哇的一声喷出一大口鲜血，"良心大大的坏了！"谢腊梅右手轻扬，一柄飞刀刺进瘦高个日本兵颈部，倒地身亡。后面两名日本兵见状，端起刺刀冲了过来。谢腊梅让过刀锋，借力打力，连环脚踢中日本兵后背，扑地倒在地上。没等日本兵反应过来，谢腊梅扬起利剑，结束了鬼子性命，干净利落。少妇在一旁看得呆了。

"妹妹你能不能教我杀鬼子，我那男人被鬼子用刺刀挑了，房子也被烧了，我那苦命的婆婆被鬼子轮奸，一转身跳进水塘淹死了。我跑得快，遇上妹妹，才没遭毒手。妹妹，请受我一拜！"少妇情绪释放，说着跪了下去。

"姐姐，别，别，起来，你我都是有血性的古镇人，小日本横行霸道，烧杀掳抢，是中华民族的敌人。只要志气在，家就在！好，谢腊梅收下你，咱们杀鬼子！"谢腊梅说。

"你说你叫谢腊梅？谢吉安你认识不？"少妇突然问道。

"是家父。你认识？"谢腊梅反问道。

"他是我男人的姑父。"少妇说完，谢腊梅显得很惊讶。

"哦，我想起来了，你男人叫罗志勇，你叫张荷花，荷花表嫂。去年结的婚。我当时在五雷山学艺，没有出席你们的婚礼。这日本鬼子一来，没见上表哥一面，他就仙游了。血债一定要用血来还！"说着，两姐妹相拥，感慨万千。

"对了，你说小日本出来骚扰，乡亲们怎么样？走，咱们边走边说！"谢腊梅说着，牵着荷花就走。

"我出来的时候，临家几户乡亲都遭了殃，小日本见男人就杀，见女人就追，稍有反抗的就烧屋，一时乌烟瘴气，狗跳鸡飞！"张荷花愤怒地说。

"这些遭天杀的畜生，中国人总有一天会把他们赶出国土，还我家国平安！"谢腊梅转脸问荷花："你身上有伤吗？"

"让小鬼子砸了一枪托，还行，我能挺得住。表妹，咱们往哪儿走！"张荷花问道。

"找刘武杰去，他有一对双胞胎表妹，还能帮你疗伤！"谢腊梅直截了当说。

"你跟神猎手认识？他这个人可好了，娘家做女时荷花见过他一次。那天他提着两只兔子卖给了我的父亲，不管怎么说他只要一只兔子的钱。"张荷花回忆说。

"哦，腊梅上五雷山之前，曾跟武杰打猎，算起来他还是我的师兄。今天本来我要回大田村看望父母，没想到遭遇鬼子，也只能先去找师兄，再做打算了。"谢腊梅说。

"表妹，是荷花连累了你！"

"表嫂，快别这样说，就是乡亲遭遇鬼子，我也会出手相救的，何况我们还是亲戚！对了我们还是加快点速度，你没问题吧？"谢腊梅关心地问。

"没问题，农村姑娘这一点苦还是吃得的。"张荷花这样说，那枪托砸伤的部位还是隐隐作痛，一拐一拐地，脸上渗出了汗珠。

姐妹俩走了一个多时辰，谢腊梅突然把手一压："表嫂，你就待在这儿，前面有情况，我去去就回！"

"表妹当心！"张荷花望着谢腊梅去的方向，一闪，不见了人影。

山坡上，奔跑着两名少女，后面追逐着3个日本鬼子。只见微胖少女手一扬，跑在前面的鬼子栽了下去。后面的鬼子哇里哇里放着冷枪。另一名少女隐藏土坡下，待目标接近，飞出一枚石头，砸中鬼子面额："花姑娘的，良心大大的坏！"鬼子发疯似的追赶少女。眼看距离30米，情况十分危急。谢腊梅突然从右侧跃出，飞镖到处，鬼子倒地而亡。谢腊梅还不解恨，剑锋起处，鬼子头颅咕溜溜滚下山坡。

"腊梅姐，原来是你，谢谢施手援救！"赵蕾大声喊道。

"赵姑娘，你怎么到这里？"忽然瞟见王茹，"这就是裁缝店的大美女罗！"

"腊梅姐，今天要不是遇见你，我们姐妹俩可就遇上大麻烦了！"王茹心有余悸，心里狂跳不止，毕竟在裁缝铺待惯了，今天头一次执行任务，就遇到了鬼子。

"我看你们俩就不简单，赤手空拳敢跟鬼子叫板，是我们古镇人的骄傲！"谢腊梅说。

"是这样，腊梅姐，今天我们组头一次领任务，队长叫我们侦察一下附近敌人布防情况，没想到我们一出来就遇到了鬼子的巡逻兵，壮着胆子跟他们干了起来。5个鬼子开始叫我们干掉了2个，剩下的3个像蚂蟥一样追逐我们，甩都甩不掉。"赵蕾说道。

"第一次执行任务就有这样大的作为，那以后还不闹它个翻天覆地，好气魄！对了，赵蕾，你说你们队长交给你们任务，那你们队长是谁？"

"这个嘛，保密。不过我可以告诉你，我们竖起了桃北抗日大旗，成立了'桃北抗日喋血队'。"赵蕾说。

"这个鬼丫头，还跟我谈保密，你们的头是不是刘武杰？"谢腊梅说。

"就冲你是我们的救命恩人，就斗胆告诉你，就是你的师兄刘武杰！"王茹一本正经地说，一句话，把大家逗得笑了起来。

"这样吧，你们等一下我，我表嫂还在山脚下，她有伤，刚才我们杀了3个鬼子。我们一起找刘武杰。"谢腊梅说完就走了。

"腊梅姐来了，我们又多了一份力量。"王茹淡淡地说。

"谁知道她会不会上山呢？"赵蕾想着自己的问题。

"你不是刚听她说，她们刚杀了3名鬼子吗？就冲这，我猜她们一定会加入我们的队伍的。"王茹自信地说。

下午七时，赵蕾、王茹、谢腊梅、张荷花来到桃北抗日喋血队住处，大家对谢腊梅、张荷花的加入表示热烈欢迎。

"师兄，一晃三年，鬼子焚烧古镇，你率先竖起抗日大旗，令师妹刮目相看。我在五雷山听说小日本暴行，这才辞别师傅，看望父母。路途遭遇3名小日本，救下表嫂；遇赵蕾、王茹遭小日本追赶，齐心协力干掉了小日本。这样，我们一天杀掉了8名鬼子。小日本犯下的滔天罪行，坚定了我找师兄的愿望。今天，我和表嫂上山，就不走了。"谢腊梅推心置腹地说。

　　"欢迎师妹和荷花的到来，我们队伍正缺乏像师妹这样能文能武的人才。你们编入赵蕾小组，由师妹任组长，赵蕾任副组长。刚好丁副队长也在这里，我想当前首要任务，是对成员进行军事素质培训，每个成员必须掌握一至两门技能，不然，我们就不能对付鬼子的残暴，就会被鬼子追得满山跑，反过来，我们要牵着鬼子走，想怎么打就怎么打，要打，就一定把它打趴下。"刘武杰的讲话博得了大家热烈的掌声。

　　"队长这个提议我赞同，我们将因人而异，短时间对杀敌技能进行速成，有些姐妹有一技之长的，可以在此基础上提高。比如赵蕾的飞镖，我们就可以在飞镖的速度性、准确性、定位性进行提高，那就是说，镖飞出去，要令鬼子胆战心惊。丽敏、丽霞姐妹的绝技已经炉火纯青了，可以考虑进行射击训练，总之，每个人要有一至两门护身的技能。"谢腊梅讲话再一次赢得了大家的掌声。

　　"除了单兵技能外，各个小组还要练好单兵配合，这将很大程度上增强战斗力。个人的能力是有限的，只有发挥了群体优势，才能对敌造成威胁。兄弟姐妹们，我们面对的敌人是凶残的，战场是千变万化的，必须灵活机动地应对各种局面，启迪群体思维，发挥我们最大优势。"副队长丁勇说。

　　"听了几位领导的讲话，赵蕾对我们小组今天的行动进行了反思，我们虽然杀掉了几名鬼子，但还是被鬼子追得满山跑，如果不是腊梅姐及时援救，我们不知道今天还能不能坐在这儿。战场暴露出来的问题，首先是我们的单兵素质是很低的，如果我手中的飞镖百发百中，就不会出现被鬼子追得满山跑的局面；其次是临场指挥不尽人意。有人说，我们队伍刚成立两天，不能那样要求。我说，战场是不讲人情的，你行就行，你不行就不行。至于单兵配合，我还是第一次听到，需要以后的训练去完成。"赵蕾说。

　　"赵蕾的这段总结很实在、很精彩，说明我们的队员动了脑子。在战争中学习战争，我们一定能把鬼子赶出古镇、赶出中国！"刘武杰说道。

第四章

野狼行动

执行官高岛雄二跑步来到日军木村队部："大尉，根据尸检报告，帝国军队的精英被二种武器致死！"

"哦，你说说看。"中队长木村一郎显然来了兴趣。

"我们在这两天清剿中，共牺牲大日本皇军军曹2名，伍长3名，士兵32人，其中剑伤4人，暗器致死33人。令人蹊跷的是大部分士兵死于飞鞭震脑。"高岛雄二报告说。

"你是说中国中医用于治病的银针？太不可思议了，那都是老百姓干的？高岛君，我猜想能用飞镖作暗器的人，必定是武林中人，必须有深厚的武功内力。你听说过五台山和尚反抗皇军的故事么，上千名五台山僧人前仆后继，组成和尚连，给我军造成了极大的麻烦，我们很多人就死在了五台山僧人的刀锋下。我们不能让五台山的故事在桃北重演。"木村一郎忧郁地说。

"您是说土八路队伍里有高人活动？"高岛雄二凝重地问。

"不排除这种可能性。你想想看，我们两天时间内，他们没有枪，却要了我两个分队弟兄的命，这么猖狂下去，将极大妨碍我军军事行动。这附近有一处五雷山，据史书记载，五雷（仙）山道教'始于唐、盛于明'。相传西域净乐国太子曾选中此地，垒石室苦修，'得道高升'，这就是著名的真武帝君。嗣后，唐代大将军李靖慕名上山草创道观。元末翰林国史编修张兑辞官不做，归隐五雷山，在五雷山扩修殿宇，弘扬道教文化，并亲题'楚南名山推第一'，从此五雷山名声大振，所建殿宇'旁魄百里，列县俱瞻'。到了明代，常德荣定王、澧州华阳王对五雷山进行大规模扩修改建，建筑面积达5000余平方米，有36宫，72殿。其建筑为石墙铁瓦构筑，随山脊沟壑纵横陈列，绵延15华里，奇险深幽，玄妙超然，独具一格，蜚声南北。明神宗得知后，封五雷（仙）山为'洞天福地'，道教信徒遍及鄂西南、湘西北两省十八县。闻名而来习武潜修的人，络绎不绝。从五台山我联想五雷山，在中国的土地上，处处是风景，处处又是坟墓！"木村一郎感慨地说。

"大尉您博学广闻，对中国风俗了解甚多，面对当前局势，您有什么指示？"高岛雄二望着木村说。

"昨天我去了一趟大队，我把我们这里发生的情况跟大队长清水友林中佐作了报告。中佐听了以后指示说，国民党第七十三军15师，七十四军161师分别从慈利、石门、桃源方向派部队到热水坑附近的雷打岩山和鲁家尖山设立据点，直接与皇军对抗。共产党的游击队骚扰频繁。我们的形势不容乐观。我请示了联队长野泽大佐，他同意了我设立野狼突袭队的方案。野狼突袭队由高岛雄二中尉任队长。联队野泽大佐特地派了两名战术专家麻生三郎、藤原雄夫分任一、二分队长，这是野泽大佐对我们工作的直接支持。"木村一郎说。

高岛雄二绿豆眼一转，他的时运来了，啪的一声立正："谢谢大尉栽培！"

"中尉，野狼突袭队按照大队的规矩，定员30名，编制二个分队，每个分队配备轻机枪两挺，掷弹筒一具，成员均为优秀射手。麻生三郎、藤原雄夫分队长还是著名的狙击手。这是一支精湛的队伍，任务是侦察国共两军动向，打击骚乱分子，破坏敌军情报组织，为我军提供准确的情报。麻生三郎对付国军，藤原雄夫对付共产党，行动受我木村亲自节制。"木村一郎大尉说。

"高岛明白！"

"野狼突袭队明天成立，清水友林中佐亲自参加成立大会，你好好的表现！"木村一郎大尉说。

"请木村大尉放心，我们一定努力，为皇军圣战铺平道路。"高岛雄二颇有信心地说。

"那就好，你现在就开始在中队挑选优秀士兵，我一路开绿灯。"木村一郎大尉说。

"高岛执行命令！"高岛雄二立正，转身离去。

张家祠堂，外面布满了岗哨。一队鬼子鱼贯而入，他们是野狼突袭队的成员，接受日军大队长清水友林中佐的检阅。

中队长木村一郎开口说："尊敬的清水友林中佐、高岛雄二中尉，今天是野狼突袭队成立的日子，是我军又一个渗透敌军的得力举措。野狼突袭队在清水友林中佐的倡议和运作下，得到了联队长野泽大佐的批准，选派了战术专家麻生三郎、藤原雄夫少尉就任分队长，这是对野狼突袭队的直接支持。我们向联队长野泽大佐、大队长清水友林中佐表示最诚挚的敬意。今天，大队长清水友林中佐亲临野狼突袭队成立会场，再一次给我们带来巨大鞭策和巨大鼓舞。下面请大队长清水友林中佐讲话。"大家响起热烈的掌声。

清水友林中佐用手势压了压，激动地说："木村一郎大尉、高岛雄二中尉，勇士们，成立野狼突袭队，我们预谋好久了，它的诞生，标志着皇军战术推进的又一举措。我们首先要感谢联队长野泽大佐的极力支持。他不仅批准了大队上报的计划，还特地从联队抽调了两名战术专家充实野狼突袭队的骨干力量。我们知道，麻生三郎、藤原雄夫少尉还是联队出名的狙击手。野狼突袭队队长高岛雄二中尉，之前是木村中队的执行官，有很好实战和反间谍经验，至于这样一个组合，大队是很满意的。木村为野狼突袭队的直接长官，相信大家一定有所作为。

勇士们，当前战场形势不容乐观。国民党第七十三军15师，七十四军161师分别从慈利、石门、桃源方向派部队到热水坑附近的雷打岩山和鲁家尖山设立据点，直接与皇军对抗。共产党的游击队骚扰频繁。木村中队进驻热市古镇，就遭到了不明身份的力量反抗，37名皇军战士死于非命，你们说，这笔账要不要清算？"

"血债要用血来还！"

"说的好。野狼突袭队的任务是侦察国共两军动向，打击骚乱分子，破坏敌军情报组织，为我军提供准确的情报。麻生三郎对付国军，藤原雄夫对付共产党。你们是皇军的精英，在高岛雄二中尉的带领下，作出有声有色的成绩来！"

随后高岛雄二表了态，集体向天皇宣誓。

凉风飕飕，冻云冷月。野狼突袭队几个头目聚在一起，打着如意算盘。

"近几天的情况表明，国军已占领雷打岩山和鲁家尖山，对我云盘山、梳背岭地域构筑工事的皇军造成极大威胁。而零星小股活动的不明身份的地下力量已对我造成麻烦。因此我认为麻生分队近段着重摸清国军动向；对于近两天出现的不明身份的小股力量，使用暗器杀人，藤原分队可否考虑去五雷山侦察一下，是否有人下山，目的是什么？我的想法不够成熟，你们大家参谋参谋？"野狼突袭队队长高岛雄二中尉说。

"队长分析的不错，我麻生分队想法接近国军前沿指挥所，摸清敌兵力部署，行动需要隐蔽地进行，尽量避免与敌正面接触。"麻生三郎少尉说。

"五雷山是道教圣地，渊源悠长，其名不亚五台山。我想我们对五雷山的摸底也要秘密进行。弄不好适得其反，所以我决定只带 3 个人随我侦察，剩下的人交与高岛队长负责，对付面上的零星势力。"藤原雄夫少尉说。

"刚才大家交换了很好的意见，我同意诸位提出的行动部署。我提三点意见：一是行动谨慎，野狼突袭队刚成立，不要过早暴露目标。二是胆大心细。不入虎穴，焉得虎子。我们是在摸老虎的屁股，弄不好会血溅满面。三是沉着果断。打仗大家都是行家里手，侦察，我们也要变成里手行家。"木村一郎大尉叮嘱说。

"好，我们按照木村大尉提的要求，认真落实各分队的部署，5 天后在中队部见。"野狼突袭队队长高岛雄二中尉说。

话说藤原雄夫少尉带领军曹楠木正二、上等兵龟龙要木、中野柯南接近五雷山，改扮成商人，混在香客当中。

过了二天门，进入雷岳锦屏景区，山路蜿蜒起伏一山脊上，好似游龙，"龙头"一直翘向金顶。"龙背"弓起处，多有红砖黄瓦的道观建筑。仰头望去，彤光耀空。

登上金顶回望，还可见几道山梁莽莽苍苍环舞外围，龙腾蛟舞，气象非凡。当地人把这叫"五龙朝圣"。看那山势，确像五条卷龙拱卫金顶。看这境地，你不得不佩服那些道观创建人的心机和眼力。把道观建在这儿，单凭这非凡之势，便会叫信徒们诚惶诚恐。即使你不信教，也会从这山势和藏露其间的奇峰怪石中，领略到一种或是大气磅礴或是灵气氤氲的大自然韵味。藤原雄夫虽说是武夫，对大自然的神奇也不免心生敬畏。

第五章

火烧连营

十里通幽高灵洞，离温泉村不远。洞门高敞，约 10 米，洞厅曲折，称"十里通幽"，石笋林立，千姿百态，有"仙界坡""浴盘""琼田""仙人泉""观音台"等景致。西通"赤霞洞"，根据县志记载："洞内多井，有汤泉井，水温如汤；有冰泉井，其水常寒；有米井，小白石随水逐流，上下浮动，蔚为奇观。"。高灵洞景观，闻名遐迩。

农民刘大佬就出生在这里。他目睹了日军焚烧古镇的残暴。好好的秀山美景，惨遭日寇铁蹄蹂躏。那日从热市回来，一脸怒气未消。老父亲见他闷闷不乐，告诫他："儿呀，这乡亲们的仇咱们是要报的，你整天生闷气，还不如想想办法，多杀几个鬼子！"老父亲一句话提醒了刘大佬：是呀，我怎么那么笨呢，咱村里赵三儿不是在国军混么，听说他随第七十三军 15 师驻扎雷打岩山，我不妨找找他，杀鬼子，替乡亲们报仇。大佬把这个想法跟父亲一提，父亲拍着大佬的肩膀说："你小子终于开窍了！"

老父亲用信任的眼光对儿子说："去吧，乡亲们看着呢！爹爹相信你是刘家最棒的男人！"

刘大佬整理好行装，转身消失在山道上，奇川峻岭，这是多么熟悉的故土青山。二个时辰后，来到了国民党军队前哨关卡。"老乡，请留步，现在在非常时期，不准乱转！"一个上士模样的国军说。

"我不是乱转，热市古镇遭小日本焚烧，乡亲们被屠杀，我有重要情报找赵正华？"这小子一听，赵正华是他们 15 师侦察参谋，也是无人不晓的抗日英雄，老乡这时候找他，莫非真有重要情报，我得跟排长说一声。于是对刘大佬说："老乡，你叫什么名字？"

"高灵洞刘大佬！"

"你稍等一下，我向上峰报告一下就来！"上士说。上士一会儿转来，对刘大佬说："我们排长带你去见赵参谋！"刘大佬在国军排长带领下到了15师师部。赵正华一下认出来刘大佬，招呼老乡坐下。

"大佬，喝茶！你这么急急忙忙找我，有事吗？"赵正华上下打量刘大佬，谨慎地问。

"热市古镇被鬼子焚烧，他们疯狂杀戮老百姓，你知道吗？"刘大佬开门见山。

"知道。国军情报显示，这一天，日寇屠杀热市老百姓 78 人，焚烧古镇一条街。目前仍有小股部队骚扰乡邻。"赵正华正经地说。

"知道你还沉得住气？"刘大佬反问道。"我昨天从古镇逃出来，亲眼看见鬼子在澡堂一条街搭起 10 余个宿营帐篷，我们可不可以来个火烧连营，给鬼子来点教训？"

赵正华一惊，心说这小子提供的情报，对我军确实有用，想不到你刘大佬还很有见地，于是说："你这个情报对我军的确有用，你就在这里休息一下，我去向师座请示汇报。"赵正华说完转身就走。

"报告师座，赵正华求见！"传令兵喊道。

"叫他进来！"国军七十三军第十五师师长梁祗六吩咐道。

"师座，正华得一当地老乡重要情报，进驻热市的日军木村一郎中队，夜宿澡堂一条街，老乡建议派遣小分队烧毁木村中队营房，逼敌退回云盘山阵地，减少对古镇的压力。这也是对嚣张的小鬼子重重一击。"赵正华汇报道。

"老乡可靠吗？"梁师长问道。

"可靠，他的亲人就惨死小日本刺刀下，他冒着生命危险找我们，就是要为乡亲们报仇！同时，这次行动，他主动要求给我们带队。"赵正华说。

"好，我批准你们的作战方案，由你带一个尖刀排，带足汽油和引火物，火烧这伙狗日的强盗！时间就定在今晚丑时。"梁师长坚定地说。

"一定完成任务！"赵正华一声敬礼，转身离开 15 师作战室。

"大佬哇，今夜随我们行动，白天好好休息。"赵正华说完，接着又离开了。

赵正华要布置今晚作战行动。琢磨着把尖刀排分成三组，即行动组、火力组、狙击组。行动组 10 人分成五拨，每拨 2 人，由副排长张欣领队。火力组 14 人，配置 2 挺轻机枪，6 支步枪，由副排长刘岗负责。狙击组由赵正华亲自带领，成员 6 人。这样组成，便于机动作战。

赵正华把副排长张欣、刘岗叫来，布置作战计划，交代纪律和注意事项，力争万无一失。各组明确任务后，对战斗成员逐一落实，赵正华这才倒头大睡，俗话说，养精蓄锐才是最重要的。

当晚九时，尖刀排开始行动，在老乡刘大佬带领下，穿山越岭，子时到达热市潜伏地域。副排长张欣带领两名行动组成员，迅速进行抵近侦察。发现一共10个帐篷，两头各有一名固定岗哨，每隔5分钟有一3人流动哨巡逻。返回向赵参谋、副排长刘岗作了汇报。三人简单研究了应对措施。

丑时，行动组果断向前推进。两头哨兵被行动组干掉。副排长张欣带领两名行动组成员，接近帐篷前沿，当鬼子巡逻组接近的刹那，三人猛虎捕食，只听咔嚓几声，鬼子挣扎了几下，便见阎王去了。张欣大手一挥，行动组成员便将汽油等引火物浇上帐篷，5分钟后行动组成员离开，沿澡堂溪上游返回对岸。只听"砰"的一声，气浪将帐篷连根掀起，10座帐篷熊熊燃烧，没有被烧死的鬼子哗啦啦往外蹿。刘岗的火力组、赵正华的狙击组发挥威力，愤怒的子弹飞向敌群，形成了一支绝妙的交响乐。

刘大佬挥舞拳头大喊："打得好！揍他狗日的！"

十分钟后，赵正华组织尖刀排迅速撤退。赵正华握着刘大佬的手说："谢谢你，大佬，第十五师谢谢你！我回去转告师座，为你请功！"

"你这就见外了，今后贵军有什么事？可别忘了我们老百姓！"刘大佬自信地说。

"刘大佬再见！"

"国军的弟兄们，再见！"刘大佬望着离去的尖刀排走远，连蹦带跳地返回高灵洞。刘大佬一阵狂喊："小日本烧死了，小日本烧死了，小日本烧……"

"哥，你还叫人睡不睡觉了！"妹妹抱怨道。

"愧你还讲打日本呢，今天晚上那才叫过瘾，热市澡堂那一溜小日本帐篷，给烧了个精光！那个哭爹喊娘的，小日本一露头，就被国军机枪全给嘟嘟了！"刘大佬说。

"哥，你说的是真的？"妹妹突然来了精神。

"那还有假，哥还亲自参加了呢！"刘大佬抑制不住兴奋，刚才那精彩的场景还在他脑海闪现。

"大佬，大佬，你刚才说什么？"大佬的父亲也起来了。

"爹，我在这儿呢！您不是叫我找赵三么，我还真到国军司令部找到了他，他现在是国军的侦察参谋。我跟他把小日本在热市古镇犯下的罪行一说，他是热血青年，马上把情况报告了15师师座。这位梁师长很果断，派赵参谋率领一个尖刀排夜间偷袭，烧日军帐篷。于是我带路，到澡堂一条街附近埋伏，行动组首先干掉了小日本哨兵，然后给帐篷浇上汽油，呼的一声，10座帐篷着火，火烧连营，没有烧死的鬼子纷纷往外窜，我火力组和阻击组发挥威力，愤怒的子弹飞向敌群，那才叫过瘾。"刘大佬说话的时候，左邻右舍的乡亲们都围过来了，这真是天大的喜讯。

"我就说嘛，大佬不会给老刘家丢脸的。儿子，你这回干得好，给咱热市人长了脸！这些天杀的畜生，罪有应得！"刘大佬父亲激动地说。

"大佬，小日本一定死了不少人？这回真砸它七寸上了！"乡邻张大婶问。

"我琢磨着，驻扎的这个鬼子中队，起码损失三分之一，明天咱热市就会见不到鬼子了。"刘大佬肯定地说。

"我猜也是，一把火烧得它鬼喊娘，这就是愤怒了的中国人！"刘大佬老妈也来劲了，儿子给她脸上添光了，那个高兴劲不用说。

"烧得好，烧得好！这些灭绝人性的鬼子，就是要给点颜色看看，中国人不是好惹的。"有人附和。

"小日本烧了热市古镇，杀害了我们那么多乡亲，这回也该它尝尝被烧的滋味！"郑老伯高兴地说。

"这么惊险的场面，说得人心里沸腾。小日本并不可怕，只要我们团结起来，就能把鬼子赶去热市，赶出中国。不过我琢磨着，这小鬼子肯定不会甘心的，它会变本加厉地报复，所以呢我们要提前做好准备，坚壁清野，让小日本什么也得不到。"赵大叔说。

"老赵说得在理，乡亲们要学会保护自己，这古镇是我们的古镇，决不容许小日本再胡作非为，它以为中国是病猫，站起来的中国人就是一头醒狮！"刘大佬父亲慷慨激昂，说出了古镇人的心声。

沸腾的高灵洞，彻夜不眠。

第六章

五雷风云

金殿，也称金顶，坐落在五雷仙山最高峰。相传为祖师爷托梦张兑邀华阳王、荣定王所造。金殿建筑为古轿顶型，上盖紫铜色琉璃瓦，屋檐布以兽头，墙体石条砌成，三面悬崖，一面石阶蜿蜒而上，显得辉煌、庄严、肃穆。殿中供真武祖师神像，为九火铜铸成，重约两千余斤，紧紧嵌在一樟树苑上，为澧州华阳王所造，另有金童玉女，四值功曹分列两旁，威武雄壮。殿前原有香炉两个和刻有张兑"楚南名山推第一"的石柱。这里香火缭绕、钟声阵阵，是举行道教仪式和善男信女朝圣的主殿。

金殿虽险，却有四奇，一奇是立于常德、澧洲、湘鄂边界高处，只要是大晴天，均可见到金殿如一颗明珠金碧辉煌，数百里远的常德澧县城区历历在目，而其他高于金殿之处却看不到常德、澧县城区。二奇是金殿拜榻不到十平方米，但不管有多少人朝拜祖师，却互不擦身，竟若无人一般。三奇是每年三月初三前，必有大雷大雨发生，第二天却晴空万里，传言是祖师爷驾临。四奇是金顶虽为五雷山最高峰，但在山顶有一泉，虽久旱无雨，水仍源源不绝。传说清顺治后期，闯王李自成以僧人身份游五雷山，偶染微恙，喝此泉水后，疾除康复，称其为"金顶神泉"。

话说藤原雄夫少尉带领军曹楠木正二、上等兵龟龙要木、中野柯南，随朝拜人流进入金殿，不足十平方米的拜榻，竟然秩序井然。藤原雄夫一时豁然。随行的龟龙要木眼前发亮，右前不足5米有名少妇，正在朝拜金殿诸神，神态端庄。一绺靓丽的黑发飞瀑般飘洒下来，弯弯的峨眉，一双丽目勾魂摄魄，秀挺的琼鼻，粉腮微微泛红，滴水樱桃般的嘴唇，如花般的瓜子脸晶莹如玉，如雪玉般晶莹的雪肌如冰似雪，身材曼妙纤细，清丽绝俗。这龟龙要木见过不少中原女子，唯独这名少妇勾得他神魂颠倒。他突然狂叫："花姑娘的，哟西！"，伸手去抓少妇。那姑娘突然被人袭击，恼羞成怒，抬腿一脚，踢中龟龙要木脸部，仰面倒了下去。

"打得好！这龟儿子'花姑娘的，哟西！'，肯定是日本狗！"一香客大声说。

军曹楠木正二启用居合（日本剑术中一种瞬间拔刀斩杀敌人的技巧），企图置少妇于死地。少妇俯仰吞吐，躲过楠木正二剑锋。楠木暗里一惊，这美女会武功。正思忖时，冷不防少妇施展鸳鸯连环腿，一脚将楠木正二踢下山崖，传来一声哀叫。龟龙要木爬起来，暗施险招，被少妇轻易化解，一招工字伏虎拳击中龟龙右耳太阳穴，龟龙目眩，再度滚下山崖。上等兵中野柯南发怒，欲与少妇争个高下，被藤原雄夫少尉暗地制止："注意，我们的任务！"

"属下明白！"中野柯南回答。

"师妹，你这两脚踹得好，不自量力的日本人想在道教圣地撒野，连门都没有！"一道士模样的后生说。

"我开始只以为是下三烂的畜生捣乱，那一声'花姑娘的，哟西！'分明是日本狗，我怒从心起，不踢死他们才怪呢！"少妇伶牙俐齿，坦然说道。

"谁敢动我们师妹，那他就瞎了狗眼！"大殿一名道人附和。

藤原雄夫暗暗佩服自己的机灵，刚才如果贸然参与格斗，也会像龟龙要木、楠木正二一样，尸骨无存。这五雷山地势独特，仙风迷离，怪异甚多，这是他藤原雄夫亲眼所见，果然名不虚传。他和中野柯南贴近香客，发现少妇原来是五雷山道观住持的堂妹，这样的地位，这样的武功，难怪她盛气凌人。藤原雄夫把仇恨埋在心里，他发誓要对五雷山进行报复。

转悠了一天的藤原雄夫、中野柯南没有下山，夜宿偏殿，这里有来不及走的部分香客陪着，倒也十分惬意。他对五雷山有没有人下山，仍是一个谜。他一个日本人，不好直接搜集情报，只好耐着性子，混入香客，听他们调侃。香客们侃天南地北，说道精彩处，他也帮着喝彩。中野柯南没有见过世面，只好陪着主子。

子时已过，香客们仍无倦意。藤原雄夫凑了过去："你们听说小日本开进热市，焚烧古镇，杀了不少人？"

"遭天杀的畜生，不过三天后就遭报应了，一支奇兵从天而降，火烧连营，小日本也死伤了不少人！这就叫作玩火者必自焚！"香客中有人答道。

"你说的是真的吗？"藤原雄夫中文口语不错，他的问话没有引起大家怀疑。

"那还有假，小日本当晚滚回云盘山阵地。乡亲们那个高兴劲那，纷纷赌咒小日本早日完蛋。这不，我们也上五雷仙山求神仙保佑家人平安！保佑我表妹杀鬼子立功！"香客说道。

"你表妹？吹牛吧！"藤原雄夫接着说。

"我表妹是五雷仙山平辈弟子中第一剑，5日前下山，看望家人，中途遭遇鬼子，被她干掉了5个。接着加入了桃北抗日喋血队，他们闹得可欢哪。"香客继续说。

藤原雄夫心里一喜，这五雷山果然有人下山了。他极力稳住自己，然后说："你表妹果然是英雄，巾帼不让须眉！"

"那是当然，她的名字叫谢腊梅，我们大田村的骄傲。"香客沾沾自喜，庄稼人无意中吐露了信息。

"哦，谢腊梅……大田村，很有意思，名字透露出英气！"藤原雄夫重复着名字，目的是为了加深印象。踏遍铁鞋无觅处，得来全不费工夫，藤原雄夫心里暗自高兴。他此行的目的已经达到，接下来将是如何对付出现的新情况，部署对五雷山的报复。第二天清晨，他和中野柯南悄悄地下山。

在云盘山大本营，藤原雄夫首先向野狼突袭队队长高岛雄二中尉作了汇报。

高岛雄二中尉说："你们上山的这几天，搞得大日本皇军焦头烂额。当晚木村中队澡堂一条街营房遭遇国军尖刀排偷袭，火烧连营，被烧死、打死87名弟兄，65名弟兄受伤，木村大尉也受了轻伤；麻生三郎少尉率领的侦察分队，亦遭遇不明身份的武装力量抵抗，牺牲了6个人。而你们侦察小组，虽然阵亡了两名成员，但仍获取了五雷山的重要情报。我们现在就去向木村大尉禀报，他一定会感兴趣的。"

"谢谢高岛队长。"藤原雄夫说。

"报告，高岛中尉求见！"

"叫他进来！"木村一郎大尉说。高岛雄二中尉、藤原雄夫少尉啪的一声立正："报告大尉，我们来了！"

"你们坐下说话！"

"是，大尉！"高岛雄二和藤原雄夫坐下。

"大尉，是这样，藤原雄夫少尉带领的侦察小组，随朝拜的香客上到了五雷山金殿。接下来的情况由藤原君说。"高岛雄二中尉把话扔给了藤原雄夫少尉。

藤原雄夫清了清嗓子："我们一行来到金殿，立刻被雄伟的建筑群所震撼。拜榻不足十平方米，不管多少香客涌入，都只擦身而过，我等迷惑不解。随行的上等兵龟龙要木眼前发亮，右前不足5米有名少妇，正在朝拜金殿诸神，神态端庄美丽。龟龙禁不住摸了少妇一把，少妇一脚踢中面额，仰面倒了下去。军曹楠木正二启用居合，企图置少妇于死地。少妇俯仰吞吐，躲过楠木正二剑锋。少妇施展鸳鸯连环腿，一脚将楠木正二踢下山崖。龟龙要木爬起来，暗施险招，被少妇轻易化解，一招工字伏虎拳击中龟龙右耳太阳穴，龟龙目眩，再度滚下山崖。上等兵中野柯南发怒，欲与少妇争个高下，被我暗地制止。我想我们的侦察任务还没有着落，不能就这样中招。

　　随后我们混迹于香客，听他们调侃，得知少妇叫张美娇，是当今五雷山住持张天华的堂妹，武功一流。傍晚，我们夜宿偏殿。香客们天南地北扯淡，谈兴极浓。子夜，我凑过去，故意提起皇军焚烧古镇的话题，激起香客对皇军的愤恨。牵扯出澡堂一条街被国军焚烧的新闻。香客说，他们就是来求神仙保佑，保佑他们的家人平安；保佑他的表妹多杀鬼子。我说香客吹牛，他说，你不信，我表妹是五雷仙山平辈弟子中第一剑，5日前下山，看望家人，中途遭遇鬼子，被她干掉了5个。接着加入了桃北抗日喋血队。他说，他表妹名字叫谢腊梅，是大田村的骄傲。真是踏遍铁鞋无觅处，得来全不费工夫。所以，我们无意中获得了敌人多个信息。"

　　"慢，藤原君，我帮你梳理梳理，这些信息是：少妇张美娇，是当今五雷山住持张天华的堂妹，杀害了我大日本皇军两名士兵；五雷仙山平辈弟子中第一剑谢腊梅，已经下山，杀害了我5名士兵；谢腊梅家在热市大田村；谢腊梅参加了桃北抗日喋血队。是这样吧？藤原君，你辛苦了！"中队长木村一郎大尉狐脸转晴，心想，应该干点什么了，他立传勤务兵："传麻生三郎少尉！"

第七章

偷袭大田

麻生三郎风急火燎地赶到木村中队部，木村一郎大尉说："藤原雄夫少尉从五雷山带回情报，这回我们要双管齐下，给中国人一点颜色看看，以雪我部在热市澡堂街的耻辱！"

"是！"高岛雄二中尉、藤原雄夫、麻生三郎少尉一齐立正。

"高岛君你看，我想让藤原雄夫、麻生三郎少尉各带一支分队，分别偷袭五雷山和大田村，今晚准备明天凌晨悄悄进入攻击地域，拂晓发起进攻。偷袭五雷山的分队要狠，得手后不要恋战，有效果就行；进入大田村的分队血洗屠村外，要活捉谢腊梅的父母，把他们带上山来，我们要从老人身上撬开桃北抗日喋血队的缺口。人员配置，藤原雄夫少尉带领 10 名突击队员，麻生三郎带 20 名突击队员，高岛雄二中尉随麻生三郎行动。注意，千万不可给我弄砸了。"中队长木村一郎大尉叮嘱说。

"请大尉放心，我们一定完成任务！"高岛雄二中尉说。

野狼突袭队队长高岛雄二中尉同藤原雄夫、麻生三郎火速从中队部返回，将木村一郎交代的任务落到实处，一定给清水友林中佐作出样子看看。三个赌徒，双眼露着凶光，看样子非得感受挨揍的滋味。

桃北抗日喋血队整训期间，连续发生了许多大事，件件令人振奋。那国军小分队火烧澡堂街日本行营的举动，进一步激励了喋血队的抗日热情。队长刘武杰从地下党那里传来的情报显示，日本野狼突袭队麻生三郎小队，明天要对热市大田村采取偷袭行动，要抓获谢腊梅父母，逼我桃北抗日喋血队就范。刘武杰感到情况紧急，立即召开喋血队成员开会，部署行动。

刘武杰说："喋血队的兄弟姐妹们，我们紧急整训已有好几天了，各组针对自己的实际情况，开展火线练兵，还真像那么回事。我们本想再坚持几天，巩固训练效果，但时间不等人，小日本已开始行动了。据我们掌握的情报显示，日本野狼突袭队麻生三郎小队，明天要对我古镇大田村进行屠村。"

"那不是冲着腊梅妹子去的吗？"张荷花站起来说。

"可以这么说，但又不完全是。小日本在古镇澡堂街吃了苦头，日本野狼突袭队藤原雄夫少尉带人上五雷山侦察，两名突袭队员因调戏少妇，被五雷山住持张天华的堂妹张美娇踢下山崖。藤原雄夫忍气吞声探得消息，五雷仙山平辈弟子中第一剑谢腊梅，已经下山，并杀死了5名日本士兵，谢腊梅的家在热市大田村，谢腊梅参加了桃北抗日喋血队。所以小日本野狼突袭队决定兵分两路，藤原雄夫、麻生三郎少尉各带一支分队，分别偷袭五雷山和大田村。进入大田村的麻生三郎分队除血洗屠村外，还要活捉谢腊梅的父母，把他们带回日本木村中队，他们要从老人身上撬开桃北抗日喋血队的缺口，这是日本野狼突袭队的真实企图。"刘武杰继续说道。

"他们的算盘打得真还可以，简直是痴心妄想！我料想偷袭五雷仙山的藤原雄夫捞不到什么好处；而进入大田村的麻生三郎也必然是血本无归。想抓我的父母，我手中的这三尺青锋也不会答应！"谢腊梅正气凛然地说。

"对！我们坚决保护大田村不受欺凌，叫那个麻什么郎有来无回！"赵蕾挥舞拳头说。

"赵蕾姐说的没错，这帮小鬼子活得不耐烦了，叫它见识一下'飞针仙女'的银针！"魏丽敏接着说。

会场要的就是这种气氛，副队长丁勇望了大家一眼："队长，你就把咱们作战方案跟大家说一说？"

"我们这次任务重点是组织群众转移，歼灭来犯之敌。谢腊梅率领第二组与赵蕾、王茹进村后，迅速组织群众向东南周家河转移，周家河的老张叔会准时接应你们。完成任务后返回，由东向西封住口子。副队长丁勇率领第三组郑萌，一组魏丽敏，扎住西口。第三组组长郑怡，与成员刘大中、田新伟，由北向南包抄。我带领一组魏丽霞、张新华由南向北包抄，20名鬼子，叫他有来无回。我特别强调，这20名野狼突袭队队员，不同于普通的日本士兵，他们是经过严格训练的，是十分强硬的对手，麻生三郎还是名出色的狙击手，我们12名队员，基本上每人要击倒两名鬼子才能完成任务。在行动时，千万不要暴露自己的意图。要强调利用战术攻击，发挥战斗小组的整体作用。我希望我们喋血队成员都要安全回来。直到我们把鬼子赶出桃源！"桃北抗日喋血队队长刘武杰说。

"各组的任务明确了没有？"副队长丁勇说。

"明确了，我们什么时候动身？"第二组组长谢腊梅问。

"鬼子夜间偷袭，我们要赶在鬼子前面。现在是晚上八点半，大家准备一下，半小时后出发！留守就由猎户老吴负责。"队长刘武杰说。各组迅速准备。

"妹妹呀，今天夜间行动，姐姐不在你身边，你要学会保护自己，紧跟武杰哥，千万不要脱离他的视线。这帮野狼突袭队队员是经过严格训练的，千万不要掉以轻心。"姐姐魏丽敏嘱咐妹妹魏丽霞说。

"姐，你不要担心，我们这一组还有老猎人新华大叔呢；倒是你自己要注意，副队长丁勇不说，郑萌还是个新手呢，封口的任务很重哦！"妹妹魏丽霞担心说。

"丁勇是个很厉害的猎手，我对他充满信心。郑萌么，苦大仇深，人挺机灵，这几天训练，大家都看到了，进步很快。人嘛，总有个历练过程。"姐姐魏丽敏幽默地说。

"出发了！"队长刘武杰一声呼唤，12 名队员齐聚洞前，每人配带 38 式 6.5 毫米口径步枪一支，正副队长习惯用猎枪，暗器随人所愿，他们对今晚行动信心十足。

夜凉如水。走在前面的是第二组组长谢腊梅和她的战友赵蕾、王茹，谢腊梅对她们恩爱有加。赵蕾是铁匠的女儿，敢作敢为，风风火火，一人曾打死两名日本鬼子。土茹是裁缝的女儿，曾目睹鬼子惨杀父母，心思缜密，作风泼辣。谢腊梅对二人传授旋转基本功，二人配合默契，进步很快，是习武的潜在苗子。

"刘队长，再有十二分钟就进入大田村了。"第二组组长谢腊梅说道。

"停！各组按照任务迅速进入指定区域，熟悉地形，选好待机地址和迂回路线，测定目标距离，演练攻击方法。记住，我们的准备工作充分一点，我们离胜利的目标就会近一分。"刘武杰说。

"是！"四个行动组霎时隐没夜幕中。

一会儿工夫，谢腊梅与赵蕾、王茹便来到了自家门前。屋里已熄灯了，显然父母已经睡了。

谢腊梅上前，轻轻地敲门："爸，腊梅回来了！"

"腊梅，怎么不早点回来呀，外面兵荒马乱的！"谢腊梅父亲谢松打开家门。

"爸，这是我战友赵蕾、王茹，今天晚上小日本要血洗咱们大田村，我们是救你们的！"谢腊梅说。

"就你们几个？"谢松满脸疑虑问。

"不，我的战友已经进入村庄埋伏起来了，你赶快叫醒妈，晚了就来不及了！我们不能让热市古镇的惨剧在大田重演！相信女儿说的话，快！"谢腊梅说。

"好，我去叫你妈！"父亲谢松转身就走。

"慢！你等妈妈起床后，就去叫醒我们邻居，一户也不能拉下！然后你们跟着这位王茹姑娘一起到村东大柳树下等我们。爸，我们去通知其他人了！王茹，你把先到的村民集合在一起，稳住人心，不要乱！"

"组长放心，我会做好工作的！"王茹说。

"王姑娘，刚才你叫腊梅什么？"谢松转过头来问。

"伯父，腊梅是我们行动组的组长。"王茹笑吟吟地说。

"女儿进步了！"谢松径自往屋里走："老伴，快起床，小日本要来了！"

"什么！小日本到哪里了！"老伴梁琼华急匆匆地说。

"刚才腊梅来过，她去招呼乡亲们转移了，她说小日本要来了，今晚血洗咱们村！她要我们把几户邻居都叫醒，到村东大柳树下集合！"谢松说。

"这是腊梅的战友王姑娘，她留下来一起到大柳树下招呼大家！"谢松指着王茹说。

"好标致的姑娘，王姑娘好！"梁琼华拉着王茹的手。

"伯母好！"王茹紧握住梁琼华的手。梁琼华看着一惊："这不是王裁缝的闺女吗？你爸妈死得好惨哪！"

王茹忍着悲痛："伯母，这里不是说话的地方，您和伯父快走吧！"梁琼华看着王茹，这才相信女儿说的是真话。走，都走！

谢松忙着叫醒几家邻居，眼前有热市的惨案摆着呢，大家不用过多的解释，一起奔向村东大柳树下。

等腊梅通知最后几户农家，王茹已在大柳树下把先到的村民招呼在一起。

王茹说："父老乡亲们，你们还记得一星期前，日本焚烧热市古镇的惨景吗？70多名乡亲死在日本的屠刀之下，我的父母就是那天被日本鬼子捅死的。我有幸逃了出来，参加了桃北抗日喋血队。今晚，小日本故伎重演，血洗大田村。与上次不同的是，我们有一支抗日队伍为我们百姓遮风挡雨，鬼子敢来，我们就叫它有来无回！"王茹的讲话，激起了热烈的掌声。

"说得好，我们要让鬼子摸不到风，让他变成聋子、瞎子，然后打他个措手不及。我们组织群众马上向东南周家河转移。麻烦乡亲们都看看，有没有被落下的？"谢腊梅说。

"腊梅，那个周邋遢没有来！"一位老人说。

"哦，就是那个好吃懒做的周邋遢吗？叫了吗？"谢腊梅问。

"叫了，他死活不肯来！"老者回答。

"有哪位小哥肯带路，我们这里赵蕾、王茹一起去。"谢腊梅问。

"我去！"人们看时，是村东头青年林涛。

"那就麻烦小林哥了。赵蕾，你们见机行事，不行了，就给我把人绑来，我们不能让乡亲落入鬼子手里。大家注意，随我向东南周家河方向转移。"谢腊梅把头一扬，带领乡亲们撤走了。

第八章

浴血战斗

　　林涛带领赵蕾、王茹向村东北走去，不一会就到了周邋遢家。

　　"就是这间房，周邋遢老婆走了6年了，老婆在的时候他还干点事，老婆走了就心灰意冷了，给大家的印象不那么好。"林涛说着走进了周邋遢堂屋。周邋遢坐在地上叹长气。"周大哥，叹什么气呢，桃北抗日喋血队的两位同志带你马上离开大田。"

　　周邋遢抬头望了两位姑娘一眼："是刘武杰领头干的吧，听说杀了不少鬼子！解气！"

　　"刘大叔，您认识刘武杰？"赵蕾问。

　　"认识，刘武杰是古镇一带顶尖猎手，他人缘好，有主见，早年我跟他还打过几年猎，这不，我老伴走了，我人也变得懒了！这小日本来了，我妹妹在鬼子进攻热市的时候，遭杀害，她的年纪与你们差不多。"周邋遢说着，从里屋拿出珍藏的猎枪。那枪居然保养得锃光瓦亮，说明主人特别珍爱他的猎枪。

　　赵蕾接过猎枪，品玩鉴赏，突然失声说："这枪还是我爹亲手打制的呢！"

　　"你是赵姑娘，令尊还好吗？"周邋遢问道。

　　"家父被鬼子烧死了，我逃了出来，参加了桃北抗日喋血队。今晚鬼子偷袭大田村，周大叔，您还是走吧？留得青山在不愁没柴烧，咱们的好日子还在后头呢！"赵蕾劝说道。

　　突然周邋遢单膝跪在赵蕾、王茹门前，把两位姑娘弄了个不知所措。赵蕾、王茹慌忙扶起周邋遢："周大叔，您有什么事您就说？"

　　"赵姑娘，我也是七尺男儿，鬼子来了，我岂能退缩，请让我跟你们一起打鬼子吧！我周邋遢豁出命来跟你们痛痛快快干一场。"周邋遢言真意切，令人动容。

赵蕾与王茹对视，姐妹俩默认周邋遢举动，转头对林涛说："小林哥，你去报告腊梅姐，周大叔已经加入打鬼子行列了！"

"不，我也要留下打鬼子！"林涛说。

"小林哥，你就听姐的话，先把话传到，如果腊梅姐同意你打鬼子，你还可以回来！"赵蕾真切地说。

"好，保证完成任务！"林涛说完，转身就走。

"周大叔，你是土生土长的当地人，如果我们要封住大田村东面的口子，你看怎么部署才好？"赵蕾虚心地问道。

"村东属丘陵地形，东北有一土岭叫虎林丘，那儿地形高，视野开阔，你们占着此地，西边来往的人尽收眼底。地形隐蔽，便于出击。来七八个鬼子，你们也能自由应付。"周邋遢沉着地说。

"好，谢谢周叔。我和王茹就去那儿。"赵蕾接着说。

"不急，我估摸着鬼子还要一个时辰才能到，我带你们去那里踩一下地形。打猎和这打仗一样，你首先得选择自己进退位置，目标出现了你才能收放自如。我说的对吧？"周邋遢一解平日愁眉苦脸模样，说起话来滴水不漏。

"周叔，没想到你肚里还挺有文章的，我们还真得向你好好学习学习。"王茹瞬间改变了自己对周邋遢的看法，真是时势造人，说不定周叔就是一个很好的猎手。

"走吧，姑娘们，从我家到虎林丘还要一段路，我这就带你们熟悉地形去。"周邋遢说着背起了猎枪走在了头里。

"赵姑娘，我妹妹也和你爸一样，死得很凄惨，那些遭天杀的小日本鬼子！等我逮住了我要剥它们的皮！"周邋遢边走边发泄对鬼子的仇恨。

"周叔，其实我们每个人和小日本都有深仇大恨，这王茹是古镇王裁缝的女儿，她被鬼子吊在屋梁上，目睹父母被鬼子捅死，是魏丽敏姐妹救了她。她们逃离溪边，在刘武杰的组织下，杀死了5名跟踪的鬼子。而后我们一起参加了桃北抗日喋血队。"赵蕾说道。

"原来是这样，赵姑娘、王姑娘，我们这回一定打得小鬼子哭爹喊娘。古镇人是不好欺侮的，觉醒的中国人就是一堵墙，一片天！"周邋遢发自肺腑说。

"这小鬼子近一段很嚣张，澡堂街营地被国军小分队烧了，刚安静了几天，现在又想着法子作恶了。"王茹说。

"姑娘们请看，前面就是虎林丘，我们过去走走！"周邋遢指着前面丘陵说。

来到虎林丘，树木葱茏，不知名的小花灿烂着。往西望去，视野开阔，物象尽收眼底。赵蕾高兴着："谢谢你，周大叔！"接着周邋遢以猎人的眼光帮赵蕾、王茹选好了三处埋伏地点，以及紧急情况下撤退的路线。

周邋遢交代说："我在村东偏南选好了狙击位置，我还要等腊梅过来互通情报，你们赶紧熟悉下位置，我们不能让小日本占便宜。"这才放心离开了虎林丘。

村东大柳树下，周邋遢等到了返回的谢腊梅。周邋遢说："腊梅，赵蕾、王茹我已带她们进入东北虎林丘待机，她们占领的位置足可以应付南窜的鬼子。我在中间选好狙击位置，你在左边应对敌人，这样我们就可以锁定村东的口子。"

"周叔，这样很好，我倒忘了你是一名老猎手，你能主动参加这次伏击行动，对我们大家是一个鼓舞。好，就按你的安排我们立即进入阵地。小林哥，我们走！"谢腊梅果断地说。

当东边谢腊梅小组进入伏击位置时，西边副队长丁勇率领郑萌，魏丽敏也勘察好伏击地点。凌晨5点左右，日军野狼突袭队麻生三郎少尉带领的突袭分队已深入大田村150米。丁勇招呼郑萌，魏丽敏封口。第三组组长郑怡，与成员刘大中、田新伟，由北向南包抄，进入待机位置。刘武杰带领魏丽霞、张新华由南向北包抄，当小日本进入大田村纵深300米后，刘武杰突地一枪，惊醒了黎明，一鬼子应声倒地。

"表哥好枪法，不愧为咱古镇的好枪手！"魏丽霞说着，迅速向前推进50米，张新华随后跟进。呼的一枪，领头的鬼子倒了下去。魏丽霞纹丝不动，两名鬼子包抄过来。10米、8米、6米，魏丽霞突然站起来，钢鞭飞扬，鬼子触鞭即死。

麻生三郎赶紧隐蔽在一堵墙后，招呼3名曹长分组行动，分别向南北和谢腊梅所在方向散开。麻生三郎一闪不见了。这微妙的变化引起了刘武杰的注意。他迅速跟上张新华："你掩护魏丽霞，我去前边看一看。"

"队长小心！"张新华说道。

"我知道。"刘武杰想起组织的交代，麻生三郎是日军著名的战术专家和狙击手，小心使诈。他一边想一边向前摸去。糟了，我刚才忘了跟老张交代了，注意狙击手的动向，但愿老猎手不会出现新的问题。

麻生三郎转眼来到一禾场边，利用稻垛向四周观察起来。突然他听到南边有物体移动的声音，这声音极微，来自约90米开外，没有经过训练的人是听不出来的。

"注意，前面有狙击手！"猎手张新华提醒道。

魏丽霞转过头来，被击中右肩。张新华看得真切，手举帽子一闪，又被打了个窟窿。

"丽霞注意，这是一名狙击手，很可能就是麻生三郎，咱们不要轻举妄动，静下心来一个守株待兔！"猎手张新华交代说。

魏丽霞额上渗出了汗珠，右手几乎抬不起来了。她强压怒火，轻轻地点了点头。

两声枪响之后，麻生三郎调整方位，狡诈地移动到一土丘旁，开始捕捉新的目标。

向北蠕动的鬼子游击组两人一伙，小心翼翼地向北推进。

第三组组长郑怡，提醒大家："鬼子来了！"中间的两名鬼子边前进边扫射，气焰嚣张。猎手刘大中呼的一枪，干掉了左边的鬼子，右边鬼子抬枪扫射，一时尘土飞扬。这时从右边又蹿出两名鬼子，将枪对准刘大中："不准动！"情势危急。猎手田新伟突然从左边直进，一枪托砸昏鬼子。刘大中就地下蹲，一个扫堂腿将鬼子绊倒，乘势掐住鬼子脖子。鬼子摸出军刀，对准刘大中臀部就是一刀，刘大中被迫松开双手。

鬼子站起来，被田新伟一枪托打翻在地，刘大中乘势将鬼子击毙。苏醒的另一名鬼子对准刘大中就是一枪，击中大腿，田新伟怒不可遏，一枪打死了这个鬼子。

正当郑怡向刘大中观望，突然被从左边上来的两名鬼子逮了个正着。"花姑娘的干活！"说着就把郑怡往右边民房里推。田新伟一看，不好了，咱们组长要受辱了。对刘大中说："你不方便，我去救郑怡！"说着抬腿就往民房奔去。田新伟看鬼子关了前门，迅速爬上房顶，揭开房瓦对准目标，枪声响起，一名鬼子应声倒了下去。另一名鬼子放开郑怡，朝房顶连开数枪，郑怡趁机躲了起来。小鬼子一下没看到人，四处搜查。这时田新伟一脚踢开大门，与鬼子站了个面对面。呼地一声，鬼子应声倒下，他拉起郑怡就往外走。刚到大门口，就被鬼子用枪逼了回来："你们跑不了了！"

田新伟定睛一看，这名鬼子肩上别着少尉军衔，哦，那一定是麻生三郎了，于是迎了上去："你可找对人了，我是专门为你送葬的！"

"八嘎！你的良心大大的坏了！"麻生三郎一枪击中田新伟左脚。与此同时，田新伟枪响打中麻生三郎右膀。"吆西！你的有两下子！"麻生三郎刚想发作，右脑被枪管顶住，他往下一蹲快速击倒来人，夺门而去。

田新伟就要追赶，被来人叫住："让他去吧，你有伤，赶不上他的！"田新伟回头："副队长没受伤吗？"

"这小鬼子下手太重，看样子是麻生三郎吧？"副队长丁勇说。

"副队长，你可来得及时，不然我们会很被动的！"第三组组长郑怡说。"田大哥，你过来，我给你包扎一下！"

"狗日的麻生三郎，出手还挺快！我那一枪，他也好不了那里去。"田新伟说。

"新伟包扎后和郑怡几个继续守住村北防线，防止小日本狗急跳墙。"副队长丁勇说完就走了。

第九章

关门打狗

麻生三郎从土屋逃出，几经辗转向北而去，尽管他动作轻盈，但他还是逃不脱猎人的耳朵。刘大中忍着疼痛，等待猎物的出现。呼的一声，麻生三郎被击中右手腕，他就势一滚，向西北方向逃去。"倒霉，真它娘的倒霉，土八路太厉害了！"他没有预计到这样的结果，还是逃命要紧。这个被称为战术专家的麻生三郎，的确经历了许多大小战斗，他侥幸活了下来。他没有想到他的突袭队队员，居然被困在这个小山村。而且对方的战术水准相当高，不亚于他的突袭队队员，他怎么就没有想到呢，这个脸丢得太大了。麻生三郎脑子一片空白，借助房屋的遮挡，他又向西北逃窜了几百米。

魏丽敏、郑萌在这个伏击点已经等了一个小时了，副队长嘱咐她们要有耐心。郑萌是新手，有些沉不住气了："丽敏姐，敌人是不是绕过去了，战斗都进行一小时了，我们连鬼子的影子还没见着。"

"郑妹妹，急了吧？越是安静越证明离我们发挥作用的时候就要到了！"魏丽敏安慰说。其实魏丽敏比郑萌大不了一岁，斗争的环境使魏丽敏成熟了许多。"注意，那边有动静！"一个人影在左前方闪了一下，这个郑萌也看见了。

"咱们让他靠近点，再干掉他！"魏丽敏坚定说。"好！"郑萌迅速向右闪开。

麻生三郎两次受伤，他带领的突袭队，被桃北抗日喋血队包围分割，局势一下变得很难掌控。他利用地形腾跃，来到离开土屋不远的地方。凭他的直觉，这前面仍然充满危险，不得不小心翼翼地奔跑着。

呼的一声，魏丽敏打了一枪，人影向前扑了一下，一下就不见了。郑萌要追，被丽敏按住："穷寇莫追，这人不是一般的鬼子！注意前面变化！"

麻生三郎闭住气："奶奶的，死了死了的有！"他调整姿势，拿起狙击枪，突然放了一枪，打中郑萌左肩，转身消失在视野里。丽敏跑过去，迅速给郑萌包扎伤口。

"这该死的小鬼子，竟然放冷枪！"郑萌愤愤说道。"还好，子弹没伤着要害。注意隐蔽"魏丽敏提醒说。

前面有个人影一闪，消失在民房左。

魏丽敏对郑萌说："等一下你掩护我，放枪从右边把鬼子引出来，我去杀了这个鬼子！"

"丽敏姐小心点！"郑萌吸取了刚才的教训，调整位置，认真观察起来。目标再次出现，郑萌突地放了一枪，鬼子一惊，又躲了起来。魏丽敏迅速向鬼子接近。

"花姑娘的咪西！"鬼子向魏丽敏扑来。魏丽敏突然蹲下，吊鬼子胃口，果然这一招有效，鬼子放开大步，向她扑来。魏丽敏站起来，双手一扬，飞镖射进鬼子百会、印堂、人中、太阳、耳门等穴位，倒地而死。魏丽敏迅速返回。"丽敏姐，你真行！"

"咱们不能松懈，说不定还会有鬼子窜过来！"魏丽敏叮嘱说。

向谢腊梅父亲谢松家运动的鬼子，扑了个空，气得哇哇大叫。刚出土屋，躲在暗地里的周邈遇甩手一枪，一鬼子应声倒地，随即调整射击位置。鬼子被这一枪打懵了，这是哪里射出的子弹，正在蒙头转向时，又一鬼子被击中。这一枪是藏在暗处的谢腊梅打的，挨近的林涛说："我也试试！"鬼子听见南边有说话声，调过头来猫腰搜索前进。冷不防林涛呼的一枪，击中了一名鬼子的右耳，痛得鬼子哇哇直叫。

"腊梅姐，我也开洋荤了！"说罢大笑起来。

"注意隐蔽！"谢腊梅话没说完，鬼子一梭子扫过来，把林涛吓了一大跳。咻的一声，那是猎手周邈遇打的，又一名鬼子倒下。剩下的两名鬼子如惊弓之鸟，蒙头乱转。

"咱们的机会来了！"谢腊梅说完，随即腾跃，利用障碍物接近鬼子，林涛同时跟进。周邈遇左旋，绕到敌人前面，又是一枪，再次击中鬼子。剩下的那名鬼子哭丧着脸，端起枪盲目扫射，被林涛打了个正着。把个初次参加战斗的林涛乐得一蹦三尺高："我终于打死鬼子了！"

周邈遇走了过来："小子还不错嘛！腊梅，我们向虎林丘转移，助赵蕾、王茹消灭最后一拨鬼子！"

"好的。林涛，你跟周叔一组，从左边接近虎林丘；我从右边，大家小心前进！"谢腊梅说。

"好，我们走！"周邋遢一拉小林，消失在民房背后。谢腊梅没有后顾之忧，很快就接近虎林丘。

丁勇待了一会，他估计小日本向西回窜的机会不太大了，他嘱咐魏丽敏、郑萌守住阵地，自己提枪向东面走去。附近静了下来，太阳已蹦得老高，他作为副队长，今天的战斗他还没有尝到腥呢，他知道，去晚了，他就见不到鬼子了。

领队军曹松前庆一突然停了下来，他对士兵们说："你们三人去虎林丘，我们两人向东北迂回，速度要快！"丁勇赶到时，发现有鬼子往东北方向逃窜，随即跟了上去。

鬼子已进入赵蕾视线，叮嘱王茹："鬼子来了！"随即呼的一枪，跑在前面的鬼子被击中。王茹也不示弱，干掉了右边那名鬼子。谢腊梅瞧得其切，一枪击中躲进草丛的鬼子。周邋遢出现，与众人会合："我明明看见5名鬼子，怎么一下变成3个了？"

"那两名肯定是往北逃了！走，咱们乘势追击！"谢腊梅指挥说。

郑怡经过刚才的惊险，警惕性提高了许多。她吩咐大家继续监视可能北窜的敌人。不一会儿，有两名鬼子由东南向东北方向移动。郑怡来不及跟大家打招呼，目标进入射击距离。郑怡举枪瞄准，呼的一声，鬼子倒下。与此同时，另一名鬼子回头，被丁勇一枪击中。丁勇招呼大家打扫战场。击毙鬼子19名，仅麻生三郎侥幸逃脱。

桃北抗日喋血队迅速撤离战场返回驻地。

桃北抗日喋血队召开总结大会。

刘武杰说："大田村战斗，喋血队发挥了整体优势，这一仗，我们打得干净利索，取得了桃北抗日喋血队成立以来最辉煌的胜利。全歼日军野狼突袭队麻生三郎分队19人。缴获日军轻机枪二挺，掷弹筒二具，38式6.5毫米口径步枪11支。仅麻生三郎重创后侥幸逃脱。

战斗中，喋血队员田新伟、魏丽霞、谢腊梅、周邋遢表现出色，老猎人田新伟一人打死4名鬼子，是抗日喋血队全体学习的榜样。新队员林涛、郑怡初上战场，分别击毙1名鬼子。喋血队员魏丽霞、刘大中、郑萌受伤后，仍能坚守阵地，打击鬼子。彰显了我抗日喋血队浩然正气。魏丽敏打死2名鬼子。

这里，我要特别表扬第二组组长谢腊梅和她的战友们，他们在有限时间内成功疏散大田村的百姓，为我们围歼鬼子创造了有利条件，解除了喋血队的后顾之忧。副组长赵蕾紧急情况下果断处置，吸收老猎人周邋遢加入队伍，弥补了我待机力量不足。周邋遢熟悉地形，协助谢腊梅在紧急情况下布防下了力。他以猎人的眼光，把赵蕾、王茹安排守虎林丘，使东边防御坚不可摧。"刘队长的讲话，激起了喋血队队员热烈的掌声。

"刚才刘队长讲了，大田村战斗，我们取得了绝对的胜利。综合起来我们这四点是值得发扬的：一是思想准备充分。战前我们作了充分的估计，对小日本野狼突袭队的作战能力、行动措施进行了充分分析，做到了心中有数，应对有力。二是地形熟悉。我们提前到达大田村，分组对地形进行了实地勘察。特别是我们有一批老猎手，发挥了很好地作用。三是配合密切。战斗中，我们搁置了单兵盲目进攻性，强化了战术支持。像魏丽敏前进时，就得到了郑萌的旁敲侧击，两人联手杀死了鬼子。四是机动灵活。同志们，有很多经验值得我们去总结，我们不盲目自大，也不要妄自菲薄。成长起来的桃北抗日喋血队，一定打好下一仗！"副队长丁勇的讲话再次激起热烈的掌声。

"丁队长总结得不错。刚才我把我们胜利的消息向地下党的同志作了汇报，组织上对我们取得成绩表示祝贺！同时告诉我们，野狼突袭队的这次行动，本来突袭队队长高岛雄二中尉要亲自跟来的，可临出发时高岛雄二肚子痛，没有参加行动，很遗憾，我们少了一个对手。不久的将来，高岛雄二一定跪在我们面前求饶，我们期待这一天的到来！"桃北抗日喋血队队长刘武杰说。

第十章

卷土五雷

　　藤原雄夫率领安保秀二、网代一郎曹长等10名野狼突袭队员，化妆成香客，前往五雷山偷袭。军曹中野柯南被分配网代一郎曹长那一组。藤原雄夫少尉吸取上次教训，这次行动禁止队员迷恋女色，违令者斩！这一条确实有震慑，野狼突袭队员不敢调戏妇女。

　　和煦的阳光渗透山岚，通往金殿的路透迤祥和。五雷山住持张天华的堂妹张美娇，受到日本鬼子的挑衅将它们踢下悬崖，也算给张狂的日本人一记教训。

　　当晚，五雷山住持张天华召集全殿道人、道姑大会，气氛庄严肃穆。235名道人、道姑齐聚金殿。

　　监院林少杰说："今晚把大家召集拢来，主持要对今天发生在金殿拜塔，日本鬼子的挑衅事件作一说明。商讨应对突发事件的措施，下面请住持讲话。"

　　五雷山住持张天华说："监院，知客、巡照、库头、帐房、高功、典造、堂主、迎宾八大执事，各位道友，今天晚上在这里举行一次特别议事，商讨应对突发事件。今天未时，二名日本鬼子（我估计还不止这二名）在拜塔对美娇师妹进行调戏，被美娇师妹踢下悬崖。这件事看来不那么简单。我五雷仙山注定与小日本有一场角斗。

　　大家听说过五台山和尚反抗日军的故事么，上千名五台山僧人前仆后继，组成和尚连，对日军造成了极大的麻烦，很多日本鬼子就死在了五台山僧人的刀锋下。我想佛教和尚能够做到的事，我们道教也一定能够做得到。

　　最近，日军先后两批从石门、慈利方向窜至热水坑，驻扎在热水坑洗澡堂边的一条街上，同时抢占了澡堂两边高山，云盘山和梳背岭修筑工事作为据点，用以堵击国民党从慈利方向来救援常德的部队。而骚扰我五雷仙山的小股日本鬼子，肯定与驻扎云盘山和梳背岭修筑工事的日军有关。

谢腊梅师妹告假回热市探望父母，途中遭遇鬼子，被她干掉了5个，接着加入了桃北抗日喋血队。她是有骨气的中国人，也是我们道友的楷模。祖国大好河山，遭受小日本的铁蹄蹂躏，觉醒的中国人坚决不做亡国奴。

为五雷仙山自保，我和监院决定，于一个月前购置38式6.5毫米口径步枪20支，子弹8000发，并已着手让堂主欧阳毅、田周星他们进行训练。前天我和监院去验收，训练效果还不错。

据史书记载，五雷仙山道教'始于唐、盛于明'。相传西域净乐国太子曾选中此地，垒石室苦修，'得道高升'，这就是著名的真武帝君。嗣后，唐代大将军李靖慕名上山草创道观。元末翰林国史编修张兑辞官不做，归隐天门山、五雷山，在五雷山扩修殿宇，弘扬道教文化，并亲题'楚南名山推第一'，从此五雷仙山名声大振，所建殿宇'旁魄百里，列县俱瞻'，明神宗得知后，封五雷仙山为'洞天福地'。道友们，五雷仙山是道教的骄傲，我们决不允许东洋人肆意捣乱！"张天华主持的讲话激起了热烈掌声。

张主持用手压了压："道友们，捍卫五雷山道观的尊严是我等刻不容缓的神圣职责！我和林监院琢磨着，从现在起，必须内紧外松。金殿由监院林少杰坐镇，堂主胡少南协助；观音阁由堂主张美娇负责；翰林祠由堂主刘大武负责；紫金宫由堂主林一忠负责；朝圣门由堂主欧阳毅把守；斗姆宫由堂主何毅负责；王爷殿由堂主陈晨负责；关圣殿由堂主田周星负责；其余地段按原职责不变。知客、巡照、库头、帐房、高功、典造、堂主、迎宾八大执事各司其责。都管左中文率道友50名加强仙山巡逻。大家还有什么补充没有？"

"我认为这是一场血腥的战斗，敌暗我明，我建议由总理李胜利率20名道友混入香客中，协助各关卡防务，紧急情况下互动。"巡照钟勇全建议说。

"道兄这个提议好，再增加4人，分为二组，堂主谢卫协助。第一组下山，第二组上山，交替进行。"住持张天华说。

"我建议在五雷仙山二天门五雷雄狮地段设二名暗哨，留意香客人群中的动向，一旦发现可疑情况，立即通报，防患于未然。"知客刘欣道长说。

"这也是一条好的建议，这件事就交给刘欣兄去布置。大家还有什么不明确的没有？如果没有了，散会！"住持张天华说。

五雷山进入了整体防御期，一枚新月好像一朵白色梨花，宁静地开放在浅蓝色的天空中。五雷山的夜色，美极了。

金色的霞光，犹如一只神奇的巨手，徐徐拉开柔软的雾帷，整个大地豁然开朗了。霎时间，万道金色霞光浸染了半天．山、树、云，都成了金色一片。

藤原雄夫率领的 10 名野狼突袭队员，混入香客，可那不长不短的武器，有的当棍使，有的斜背肩上，有的抬着，五花八门，明眼人一看就不像朝圣的。上山的人很多，鱼龙混杂，这一点，多少帮了藤原雄夫他们一点忙。藤原雄夫原打算夜间上山的，但夜间视野模糊，最后还是改为白天，这样虽然冒险性大些，但机动性明显优于夜晚。

当藤原雄夫一行穿过一天门，来到二天门附近，被守卫在五雷雄狮前的熊威道长发现行迹可疑，果断一闪，立即传信朝圣门堂主欧阳毅，暗示作好准备。接着传信总理李胜利，作好策应。几乎同时，住持张天华得到了小日本来袭的消息。金殿警钟擂响。

"我们被发现了！"藤原雄夫令突袭队员就地散开，对准香客就开枪。随着清脆枪声，十几名香客倒下。

"狗娘养的，小日本如此枪杀无辜！"混迹于香客人群中吴华道长一组飞镖，结束了一名日本鬼子的性命，迅速隐蔽起来。鬼子没摸着头脑，调转枪头对准香客又是一阵扫射，又有 7 名香客倒在血泊中。巡逻的清风道长甩出一组飞刀，劲射一名鬼子眼球，负痛滚下山崖。朝圣门堂主欧阳毅，调整部署，利用屏障依托，对小日本进行了实地反击。顷刻间打得鬼子抬不起头来。安保秀二、中野柯南曹长被击毙。藤原雄夫一看，这还了得，一刻钟不到，4 名突袭队员提前见了阎王。他两眼发绿，歇斯底里嚎叫："撤！" 6 名鬼子后撤不到 50 米，被巡逻的都管左中文带领的队伍截住了退路。

左都管大喝一声："小鬼子哪里逃！"众道士蜂拥而至，刀光剑影，小鬼子来不及摆弄武器，又有 5 名鬼子倒在血泊中。藤原雄夫抽出佩刀，歇斯底里哇哇地叫个不停。

左中文立定："请道友们闪开，我要好好地教训教训这个小鬼子，让他知道中国人不是好欺侮的！"

"你的，什么人物？敢与皇军挑战！"藤原雄夫蔑视地说。

"五雷道观都管左中文，一个取你性命的中国人！"左中文英气十足地说。

"哦，左都管，请！"藤原雄夫撩开架势。

"这小日本临死还摆花架子，真是茅坑里的石头又臭又硬！"赵力华道长说。

"剑道"一词最早源于中国先秦时期古籍《吴越春秋》。早在两汉时期，中日即有兵器及冶炼铸造技术的交流往来。同时中国一脉相承的双手刀法经过日本官方派遣遣隋使和遣唐使与中国大陆之间的官方往来，以及朝鲜半岛和大陆沿海周边地区和日本群岛的民间交流，于隋唐时期流传到了日本。我国是亚洲花纹刃的起源地，干将、莫邪、欧冶子大师的威名穿越了千年时空至今仍是炎黄子孙的骄傲。

中国剑是一种平直、细长、带尖、两面有刃的短兵械。剑是我国古代的四大名器之一，誉称为"百兵之君"。剑在古时，是作战的武器，有剑锋和两刃，使用起来逢坚避刀，不硬撞、强击。练起来"剑如游龙"。带有几分文气、优美。其用法有刺、劈、挂、点、崩、云、抹、穿、压等，在剑法的基础配以剑指，加以各种步法、步型、跳跃、平衡、旋转等动作构成了剑术的套路。

左都管习武当太乙门剑法，其剑法特点是快慢相兼，刚柔相含，练习时要求剑随身走，以身带剑，神形之中要做到形与意合，意与气合，气与神合。六合之中亦需要手、眼、身、法、步神形俱妙。此剑法，行如蛟龙出水，静若灵猫捕鼠，运动之中，手分阴阳，身藏八卦，步踏九宫，内合其气，外合其形，是武当剑中的佼佼者，自古为武当山的镇山之宝，秘传之法。

刀柄到刀尖即切先部分有足够的距离，而且不同于砍，砍的刀尖轨迹是直线，拔刀则是弧线，所以类似于杠杆原理，力量和速度传到切先时会达到很大，达到一击必杀。藤原雄夫静待左都管进攻，他在琢磨着日本刀法。

左都管腾空，双剑齐下，逼向藤原雄夫。藤原意念一闪，佩刀出鞘，硬接了左中文一剑，双方威震，后退三步。藤原一愣，这中国老道颇有些功力，不得大意。随即只见刀剑翻飞，叮当声四溢。左都管白猿献果、金鸡独立、大鹏展翅、猛虎扑食，令人眼花缭乱。藤原雄夫九鬼拔刀、双星坠地、黑虎偷心、金蛇缠丝，一招紧过一招。当格斗进到60回合，一道长飞驰而来。藤原一疏忽，冷不防被左都管刺中左肩。

"住持！"众道长恭迎主持的时候，藤原雄夫转过刀锋，来了招乌龙盖顶，砍向住持张天华。张住持以身行气，突地打出一组飞刀，劲射藤原太阳，耳门，人迎死穴，藤原中刀身亡。霎时欢呼声响彻山岚。

藤原雄夫野狼突袭分队全部落网。鬼子杀害香客15人，五雷仙山道观无一伤亡。

第二卷

生死较量

第十一章

山路弯弯

桃北抗日喋血队召开骨干会，会议由副队长丁勇主持。组长魏丽敏、谢腊梅、郑怡参加了会议。

丁勇说："大田村战斗，我们取得了绝对的胜利。经过几天的休整，队员思想进一步得到了统一，组织纪律性有了加强。最近，小日本频频活动，骚扰周边群众，残杀无辜，搅得鸡犬不宁。我们要作好新的战斗准备。下面请刘队长说说。"

桃北抗日喋血队队长刘武杰扫了大家一眼，接着说："同志们，我们今天开个短会，部署一下当前工作。关于目前形势，副队长已经说了，小日本不安分，野狼突袭队损失惨重。去五雷仙山突袭的藤原雄夫分队，10名队员全军覆灭；而血洗大田村的麻生三郎，只身逃回，把个野狼突袭队的高岛雄二气得吐血。野狼突袭队受到重创，中队长木村一郎脸上挂不住，于是歇斯底里，骚扰百姓。根据地下党指示，永风村谢伟松大叔手上有一份重要情报，因通过敌封锁线时被敌冷枪打中右胸，现在一山洞养伤。组织叫我们自己去取。根据这个情况，喋血队决定抽4名同志去执行这个任务。我和副队长研究，由我带一组魏丽敏、魏丽霞和二组周遍遍去执行任务。家里工作由副队长丁勇负责，带领队员继续训练，准备迎接新的战斗。"

"队长，这个任务还是我们二组去吧，我会武功，周大叔是我们组成员，完成任务不成问题的！"二组组长谢腊梅要求说。

"腊梅呀，本来你去也是可以的，现在喋血队训练任务很重，帮助大家提高军事素质，这也是很重要的！"刘武杰说。

"好，我听队长的！"谢腊梅说。

"大家都听明白了没有？"副队长丁勇说。

"明白了！"众口同声。

"丽敏，你通知下丽霞和周邈邈，到我这儿咱们再通通气。"队长刘武杰说。

"好的，我这就去通知！"魏丽敏说完，转身就走。

不一会，大家便到齐了。魏丽霞见面就问："表哥，有任务？"

"没错，大家坐下，我们扯一下行动方案。"刘武杰说。"根据地下党指示，永风村谢伟松大叔手上有一份重要情报，因通过敌封锁线时被敌冷枪打中右胸，现在一山洞养伤。组织叫我们自己去取。这就是我们今天的任务。谢伟松，周邈邈应该认识？"

"这是个不错的兄弟，早先他卖小百货，走村穿巷，和我们猎户混得很熟。没想到他干上地下交通了！"猎户周邈邈说。

"任务大家都明确了，我们现在就研究一下行动路线。从我们喋血队住地出发，到永风村大约有20华里，由于小日本活动频繁，大路我们就不走了。邈邈，你知道哪儿有小路，或捷径吗？"刘武杰问道。

"小路倒是有两条，我们狩猎也常去那一带活动，到永风要近四五里路。"周邈邈说。

"好，邈邈你带路。为防止意外，请大家带足两天的干粮，每人50发子弹，半小时后我们出发。"刘武杰说。

"姐，我大姨不是居住在永风村吗？小时候我们去她家，不是经常走小路吗。记得有一年秋，我们贪玩，半途上我们进了一个山洞，竟迷迷糊糊地睡着了。后来大人们没发现我们，打起火把到处找。还是你出的主意，叫我莫作声，硬是叫大人们折腾了一个晚上。我们钻出来，竟到了大姨屋后面。"妹妹魏丽霞说。

"你不说，我还真把这件事给忘了，后来父亲给我们定了一条规矩，到大姨家，不许放单飞！"姐姐魏丽敏说。

"可我们哪能听爸爸的，结果我们结伴又悄悄地去了两回。直到有一天，我们发现一条大蛇穴居洞口，后来就没有再去玩了，现在想起来还蛮刺激的。"妹妹魏丽霞说。

"对了，这个说不定对我们完成任务有帮助。妹妹，我们先不要说。"姐姐魏丽敏说。

"我听姐姐的。"这对双胞胎姐妹回忆起儿时的趣闻，竟不住心情荡漾。

出发了，周邈邈带路。今天天气很好，天高气爽。不知名的野花在风中摇曳，不时飘来阵阵花香。田野稻子熟了，一片耀眼的金黄。

"看这秋，沉甸甸的稻穗迎风摇摆，金灿灿的橘子挂满枝头，要不是小鬼子盘踞，乡亲们早该收秋了。"周邋遢感慨地说。

"是呀，小日本铁蹄践踏祖国大好河山，这笔账中国人民迟早是要跟它清算的。不把小日本赶出中国，老百姓是没有好日子过的。"刘武杰队长说。

"表哥，小日本会不会对永风村进行偷袭呢？"一组组长魏丽敏问。

"你怎么突然这么想？"刘武杰一下来了兴趣，掉头看着表妹说。

"表哥，你看，小日本在大田村失利后，急于在周围寻找目标，进行报复，离小日本阵地前沿比较近的这永风村算一个。说不定这谢大叔手里的情报就是要我们配合打乱鬼子的部署，消灭这一股敌人。"魏丽敏分析说。

"嗨，你这小丫头还真动了脑子，如果是这样的话，我们还真得进永风村看看。"刘武杰说。

"队长，我看丽敏的分析很有道理，我们的人手不够，但我们可以打乱敌人的整体部署，起到敲山震虎的作用。"猎户周邋遢说。

"老周，你先去取情报，我与丽敏姊妹去永风看看，如果永风方面枪响，你及时赶过来！"刘武杰吩咐说。

"队长保重！"周邋遢说着就走了。

"表哥，通往永风的小路我们还有一条捷径。"魏丽霞说。

"哦，你们姊妹怎么知道的？"刘武杰问。

"我们大姨不是住在永风村吗？"魏丽敏说。

"你是说黄美凤，我怎么把她给忘了？"刘武杰说。

"小时候，我们姐妹俩经常去大姨家玩，有一回我们找到一个山洞，因为贪玩我们竟在洞里睡着了。后来大人们打起火把到处找。我们恶作剧，没有出来，硬是叫大人们折腾了一个晚上。我们钻出来，竟到了大姨屋后面。"魏丽霞绘声绘色地说。

"这条道在哪里？"刘武杰问。

"翻过这道山梁，右拐200米就到了，很隐秘的。"魏丽敏补充说。

"好，就按你们说的，咱们再来一次探险！"刘武杰笑着说。

"表哥，你跟着我们走就对了！"妹妹魏丽霞打趣地说。

一个小时后，三人到达那个所说的洞口。丽霞就要往里进，被刘武杰一把拉住。"慢，这里好像来过人！"刘武杰以猎人的眼睛观察洞口植被，作出准确地判断。"你们左右跟进，看我的手势行事。"姐妹俩点头，悄然跟进。行至50米，洞里飘着一股药味儿，证实了洞里有人的判断。

"谁！"洞里杂草堆上躺着一位老人，警惕性极高，发声问道。

"我，武杰！"刘武杰猫腰走了过去。

"我这洞很隐蔽，没有人能够发现，你是怎么找到的？"谢伟松说。

"我要谢谢我的两个表妹，是她们领我找到你的。当年她俩淘气，在这地洞睡了一天一夜，害得她们的父辈打着火把、领着乡亲们折腾了一夜。"刘武杰说。

"哦，你们是永风黄美凤的外甥，一对双胞胎，当年我也举着火把寻人来的。咳、咳……"谢伟松说。

"谢大叔！"魏丽敏、魏丽霞姐妹同时说。

"哎，几年不见，都长成大姑娘了。"谢伟松接着说。

"武杰，你要的情报在这儿！"老人说着从内衣掏出一叠发黄的纸，交给刘武杰。

"谢大叔，您捎信不是叫我们去鹰嘴岩找你吗，怎么转移到这儿了？"刘武杰拿信起了怀疑，因为组织传递情况，从来不用这种发黄的纸料的，谢伟松他见过一面，体型差不离，但这口音却有点特别。

"鹰嘴岩被小日本特工发现，所以零时作了转移，还没来得及通知你们，没想到给你们误打误撞上了！"谢伟松遮遮掩掩地说。

"原来是这样，真是踏破铁鞋无觅处，得来全不费功夫！"刘武杰把手轻轻一压，魏丽敏、魏丽霞姊妹俩迅速散开，成三足鼎立。

"把手举起来！"洞里一下多了两个人，三支枪一起对准刘武杰，形势突变。

"这就沉不住气了！要是我，得把3个人毫无戒备的送出洞口，然后悄悄地下手！哪像你们这样大张旗鼓的耀武扬威，还不知道鹿死谁手！一群蠢猪！"刘武杰头一扬，魏氏姐妹天女散花，3个大汉气绝身亡。"我说呢，一群蠢猪！"

"咱们走！"刘武杰手一挥，3人立即离开现场。

"表哥，你是怎么看出他们破绽的？"魏丽敏问。

"我对这药味很敏感，我们猎人有时对猎物也会施药，由于你们姐妹长期与药打交道，所以这异味对我们暂时不起作用。与假谢伟松交流，我发现容貌有出入，特别是左耳那颗痣，真谢伟松是没有的。再就是说话的口音，我承认，这小日本的汉语说得很流利，但他说话的口音还是露了马脚，这就加深了我对假谢伟松的判断。最后他凶相毕露，小鬼子的狰狞面貌暴露无遗。由此可以推断，谢伟松已经被鬼子杀害或监禁了。我们得赶快赶往永风，说不定鬼子已对百姓下手了。"刘武杰说。

第十二章

永风遭劫

　　刘武杰一行沿山洞前行，半小时后出现永风黄美凤屋后。只见小鬼子把百姓驱赶至 200 米西南方向一晒谷坪，有 5 名群众已被鬼子捆绑吊起。晒谷坪架有鬼子 3 挺轻机枪。刘武杰对魏丽敏姐妹耳语："咱们再往前一点，你俩负责打掉鬼子机枪，我乘机敲掉敌指挥官和翻译官，乘小鬼子大乱时解救群众。"

　　"丽敏、丽霞明白！" 3 人悄悄地向晒谷坪靠拢。"呼"的一声，左边机枪手头一歪，见了阎王。接着又是一声清脆的枪声，中间的那名机枪手也跟着去了。剩下的那名机枪手向枪响方向扫射。这一梭子还没打完，又被击中头部。机枪哑了。

　　"八嘎，中国人的狙击手！给我狠狠地射……"指挥官话没讲完，就被飞弹击中头部倒地身亡。

　　"小野君，小野君，你醒醒！"一日军少尉跪地摇着指挥官的身躯叫喊道。

　　"麻生三郎，这狗日的又来到了这里！"刘武杰环顾四周，小声地说道。

　　"太君，太君，咱们赶快撤！"日本翻译官大声喊道。"你走不了了！"刘武杰手起枪响，翻译官倒下。鬼子被这突然的气势压倒了，不知来了多少游击队，四处乱窜。

　　麻生三郎叫士兵抬着小野，向西南方向撤退。魏丽敏姐妹追击放了几枪，就返回解救、撤离群众。

　　"大姨，我来帮你！"魏丽霞跑过去帮黄美凤解开绳索："大姨，你受惊了！"

　　"丽霞，你怎么来了？"黄美凤问。

　　"丽霞和姐姐已经是桃北抗日喋血队的成员了，自从古镇被小日本焚烧，我们俩姐妹就加入了抗日组织，参加了几次痛击小日本的战斗。这次我们受组织派遣，来永风取情报。结果地下交通谢伟松遇害，我们识破小鬼子的阴谋，杀死了3名作乱的鬼子，来这里解救群众。"魏丽霞说。

"原来是这样，我们老百姓谢谢桃北抗日喋血队的同志，如果不是你们，我们永风的老百姓又要受害了。"黄美凤说。

"大姨，我去清扫战场，那些小日本留下的枪支、弹药，可是我们喋血队的宝贝！"魏丽霞说。

"大姨帮你。大中，你找两个青年，把小日本留下的枪支、弹药，集中到一块，这可是我们抗日同志急需的物资！"黄美凤说。

"他们刚才救了我们老百姓的命，这点小事，就包在我身上了。"大中很细心，他把鬼子留下的枪支、弹药、指挥刀、望远镜、地图等等，通通集拢来，收获还真不小呢。

"报告队长，这是我大姨黄美凤，这是永风村民田大中，他们帮助丽霞打扫战场，击毙日军12人（其中指挥官1人），一共缴获日军轻机枪3挺，子弹600发；掷弹筒二具，炮弹2发；38式6.5毫米口径步枪6支，子弹235发；9毫米左轮手枪1支，子弹15发。望远镜一具，军用地图一副。"魏丽霞报告说。

"谢谢黄美凤，谢谢乡亲们，打乱鬼子部署，赢得了偷袭的胜利。"抗日喋血队队长刘武杰说。

"队长你看！"周邋遢说着麻利地从背上扔下下5颗鬼子头颅。

"哇，周叔可厉害了！这样我们一共击毙鬼子17人，周叔还缴获2支步枪呢！"魏丽敏高兴地说。

"这次小日本遭受重创，短时间内不敢再轻举妄动。黄美凤，麻烦你动员乡亲寻找一下谢伟松的下落？"抗日喋血队队长刘武杰叮嘱说。

"我会的！"黄美凤说。

"大姨，我们有任务，有时间再来看您！"妹妹魏丽霞说。

"就数你嘴甜！"黄美凤说。

"对了，美凤，能不能叫2名有觉悟有力气的年轻人，帮忙送一送这些武器？这些鬼子尸体叫乡亲们抬远点埋了。"刘武杰说。

"田大中，你跟小林帮抗日喋血队送一下武器。鬼子尸体，我跟村长说说埋掉。"黄美凤应声道。

"周邋遢，我们二人负责机枪和掷弹筒、炮弹；田大中、小林一人3条步枪；魏丽敏、魏丽霞姐妹一人两条步枪，外加望远镜、军用地图，手枪归我附带，大家明确了没有？"刘武杰问道。

"好的，我们执行！"

返程路上，由于永风村村民田大中、小林带路，一行人走得很顺当。两个小伙子不时向队长发问。

"刘队长，你们真神，一出现就把小日本打懵了。呼、呼、呼那三枪，三挺机枪就变哑了，接着流星赶月，小日本指挥官和翻译官就趴地不吱声了，感情你们都是神枪手！"田大中摇头晃脑，中国人的自豪劲就不用提了。

"当时我在群众当中，当小日本吊起5名百姓，就知道他们要下毒手了。三挺机枪对着我们，还有两具掷弹筒杨威，确实有点吓人。那翻译官哇哇地乱叫，不交出通国军、通共的人，就通通枪毙！这翻译官叽叽喳喳没多久，只听呼的一声，左边的机枪手就歪在一边去了。人群开始骚动，我伸长脖子想看个究竟，呼呼又是两枪，机枪全哑了。指挥官哇哇嚎叫，翻译官歇斯底里，又是两枪，两人同时见了阎王。这些个平时只有在说书里听到的情节，居然被我小林亲自撞上了，当时的兴奋劲就不用提了。当你们露面，这都是些普通人，还有两名姑娘，叫我目瞪口呆。"小林说完，魏丽敏哈哈大笑起来。

"失望了吧？我们虽不是三头六臂式的人物，可在鬼子面前，我们都是顶天立地的英雄汉！"魏丽敏说。

"她可没有吹牛，她和妹妹丽霞，被江湖誉为鞭侠，十步取鬼子性命如探囊取物，命丧姐妹手的鬼子已不下20余人了。"周邋遢说。

"周叔，我们可没有得罪你呀！"魏丽敏不好意思地说。

"哦，侠女，我们倒头一回听说。"田大中好奇心起。

"有情况，大家注意隐蔽。"刘武杰招呼大家注意敌情。周邋遢向后伸出五根手指，表示5名鬼子向这边运动过来。为了不打草惊蛇，决定由丽敏姊妹迂回近距离杀掉鬼子。

田大中、小林睁大眼睛，目送侠女接近前面的土坡，左右隐蔽起来。鬼子悠哉犹哉从土坡经过，突然侠女起身，手一扬鞭，唰唰几下，5名鬼子哼都没哼一声，便倒下了。魏丽敏、魏丽霞麻利地摘下鬼子的枪弹。

"神，真是神了！"小林感慨地说。

"难怪喋血队威名远扬，光女战士就光彩照人！"田大中感慨地说。

"同志们，这个地段是小日本巡逻线，我们赶快离开，走！"队长刘武杰说。按照顺序，周邋遢在前，魏丽敏、魏丽霞紧随其后，田大中、小林接着随行，刘武杰断后，向桃北抗日喋血大队走去。

"队长，我们也想参加抗日喋血队打鬼子！"田大中说。

"是呀，队长，我们年纪轻轻的，现在鬼子侵占我们的家园，凡热血男儿都应为抗战出把力，你就答应我们的要求吧！"永风村民小林说。

"那好哇，喋血队队员必须要有组织纪律性，我交给你们一个任务，侦察地下交通谢伟松的下落，这也是考验你们应变处置能力，完成任务之日，便是你们归队之时。有困难吗？"刘武杰认真地说。

"那我们现在就是喋血队队员了？"永风村民田大中问。

"现在你们只能是预备队员，完成任务后我给你们接风！"刘武杰说。

"军无戏言，我们一定完成任务！"田大中说。

"好，小伙子，我等你们佳音。你们今天就送到这儿，初次表现不错。你们去，往右下竹垄里，那居住着一户人家，户主叫江新民，你们去找他联系。"刘武杰交代说。

"我们明白了，谢谢队长，各位喋血队员再见！"永风村民田大中、小林消失在山道上。

"队长，这俩小子是可造之才，人机敏、头脑灵活，说不定将来就是我们的战斗骨干。"周邋遢信口说。

"老周，你也这样看，我给他俩任务，是考察他们机敏应变能力。好，大家暂时歇息一下，辛苦老周，你先扛挺机枪上山，叫丁副队长带4名队员接应我们！"刘武杰说。

"好的！我这就去！"周邋遢消失在山坳里。

"副队长，周大叔回来了，还扛回一挺机枪！"喋血队队员张新华说。

"在哪儿，带我去见他！"副队长丁勇说。

"报告副队长，行动小组取情报过程中，发现地下交通员谢伟松被害，我们兵分两路，直插永风晒谷场，出其不意，打死小鬼子21人，（其中指挥官1名，翻译官1名）返回途中又干掉5人，缴获日军轻机枪3挺，子弹600发；掷弹筒二具，炮弹2发；38式6.5毫米口径步枪11支，子弹365发；9毫米左轮手枪1支，子弹15发。望远镜一具，军用地图一副。救出被小日本捕捉的永风群众306人，取得了空前胜利。队长他们现在包谷坳待命。队长说，请副队长带4名队员接应他们。"周邋遢掩饰不住胜利的喜悦，报告说。

"好哇，老周，你们的战绩鼓舞人！张新华，你去通知三组组长郑怡，成员刘大中、田新伟，我们一起去迎接队长上山。"副队长丁勇说。

第十三章

摩拳擦掌

当晚，桃北抗日喋血队驻地一派热闹的氛围，全体队员参加了庆祝大会。队长刘武杰容光焕发，从来也没有像今天这样扬眉吐气。他清了清嗓子："抗日喋血队的兄弟姐妹们，同志们，我们这次行动打了一个我们建队以来最漂亮的偷袭战。击溃了偷袭永风村的小日本小野分队，打死鬼子 26 人（其中指挥官 1 名，翻译官 1 名。）。缴获日军轻机枪 3 挺，子弹 600 发；掷弹筒二具，炮弹 2 发；38 式 6.5 毫米口径步枪 11 支，子弹 365 发；9 毫米左轮手枪 1 支，子弹 15 发。望远镜一具，军用地图一副。救出被小日本胁迫的永风群众 306 人。这一仗打得干净利索，痛快淋漓。

现在总结起来，一是快速应变能力得到了充分发挥。行动组本来是去永风找地下交通员谢伟松取情报的，谢伟松通过敌交通线被打中右胸，在鹰嘴岩养伤。途中大家分析，小鬼子会不会对永风下毒手呢？从麻生三郎血洗大田到藤原雄夫报复五雷惨败，种种迹象表明木村一郎是不会善罢甘休的，而永风又是离鬼子前沿阵地最近的几个村庄之一。所以行动组决定兵分两路，一路由周邈邈上鹰嘴岩取情报；一路由我带队去永风侦察敌情。侦察敌情的这一路，由魏丽敏姊妹带路，寻找儿时穿越的山洞。当行动组逼近洞口时，我们发现洞口植被有异，由此断定洞里有人。我们小心谨慎，贴壁而进。洞里飘着一股药味儿，实际上是一种迷幻剂，这种迷幻剂对于长期与药物打交道的姐妹俩毫无作用。行动组的行动惊动了躺在杂草堆上的假交通员。他以谢伟松的身份与我们联系。与谢伟松交流，首先发现书写情报的纸质不对，因为组织传递情况，从来不用这种发黄的纸料；同时发现谢伟松容貌有出入，特别是左耳那颗痣，真谢伟松是没有的。再就是说话的口音，我承认，这个小日本的汉语说得很流利，但他说话的口音还是露了马脚，这就加深了我对假谢伟松的判断。我手一挥，示意双胞胎姐妹散开，这时突然 3 支枪对准我，小日本原形毕露，魏氏姐妹飞镖结束了小鬼子的性命。

二是首发命中，彰显神力。我、魏丽敏、魏丽霞钻出山洞，离鬼子作恶地点晒谷坪仅 200 米之遥。我对魏氏姐妹说，面对凶残的敌人，我们只有首发命中，才能打击鬼子的嚣张气焰，不然我们很难救出群众。当时鬼子把 5 名群众吊在树上，其中就有双胞胎姐妹的大姨。她俩负责机枪手，我负责指挥官、翻译官。魏氏姐妹不负众望，三枪便干掉了鬼子的 3 个机枪手。我打掉了鬼子的指挥官、翻译官，一下敌人便乱了阵角。所以这一仗，前 5 枪是制敌取胜的关键。

三是孤胆作战，豪气冲天。周邋遢寻找地下交通员未果，刚好碰上了撤退的日军。他独自击毙 5 名鬼子，缴获 2 支步枪。值得一提的是魏丽敏、魏丽霞姐妹，整场战斗杀死鬼子 16 人，创造了喋血队女队员杀敌的奇迹，她们是我们抗日喋血队的骄傲！我们一定要为我们杰出的杀敌英雄请功！”刘武杰的讲话，激起了一阵阵热烈的掌声。

“下面请一组组长魏丽敏介绍作战经验，大家鼓掌欢迎！”喋血队副队长丁勇说。

“刘队长、丁队长，战友们：我这次有幸和队长、周大叔、丽霞参加永风偷袭战斗，全赖群体的智慧，取得了这次偷袭战的胜利。我作为参战的一员，得到了刘队长、周大叔的鼓励。可以说，没有群体的紧密配合，我们不可能取得这么棒的战绩。我们开始接受的任务是去永风村找地下交通谢伟松取情报。行至途中，爱琢磨问题的我，首先向队长提出小日本会不会对永风下毒手呢？这个问题一提出，大家经过认真分析，对小日本可能偷袭的意见占多数。于是队长果断兵分两路：一路由周大叔上鹰嘴岩取情报；一路由队长带领去永风村侦察敌情。战斗结束后，证明我们的判断是完全正确的。

队长和周大叔都是老猎人，他们对现场环境的敏锐观察力令人钦佩。我们抄捷径到了我和丽霞小时候玩耍的那个山洞，我们当时急着要进，被队长一把拦住，说洞里有人。他是从洞口周围植被状况判断的，他叫我们沿洞壁交替掩护前进。队长的警惕性保证了行动的成功，往后的行动，刚才队长已介绍过了，当三只枪口对准队长的时候，临危不惧，我和丽霞用飞镖杀死了鬼子，突发情况锻炼了我们应变能力。

走去山洞，我们离小日本作恶的晒谷坪仅 200 多米，5 名乡亲被吊在晒谷坪旁大树上，其中就有我的大姨。情况十分危急，我们面对的是有 3 挺机枪、2 具掷弹筒火力的小野分队。如果贸然去救，不仅救不下老乡，还会造成更大的伤亡。

队长说，我们现在只有3人，不能硬碰，丽敏你们姊妹负责干掉敌人机枪，我负责敲掉敌人指挥官、翻译官，打乱鬼子部署，从心理上击溃他们。我首发打中左边日军机枪手，丽霞接着击中中间机枪手，我们合力打掉了右边机枪手。3挺机枪哑了，指挥官小野气的哇哇直叫。'土八路的，中国人的狙击手！'接着呼呼两枪，指挥官、翻译官倒地见了阎王！"魏丽敏的讲话声被雷鸣般的掌声打断。

"战友们，丽敏这次最大的体会就是首发命中能创造胜利的机遇，过去忽略了这方面的训练，甚至认为这第一枪打不中，还有第二枪。战场瞬息万变，只有掌握了首发命中，才能掌握战场的机动权。试想，如果不是我们3人果断打掉鬼子机枪、指挥官、翻译官，纵使有三头六臂，也未必能取得全胜。

最后一点，就是喋血队员的忘我精神。当你拿起枪上战场，你心里装的只有老百姓，祖国的大好河山。行动小组返回途中，我们遭遇小鬼子的5人巡逻队。队长命令我们姊妹把鬼子干掉：当鬼子经过我们埋伏的土丘时，出其不意，钢鞭结束了鬼子性命。现在回想起来，只有忘我，才能临危不惧。遇到突发事件，这脑子也就好使了。谢谢大家。"魏丽敏的讲话，再一次赢得掌声。

"同志们，刚才一组组长魏丽敏的战斗经验很精辟，总结得很好，连我都刮目相看。大家散会后，分组讨论消化一下今天会议的精神。我们一定把自己武装起来，把日本鬼子赶出桃源，赶出中国！"队长刘武杰说。

散会后，刘武杰来到了第二组，大家热情地招呼队长就座。刘武杰说："二组是一个很强势的战斗集体，周邋邋同志参加一组行动，配合默契，作风强硬，灵活机动，一人杀了5名鬼子，缴获2支步枪，是我们大家学习的榜样。下面请周邋邋同志谈谈参加战斗的体会。"大家鼓掌欢迎。

"谢谢，谢谢战友们。周邋邋参加喋血队不久，这次跟随队长执行任务，莽里莽撞杀了5个鬼子，那是队长他们给我创造了先机。我受命去找地下交通员，结果没找着，返回听见永风方向有激烈地枪声，我就寻着枪声跟过来了。等我赶到永风村边沿，看见一队鬼子正在逃窜。我二话没说，占领有利地形，呼呼就几枪，一下撂倒了5个鬼子。就这样，我捡了一个大便宜。我最大的体会是，关键时刻要果断。如果我当时害怕，或者犹豫，就不会有今天的战绩。这也是队长讲的孤胆作战，今后战斗中，还会遇到这种情况，我们都要好好把握住。只有心里装着老百姓，才能不怕敌人，才有最大潜力去杀伤敌人。我战斗中不如丽敏、丽霞姊妹，人家那才叫本事，16个鬼子就命丧小姑娘手下，奇迹，那才叫奇迹！"周邋邋的发言，大家报以热烈的掌声。

"今天听了队长在总结大会上的讲话，很受鼓舞，4名队员，依靠集体的智慧，居然把一个鬼子分队打得丢盔卸甲。魏丽敏的经验介绍，周大叔的参战体会，给我们很有力的启发，很受教益。我赵敏是铁匠的女儿，父辈不屈不挠的精神，支撑我们坚韧不拔的性格。喋血队成立虽然不到一个月，但我们已经经历了好几次大小战斗。在战争中学习战争，这就是我们战胜鬼子的法宝。"第二组副组长赵敏说。

"行动组太厉害了，他们的经验值得学习。队长所讲的快速应变能力、首发命中、孤胆作战，是我们一个时期行动准则。谢谢队长对'二组是一个很强势的战斗集体'的评价，我们一定会找出薄弱环节，提高自信，提高战场应变能力。"二组组长谢腊梅说。

第十四章

扑朔迷离

　　田大中、小林离开包谷坳，一路上两人将队长的许诺反复掂了掂，田大中说："我说，小林，队长给的这个任务虽然说是个烫手的山芋，但我总觉得还是有路可寻。"

　　"你是说找'六斤半'？"小林问道。

　　"没错，'六斤半'杜胜明，是永风村最大的土豪，他的女婿，也就是今天被打死的翻译官于此，现在想起来，永风乡亲们遭难与翻译官有关。"田大中分析说。

　　"说不定这地下交通员谢伟松，被他岳老子给藏起来了！"小林接着说。

　　"你别说还真有这种可能，我说小林，今晚咱们潜入杜老财家，摸摸情况，你看怎么样？"田大中说。

　　"好，老弟支持你！今晚老榆树底下，不见不散！"小林直接说。

　　两人边走边谋划，终于想出来找杜胜明要情况的妙招。这杜胜明为人歹毒，远近闻名，自从女婿于此攀上小鬼子，当上翻译官后，更是耀武扬威。今天晒谷坪一仗，翻译官命丧黄泉，是他作恶多端的报应。小林一想到这里，心情就格外舒畅。他和田大中都是村里的庄户人家，两人又是手艺上的搭档。田大中是木匠，小林（正华）是瓦匠，多事之秋小伙仍填不饱饥饿的肚子。

　　亥时，田大中、林正华来到村东头老榆树下会面，他们去六斤半家摸情况。这杜胜明家离老榆树500米，村里黑灯瞎火的，好在他们是当地人，不一会儿便来到了杜老财院墙下。田大中捅了一下林正华，他们决定从后墙翻入。木匠和瓦匠，对墙体结构是很清楚的，他们轻而易举地进入后院。贴着墙根来到了卧房边。

　　"老婆子，别哭了，于此是为皇军尽忠的，没什么不好。明天出殡的事，就让皇协军去折腾吧。对了，那个地下交通吃了晚饭没有？"六斤半说。

"瞧你个老不死的，这个时候还关心那个地下党，不知道你哪天死在人家手里，你才甘心！"杜胜明的老婆子黄花花说。

"有门！"田大中、林正华往窗前靠了靠。

"你妇人家哪知道这里边的奥秘，说不定哪天谢伟松得势了，我们还帮他躲过几天小日本的追捕，所以这饭得好好供着。管家，给谢伟松送饭去！"杜胜明说。

"好的，老爷！"管家打着灯笼去了旁边厢房。田大中、林正华往两边一闪，跟了过去。当管家打开厢房，田大中一个锁喉："别动，乖乖地把我们从后门送出去！如果你不老实，你今天就别想活了！"

林正华进屋，背起谢伟松就走！

"你们是"谢伟松看来气色还不错。

"喋血队刘武杰叫我们来的！"林正华说。谢伟松不再说话。到了后门，田大中将管家捆了起来："你是聪明人，我们走后，你返回厢房歇着，二个时辰后喊叫，自然会脱身。如果你敢耍花样，今天鬼子的下场就是你的下场！"田大中警告说。

"我听你们的！"管家战战兢兢。

"这管家还蛮老实的，我谅他也不敢耍花招，白天给大家留下的印象太深了。"田大中说。

"你们白天在永风村打了一仗？"谢伟松问。

"是刘队长带领的桃北抗日喋血队队员干的，他们4名队员干掉了鬼子26人。缴获不少的武器弹药。救出了永风的群众。那才叫神！"林正华说道。

"我说呢，'六斤半'家如丧考妣，原来是翻译官死了，那我就放心了。"谢伟松说。

"谢大叔，您什么事放心了？"田大中问。

"我这次要送的情报主要是通知桃北抗日喋血队，小日本要袭击永风村，结果我通过封锁线时被敌人冷枪击中右胸，我躲入山洞养伤。不知谁透露了消息，我被日本特务抓获，将我转移到汉奸六斤半家里。我估计日本特务后来肯定作了文章，引诱喋血队上钩。我琢磨着喋血队识破了小日本的阴谋，才有了你们所说的白天击溃鬼子分队的行动。"谢伟松接着说。

"谢大叔，要不是喋血队，老百姓就要遭殃了，这时鬼子已把5名乡亲吊在晒谷坪旁的大树上了，我们的心都跳到嗓子眼。只听呼呼呼三枪，鬼子的机枪哑了。鬼子指挥官嚎叫，又是两枪，指挥官、翻译官就见阎王去了。"田大中绘声绘色地说。

"惊险、神奇，你把大叔都说得热血沸腾了！"谢伟松接着说。

"小林，我们快到了昨天送队长他们上山的包谷坳了，你和谢大叔先在这儿休息一会，我去右下竹垄找江新民老伯，商讨进山事宜。"田大中说。

"你去吧，小心点！"林正华叮嘱说。

田大中往右下竹垄走去，突然想起刘队长交代的遇事要多动脑筋，喋血队去找谢大叔接头，不是也遭遇小鬼子的暗算么？我得谨慎小心。边走边勘察撤回路线。田大中接近江老伯竹垄，轻声叫了几声，突然杂物间有响动，他朝里屋一望，不好，偏屋吊着一个人。他赶紧回撤。里屋发现了他的动静，突然从屋里蹿出5个人，跟着他就追。一人沙哑着声音："别让他给跑了！"

这田大中特别机灵，沿勘察路线迅速摆脱那几个不明身份的人。

"小哥，往我这儿撤！"田大中只见不远处有一姑娘向他招手。同时，那几个追赶田大中的人向这边靠拢，土坡后隐藏着两女一男。突然土坡后两女起身，扬手射出飞镖，跑在前面的两名人被击毙。那男的看上去约50岁年纪，身手极为敏捷，上去一个锁喉，又一名浪人倒下。后面的人见势不妙，拔腿就跑。没想到刚才向他招手的姑娘身形更快，眨眼工夫便拦在逃跑者前面，唰唰两下，二人被刺中咽喉，倒地而亡。田大中双眼直了，谁这么好的功夫，简直是天女下凡。

"小哥受惊了！"向田大中招手的那位姑娘飞步来到田大中身边，施礼道。

"田人中谢谢姑娘救命之恩！"

"小哥叫田大中，我听刘武杰队长提到过你，喋血队有你们帮忙才顺利把武器带上山！我叫谢腊梅，喋血队第二组组长。同志们过来，我跟大家介绍下，这位小哥叫田大中，帮喋血队运过武器的小帅哥。我们喋血队还有3人，第二小组副组长赵敏，组员王茹，组员周邋遢。"第二组组长谢腊梅说。

"周大叔我认识，我们一起运过弹药。"田大中说。

"大中，你怎么又到这儿来了？"周邋遢问道。

"周大叔，昨天我们在包谷坳分手时，队长跟我和小林交了一个特别任务，只有找到地下交通谢伟松的下落，就批准我们加入桃北抗日喋血队。我和小林是个直性人，返回途中就琢磨这件事。我们想，昨天白天发生的鬼子偷袭永风村，跟鬼子翻译官与此有关。于此的岳父'六斤半'是铁杆汉奸，我们决定夜探'六斤半'大屋场。我和小林都是匠人，半夜，我们潜入'六斤半'住房，偶尔听见'六斤半'与老婆对话，确定谢伟松就关在'六斤半'家偏房。管家给谢伟松送饭，我们尾随，当管家打开房门的一刹那，我们劫持管家，救出谢伟松，一路背到包谷坳。上山，队长曾交代我们到右下竹垄找江新民老伯，没想到刚到竹垄就出现了变故。"田大中说。

"原来如此，看来我们刚才对敌情的估计还是不错的。"第二组组长谢腊梅说。

"刚接到地下党通知，江新民联络点出了问题，要我们密切注意动向，适时打掉叛徒。刚到这儿，就发现田大哥从联络点被人追出来，我们将计就计，消灭了日本人。"第二小组副组长赵敏说。

"田大中，你们又立了一大功。周大叔，你护送老谢上山。我和赵敏、王茹还留一会儿。"谢腊梅说。

"组长小心，我跟田大中去了！"周邋遢说。

5里山路，林正华、田大中、周邋遢三人轮流背着谢伟松，还是累得气喘吁吁。当田大中一行到达喋血队驻地，喋血大队队长刘武杰，副队长丁勇迎接田大中、林正华胜利归来。刘武杰握着田大中、林正华的手说："好样的，你们果真找到了老交通谢伟松，了不起，了不起呀！我代表桃北抗日喋血队正式接收你们为队员，副队长，你告诉郑怡，他们两个就分配到他们第三组吧。"

"好的，我们喋血队又多了两员虎将！"丁勇说。

"谢谢队长，我们真的成为桃北抗日喋血队的一员了！"田大中与林正华相拥，激动地流出了眼泪。

第十五章

针锋相对

中队长木村一郎大尉，正对着野狼突袭队队长高岛雄二训斥："高岛，你看看，你不是说小野君很厉害吗？怎么一接触喋血队就熊了！人家四名队员，一下就把我们小野分队26名军士都干掉了，还丢了那么多武器！耻辱，简直是耻辱！"

"嗨！嗨！高岛以死谢罪！"高岛雄二一派熊样，好不容易蹦出了这么几个字。

"你的死的不要，如果这次完不成任务，再向天皇谢罪！"木村一郎大尉说。

"中队长您说！"高岛雄二缓过神来，恭恭敬敬地说。

"根据联队谍报，国军七十三军第十五师师长梁祗六部下有一侦察参谋叫冯凉，绰号凉麻子，打仗还算机灵，就是得不到升迁。他扔出话来，谁给他20万，他就把国军的部署全盘端给谁。我们的特工与其有过接触，探得这信息不假。联队部署斩首行动，把这个情报准备接下来。凉麻子狡猾，他把接头地点选在离热市30里开外的慈利老棚沟秤砣寨，那个地方可是山高林密，地形复杂。联队特工科把这个任务交给了我们野狼突袭队，是对我们野狼突袭队的信任！"木村一郎说。

"嗨！高岛一定完成任务！"高岛雄二啪的一声立正。

"高岛君，你带上麻生三郎少尉，再挑选5名精干队员，明天拂晓出发，务必把情报搞到手！接头暗号：'秤砣'"木村一郎交代说。

"是！中队长，高岛告辞！"看着高岛离去的背影，木村摇了摇头。

中午时分，桃北抗日喋血队的刘武杰、丁勇、谢腊梅、赵敏、周邋遢、王茹、林涛在开会。

"根据地下党的情报，日军野泽大佐联队部署对国军七十三军第十五师的斩首行动。获悉该师侦察参谋冯凉，绰号凉麻子，以20万出卖国军部署情报。接头地点选在离热市30里开外的慈利老棚沟秤砣寨。地下党认为，这是民族败类的可耻行径，情报决不能落到小鬼子手里，必要时打死这个民族败类。经喋血队研究，决定由副队长丁勇率第二组去执行任务。"队长刘武杰说。

"好，这回终于轮到二小组出马了！"第二小组组长谢腊梅高兴地说。

"秤砣寨由5块巨大的圆形红色砂岩层层叠叠垒积而成，顶部是一块秤砣形巨岩，巨岩高达20余米，岩面平整如镜。由山下远远向前方望去，可以清晰地看到一个山峰恍似一个巨人，头顶重若千钧的秤砣，笔挺直插苍穹，这就是秤砣寨；它的身后另有两个更高更大的山峰，这是城门寨。如果说秤砣寨像一匹骆驼的颈与头，那城门寨则像两个驼峰，它们连起来就是一匹天边的骆驼。我们猎人经常去那一带打猎，恐怕老周也去过。那一带地形陡峭，林木茂盛，人烟稀少。这个凉麻子把接头地点选在那里，的确有些神秘。"副队长丁勇说。

"是的，那个地方很神秘，坡陡路窄，竹茂林密，适应少数人藏匿。我们在明处，敌人在暗处，不方便人行动。我认为这次行动敌人给我们出了一个难题，所以我建议人员分三步行动：我和组长前面侦察，副队长与赵敏居中，王茹、林涛断后。每组相隔一段距离，便于相互照应。"周邋遢建议说。

"我看老周的这个建议很好，复杂的地形采取灵活机动的方法，具体的还需要指挥员灵活掌握。总之，这次任务是艰巨的，需要大家齐心协力，我预祝这次任务圆满取得成功！"刘武杰说。

"队长给我们小组提出了殷切的希望，老周提出了很好的建议，我们会想方设法完成任务。大家再着实准备一下，带上防蛇蝎毒虫药和急救包，野外生存，多一份准备就多一份保险。"谢腊梅提醒说。

"咱们下午二点出发，争取天黑前到达慈利老棚沟猎户谢雷家。这个谢雷，也是我党地下交通员。"丁勇说。

火云贯日，野村无风。喋血队6名队员巧妙通过敌人封锁线，到达菖蒲松树岗。

"大家稍微休息一下！"副队长丁勇说。

"我说副队长，和凉麻子接头，会不会有什么暗号？"王茹突然问道。

"我想，应该有个暗号联络，会是什么号呢？"丁勇说。

"大不了从地理方位来设定，有了，秤砣！"副组长赵敏一说，把大家逗得笑了起来。

"笑什么？本来嘛！"赵敏一脸红润。

"嘿，你还别说，如果有暗号，说不定就是这个'秤砣'！"周邋遢一本正经地说。

"我想也对，如果猜对了，那副组长就成了凉麻子肚子里的蛔虫了！"林涛说完，大家又是一阵笑。

"你才是凉麻子肚子里的蛔虫！"赵敏毫不示弱地说。

当晚9时左右，丁勇率领的喋血队队员到达慈利老棚沟猎户谢雷家。这个憨实的中年汉子，麻利地把喋血队队员迎进家。他端出一摞土花碗，给每人盛上一大碗凉红茶，喝下去真个透心凉。周邈邈连呼痛快："谢老弟，这茶喝的过瘾！"

"邈邈兄，你好久没来我这儿了吧？"猎户谢雷说。

"我们俩打的那头野猪吃完了吗？"周邈邈问。

"听说丁副队长和同志们要来，我要你弟媳早腌成酢粑肉了，这野猪作的酢粑肉，没尝过吧，香着啦！"谢雷绘声绘色，一下吊起了大家胃口。

"哦，谢大哥，我们桃源酢粑肉美味着啦，酢粑肉是桃源县有名的食品之一，至今已有2000多年历史了。我记得制作方法是：用炒熟的大米（掌握好火候）磨成粉，并拌上红曲、八角茴香粉、花椒粉和食盐。将用做酢粑肉的猪肉切成200克重的块片，然后拌上已和好的大米汤料子，放进坛子里，用黄泥封住坛口。到次年春插前后即可食用了。春和景明、万物更新的春天；正是食用酢粑肉的最好时节。因为酢粑肉在坛子里腌制了半年，味正香浓，特别受农民青睐。也受游人喜欢。不过，这野猪作的酢粑肉还真没吃过！"第二小组副组长赵敏说道。

"你就是赵妹子吧，你爹的铁匠手艺闻名这方圆百里，我这猎枪还是他的手艺！"猎户谢雷说。

"我父亲惨死小日本枪下，这笔血债一定要用血来还！"赵敏说。

"对不起，赵妹子，我不知他老人家已去世！"猎户谢雷说。

"谢大哥，其实我们每个人都有一本血泪帐，我的父母也是小鬼子焚烧热市古镇那一天，惨死在日寇枪下，是魏氏姐妹救了我性命。从此我跟定抗日喋血队，出生入死，保家卫国。"喋血队队员王茹说。

"是呀，我们今天能走在一起，完全是那狗日的小日本给逼的。说实在话，谁不想儿孙绕膝过天伦之乐的生活，谁不想夫妻恩爱有个幸福家园啊。可小鬼子不让，烧杀掳抢，灭绝人性。我周邈邈手中有一支枪，过去打猎，今天打狼！"周邈邈的话获得了大家热烈的掌声。

"丁兄弟，开饭了！"里屋忙碌的谢雷媳妇王英娟招呼大家入席。

"我说弟媳呀，你真把我们当客人了！"副队长丁勇说。

"大兄弟，你们不是客人谁是客人？自从鬼子在热市霸山设卡，你们兄弟就很少聚会了。为了保家卫国，这么年青的妹子舍小家为大家，扛枪玩命，我一个山村妇女，为你们做顿饭算啥？大家吃菜！"王英娟说着就往丁勇碗里夹菜。

"我媳妇说的好，你们都是我谢雷尊贵的客人，咱们为了打日本走到了一起。

这是山里自制的包谷烧，我谢雷好不容易藏了这么一坛，英娟，给同志们拿土碗来，给大伙解解乏。"猎户谢雷说。

"看来谢雷老弟是下血本了！"周邋遢说。

"这是野猪酢粑肉、红烧野鸡、手撕野兔、爆炒田鸡、红烧板栗、清炖木耳、油滑竹笋，山里人山里菜，请各位品尝！"王英娟打开话匣子，向客人们介绍说。

"嫂子，怎么说这也是一桌山珍美味，我代表喋血队敬你们夫妇一杯，我先干为敬！"第二组组长谢腊梅说。

"我是东道主，却被腊梅妹子抢了先，我们夫妇敬各位兄弟姐妹一杯，祝你们多杀鬼子，早日把日本赶出桃源！"猎户谢雷、王英娟夫妇一饮而尽。

"好，痛快！副队长、谢雷，我们三个老猎户是不是也表示一下，为了多杀财狼，干杯！"周邋遢提议说。

"好，打虎亲兄弟，我们干！"丁勇、谢雷异口同声说。

"王茹妹子，尝尝嫂子的手撕野兔，这野兔是前天当家的亲手打回来的，这山里人的手艺，不知合不合你的胃口。"王英娟说着往王茹碗里夹菜。

王茹赶快站起来："嫂子，我第一次尝到这么好的美味，谢雷哥娶到你真是好福气！"

赵敏站起来："女同胞们，我们是不是敬嫂子一杯，感谢她夫妇今晚的殷勤招待，干杯！"

随后丁勇端起杯："同志们，我们感谢谢雷、王英娟夫妇的盛情款待，因为喋血队明天有任务，最后干了这杯团圆酒！"

"干！"气氛浓而热烈。

晚饭后，第二侦察组成员稍微坐了一会儿，就去休息。当晚，喋血队分三组轮流站岗。林涛、王茹为第一班；周邋遢、赵敏、谢雷为第二班；丁勇、谢腊梅为第三班。第二天早上6点，队员吃早餐，6点40分喋血队准时出发。

第十六章

秤砣交锋

夏天的清晨，天刚露出鱼肚白，一切都未混进动物的气息，一切都纯净的让人心旷神怡，仿佛一幅淡淡的水墨画，水墨画里，弥漫着好闻的青草香。辰时，桃北抗日喋血队侦察组准时出发。蜿蜒清澈的山涧小溪，顺流而下。两旁千杆翠竹，横撑铁骨，浓荫蔽天。风回松壑，密林幽荆，朝霞干云。长期居住古镇的赵敏、王茹，被这大自然神奇的景色所吸引。

"砰！"一声清脆的声音把大家吓了一跳。副队长告诉大家，这是翠竹爆裂的声音，在竹子生长过程中，有极少数竹子会因体型膨胀而发出响亮的脆声。在寂静的山林，显得特别脆亮。如果是夜晚，不知情者往往会被吓得魂不附体。

"哈哈，原来还有这学问！"赵敏打趣地说。"砰！"，又是一声，还是把她吓了一跳。山野清凉的风，给人十分清爽的感觉。喋血队侦察组往前行了几里，副队长丁勇把大家招拢来，实行分组行动。谢腊梅、周邋遢为第一组，探路侦察；丁勇、王茹为第二组，紧跟接应；赵敏、林涛为第三组，断后行动。每组距离间隔一段距离，密切注意敌人动向。

高岛雄二率队从东北方向进山，而东北方向山路偏陡，行进速度缓慢。

"我说队长，那个中国人狂喊 20 万和我们交易，会不会有诈？"麻生三郎少尉说。

"这个问题我倒不担心，联队特高课肯定做过周密调查，这份情报的好坏关系到联队斩首行动的决策，我想他们也不至于那么愚钝。问题是我们的对手会不会有所行动呢？特别是桃北抗日喋血队，一直以来都十分活跃。"日军野狼突袭队队长高岛雄二说。

"队长高明，根据我们近段活动情况来看，喋血队的确十分狡猾，不得不防！"麻生三郎少尉接着说。

"咱们设想喋血队已经行动，很可能从慈利老棚沟上秤砣寨，那我们危险性就大了。喋血队有可能先于我们到达接头地点，对，加速前进！"高岛雄二突然说。

"快走！快快地跟上！"麻生三郎说。

喋血队队员交替掩护前进，来到距秤砣寨不远的地方，这里修竹茂密，荆棘丛生。谢腊梅、周邋遢又前进了一段距离，发现岩壁周围有异动。

"谁！口令！"显然两名侦察员的行动已引起对方注意。

"我，秤砣！"周邋遢选取有利位置，密切注视对方变化。谢腊梅趁机靠拢，同时示意后边队员注意隐蔽。

"哦，自己人，把枪放下！"一军官模样的人招呼着手下，并警惕地向四周望了望。与此同时，谢腊梅、周邋遢向军官靠拢。谢腊梅轻轻一靠，周邋遢会意，一下将军官摔倒在地，4名护卫举枪，被谢腊梅一组飞刀悉数解决。丁勇、王茹迅速占领有利位置。忽然"啪"的一枪，打中周邋遢左肩上方，军官趁机逃离。谢腊梅飞出利剑，击中右腿，再次栽倒在地。周邋遢赶上，将军官捆上。

"大家注意，有敌人狙击手！"丁勇提醒队员。

赵敏不慌不忙，攀上一颗大树，调整姿势，"呼"的一声，打中狙击手右臂，那狙击手哼了一声，滚向低洼处。

"搜他身上情报！"谢腊梅提醒周邋遢。周邋遢一拳击中军官太阳穴，脑袋歪了过去，开始仔细搜查。在不远处，一个脑袋在张望，被细心的谢腊梅看得清清楚楚。当周邋遢取出资料，那名日本人迅速跃起，向周邋遢扑来。"呼"的一声枪响，那名日本人倒在周邋遢前面。周邋遢向后竖起大拇指："腊梅，你的，这个！"

周邋遢搜查完毕，取出军官手枪，对准凉麻子的脑袋，"啪啪"两枪，"民族败类，留你不得！"马上回到丁勇身边："副队长，你看，这是凉麻子准备出卖的国军情报资料，这是他的手枪。"

"好，任务完成得不错。老周，刚才没伤着哪里吧？"副队长丁勇问。

"左肩伤了一点皮，我这身子骨结实着呢！"周邋遢大大咧咧地说。

"回去告诉腊梅，咱们成扇形展开，决不能放走鬼子野狼突袭队队员，我们要狠狠地教训它一下！"丁勇说。

"好的！"周邋遢利用地形，迅速接近谢腊梅，转告副队长想法。他们在左翼，赵敏、林涛在右翼，副队长、王茹居中。枪声响了一阵子后，变得稀疏起来。

"这鬼子是不是要逃？"副组长赵敏对林涛说。

"很有可能。咱们加快速度，向前包抄。"林涛说。

被赵敏打中的那个狙击手就是野狼突袭队的麻生三郎，他右胳膊被击中神经，几乎瘫痪，痛不欲生。他躺在一块巨石后面，隐约听同伴说，中队长高岛雄二中尉也阵亡了，野狼突袭队群龙无首，这可不是个好兆头。他几次想站起来，却未能如愿。当喋血队林涛摸索前进的时候，他一伸腿，把林涛弄了个脸朝天，随即左手匕首对准林涛咽喉，动弹不得。

"背我往前走，否则你会死很难看！"麻生三郎威胁说。

林涛飞快地转动脑子，如何对付这个穷凶极恶的小鬼子，就是死，我也不能让你占便宜。于是背起麻生三郎，向山下走去。麻生三郎怕小青年变卦，随手套了一根链子在林涛脖子上。

林涛突然失踪，引起赵敏注意，随即把消息告诉了副队长。丁勇令谢腊梅、赵敏寻找林涛。赵敏再次攀上大树，发现200米距离有一人背着一人蠕动，像林涛的身影。她们运起轻功，迅速缩短距离。

"啊哈……"赵敏一声呐喊，传进林涛耳里，不由自主放慢脚步。谢腊梅飞身而过，一组飞刀封了麻生三郎肩井、大椎、命门、长强、肺俞死穴，麻生随即瘫了下来，林涛只觉得背后一沉，不由自主地坐了下去。赵敏赶到，发现林涛脖子上有一条链子，拴在鬼子的腰际上。"这小鬼子真可恶！"随即解开铁链。

"赵敏，这不是麻生三郎吗，死有余辜！"谢腊梅说。

"真是那混账东西！莫非我击中的狙击手就是他？咱们还是除了一条恶狼！"赵敏随手拔了麻生三郎的手枪、狙击枪，愤愤地说。

"看来敌人已经走远了，我们和副队长汇合吧！"第二组组长谢腊梅说。

清扫战场，确定被谢腊梅打死的那个准备抢劫情报的鬼子军官是高岛雄二中尉；被赵敏击伤后又被谢腊梅飞刀致死的狙击手为麻生三郎；周邈遢打死的国军军官是叛徒冯凉，绰号凉麻子。除此之外，丁勇、王茹击毙野狼突袭队队员各一名，谢腊梅打死叛徒护卫4名。缴获狙击枪3支，手枪3支，步枪5支，军事机密情报一份。

喋血队侦察小组迅速撤离战场，于傍晚返回桃北抗日喋血队驻地。桃北抗日喋血队队长刘武杰高度赞扬了侦察小组的行动，并为这次完成任务突出的丁勇、谢腊梅、周邈遢请功。

逃离战场的野狼突袭队队员布袋王福、长桥山水，慌慌张张向木村一郎大尉报告了突袭队全军覆灭的经过。木村一郎恼羞成怒："八嘎，拉出去枪毙！"这个脸丢得太大了，联队交给的任务，居然没冒个泡就完了。这个突袭队成立以来，就没有让他省心过，大田、五雷、永风、秤砣寨，哪一回不是狼狈不堪。这回好了，高岛雄二也搭进去了。他一声喊，把勤务兵吓了一跳。"大尉，您有事？"

"把执行官藤原洛夫叫来！"

那个称为藤原洛夫的，一脸横肉，尖巴脸，屁颠屁颠地跑过来，啪的一声立正："藤原洛夫到！"

"藤原洛夫，你来得正好，野狼突袭队在接收情报行动中，全体身亡，他们是天皇的骄傲！从现在起，你就是野狼突袭队队长！"

"谢大尉栽培！藤原誓死效忠天皇！"藤原洛夫说。

"你持本大尉令，在木村中队重新选拔 30 名野狼突袭队队员，我已令小林金山、村上近二少尉出任一、二分队长。二天后我要检阅新野狼突袭队。"木村一郎大尉说。

"我回去立即与小林金山、村上近二少尉合计，挑选最合格的野狼突袭队队员！"藤原洛夫信心十足说。

大战在即，木村一郎心里十分矛盾，他不能向大队长清水友林中佐报告，他的野狼突袭队已全军覆灭。他重组野狼突袭队，是想挽救那么一点点面子，或许这能给他带来一点点安慰。

"报告！野狼突击队集合完毕，请木村大尉训示！"藤原洛夫中尉报告说。

木村一郎向队伍巡视一番，颇感满意，于是说："稍息！今天是野狼突袭队重新组建的日子，你们是大日本皇军的精华，祝你们鸿运齐天，旗开得胜！"

野狼突击队队员集体向天皇宣誓。

第十七章

斩首行动

"高岛熊二、藤原雄夫、麻生三郎君已经为大日本皇军捐躯了，他们是野狼突袭队的光荣！木村君重振雄风，藤原洛夫挂帅，小林金山、村上近二少尉出任一、二分队长，突袭队有了生气，大队欣赏木村君的作风！我就说嘛，野狼突袭队是打不烂、摧不垮的，一个高岛君倒下去，千百个高岛君站起来，我们的野狼突袭队将成为皇军手中一把永不卷刃的钢刀！"大队长清水友林中佐热情洋溢的一番话，使木村一郎心中悬着的石头放了下来，清水友林中佐不但没有责怪他们，反而对突袭队予以赞扬，木村一郎受宠若惊。

"中佐，突袭队经过战火锤炼，已经成熟多了。有新任务吗？"木村一郎直接问。

"哦，不要急。现在整个战争态势对我们日本军队不是很有利。国民党第七十三军15师，七十四军161师分别从慈利、石门、桃源方向派部队到热水坑附近的雷打岩山和鲁家尖山设立据点，构筑阵地，直接与皇军对抗。两军对峙，互为拉锯之势。联队为支援常德，决心短时间内啃掉这两块骨头。棠梨岗地处要冲，是湘西咽喉、湘中锁钥，如争湖广华南，必争棠梨岗。七十三军15师师长梁祗六，就是一块难啃的骨头。

1940年3月，梁祗六任国军73军第15师师长。同年7月，奉命进驻蓝田（今涟源）三甲乡一带，命全师官兵配合当地群众，从枫坪、石马山、洪水岭、尖山岭、田心坪一线，依山扼水挖筑战壕40余华里，依托家乡崇山峻岭之险，把皇军阻击在防线之外。一个很厉害的角色。"清水友林中佐说。

"那我们这次对手就是七十三军15师师长梁祗六？"藤原洛夫中尉问道。

　　"没错。梁祇六司令部有一个很厉害的侦察参谋赵正华，十天前就是他率领侦察分队一把火烧了热市澡堂木村中队的帐篷，干净利落。警卫排的张欣也参加了行动。所以说梁祇六司令部的警卫力量还是很强的。我们这次的行动就是干掉梁祇六，使七十三军15师指挥部指挥瘫痪，我军趁机发起进攻。所以，你们这一次的任务是艰巨的，寄托着联队长野泽大佐的深切希望！"清水友林中佐煽情地说。

　　"我明白了，大队长是把好钢用在刀刃上，这么神圣的任务交给属下，我们一定完成任务。"木村一郎信誓旦旦。

　　"木村大尉，这是梁祇六司令部驻防图。我们还为你们准备了一名向导，他叫张爱财，曾经是梁祇六师长的副官，因玩女人误了大事，被梁祇六除名了。张桑帮助皇军，是大大的良民！"清水友林中佐说。

　　"我张爱财助皇军，捣毁梁祇六司令部！"张爱财说完，忙着给各位小鬼子点头哈腰。

　　"张桑，你的很好！"野狼突袭队队长藤原洛夫说。

　　"诸位，今天我就不留大家了，时间紧，任务重，明天拂晓前野狼突袭队进入阵地，抓紧准备！"清水友林中佐说。

　　"是！"木村一郎、藤原洛夫齐声说。

　　木村一郎回到队部，对藤原洛夫说："马上把小林金山、村上近二少尉叫来，咱们好好合计合计，这一次可不能弄砸了！"

　　不一会，小林金山、村上近二来了，见木村一郎面露喜色，肯定有好事儿。

　　"报告，木村大尉！"

　　"请进！"木村一郎朗声说。

　　"见过木村大尉、藤原中尉！"

　　"都坐下。刚才我和藤原洛夫队长到大队接受清水友林中佐交给的斩首行动任务，中佐要求我们今晚出发，明天拂晓到达国军七十三军15师师部，干掉梁祇六师长，使其指挥部瘫痪。这次任务一是神圣，斩首行动是联队长野泽大佐亲自制定的，而把斩首任务交给了野狼突袭队，是对我们最大的信任。二是艰巨。我们是战斗在敌人心脏里，必须速战速决。三是孤军作战。必须强调快速反应，和自我解救能力。小林金山、村上近二各带一个组，每组8人，统一由队长藤原洛夫指挥。大队配备了一名向导，此人任过梁祇六的副官。"木村一郎说。

"我要知道这名中国人为什么背叛他的长官？"小林金山少尉问。

"是这样，张桑因玩女人耽误了军机，被梁祗六除名！"木村一郎说。

"原来是这样，我想坏事的恐怕也是这个人！"村上近二分析说。

"为什么这么说？"藤原洛夫队长问。

"我只是从心理性格分析，像张爱财这样花心的中国人，他能成为皇军的合作者吗？他就是一条狗，一条断了脊梁骨的癞皮狗！"村上近二说。

"你分析得不错，目前我们只要掐住了他的软肋，这样的狗我们起码暂时是需要的。小林金山、村上近二，你们看看地图，这是梁祗六司令部的位置图，警卫排30米内布置了两道岗哨，每道8人，司令部内有游动哨6人，另有8名机动岗。司令部作战、指挥军官约30人，警卫排长张欣直接受侦察参谋赵正华领导。司令部前有一道沟坎，慢坡40米，两边设有暗堡。小林金山对付警卫，村上近二直接进入指挥机关，一举捣毁司令部，干掉师长梁祗六。"木村一郎说。

"根据大尉介绍的情况，突袭队一律换上国军作战服，这是特别通行证，我们悄悄地进入阵地，按我的手势行动。小林金山少尉，你派上等兵中野山林紧跟张爱财，如果他有异念，就地处决。"野狼突袭队藤原洛夫队长说。

"小林金山明白！"

张爱财投敌，是国军七十三军15师梁祗六师长部署的一着棋。师侦察参谋冯凉投敌，引起了梁师长的注意。好在冯凉在秤砣寨被喋血队击毙，没有造成多大损失，多少给了他一点安慰。他指示敌工科，不如将计就计，开除张爱财，引敌上钩，果然清水友林中佐中招。张爱财按计划打入小日本特工科，参加斩首行动。

中共桃源地下党指示桃北抗日喋血队，紧密配合国军七十三军15师，唱好这出戏。一大早，刘武杰率领12名喋血队队员，以当地老百姓帮助15师构筑工事为名进入前线阵地。在国军七十三军15师警卫排副排长刘岗带领下，进入司令部前沿佯装修筑工事，密切注意周围动向。安置完毕后，警卫排副排长刘岗立即将喋血队到位情况向赵参谋作了汇报。

"这就好了，桃北抗日喋血队是一支令日寇胆寒的抗战队伍，这一段，小日本的野狼突袭队被他们打得焦头烂额，今天配合我军行动，我们一定协力作战，叫侵略者有来无回！刘岗，你具体配合喋血队行动！"赵正华说。

警卫排副排长刘岗立即回到阵地前沿，找到了刘武杰："赵参谋要我配合你们行动！"

"好的，咱们共同作战，痛击小日本狗娘养的！"刘武杰握着刘岗的手说。

渐渐地，黄澄澄的太阳在东方含羞地露出头。它终于跳出了山峰，光线穿过如纱的云层，展露无与伦比的锋芒，穿透迷蒙蒙的乡村。不知不觉中，烟雾消失得无影无踪。远处的山峦清晰地露出绿色的衣装，近处的树木翠绿欲滴，在亭亭玉立中，仿佛长有少女的眼眸，澄澈地闪着眼波，悄悄地注视着乡村。村民们身不由己地投入到乡村的古朴与温厚里，感受早晨的无比亮丽与缤纷的色彩。

突然，赵参谋的值班电话响了："喂，青竹吗？我是云海！张副官已进入阵地！好，继续监视。"赵正华传令张欣，作好战斗准备。刘岗告诉刘武杰，鬼子已向司令部运动。

藤原洛夫带领的突袭队已越过国军岗哨，大踏步地向15师指挥部前进。快接近时，他发现有民工横穿队伍。村上近二说着要动武，被藤原中尉制止。刘武杰一笑，20名队员来回穿梭，突袭队开始混乱。小林金山手一挥，队伍开始收拢。张欣见状，令警卫排射击，鬼子慌忙卧倒，就地对抗。

刘武杰飞起一脚，踢翻面前鬼子，举枪射击，那名鬼子还没有明白什么回事，就见了阎王。刘岗掏枪射击，又一名鬼子倒地。魏氏姐妹双手一扬，又有3名鬼子呜呼了。赵敏的飞刀发出，击中一名鬼子的屁股，痛得他哇哇直叫，随后回手一枪，结束了这个鬼子的性命。那谢腊梅更是技胜一筹，一双金刚剑舞得滴水不漏，近距离与突袭队对垒，已有两名鬼子倒下。小林金山见状，掏枪对准谢腊梅，谢腊梅燕子穿林，一把将中野山林推出，小林收枪不急，一枪击中中野山林，张爱财趁机脱离控制，加入战斗。

往司令部冲击的村上近二，被张欣指挥的警卫排打死了4人，剩下的不敢贸然进攻。野狼突袭队经不起折腾，战场上还剩6个人，藤原洛夫抱着不成功便成仁的信条，继续顽抗。刘武杰拿起狙击枪与周邋遢说，咱们敲掉那几只耗子！他们选准地形，静待时机。

张爱财突然绕到藤原洛夫背后："藤原君，我来帮你！"藤原洛夫一喜："你的，朋友大大地！"话没说完，就被张爱财一枪毙了。

"我说呢，藤原君还是死在中国人手上！"村上近二一抬头，就被刘武杰一枪击中。

小林金山绝望了。手里的枪疯狂扫射，……突然枪哑了，没子弹了。一抬头，被周邋遢击中。剩下的那名突袭队队员想逃，被侦察参谋赵正华击毙。山顶上欢呼声一片，木村一郎的突袭队，全军覆灭！

梁祗六师长接见了全体参战人员。

梁师长说："同胞们，战友们，今天这一仗打得干净利落，长了中国人的志气！日军清水友林中佐频频发招，派遣特工企图渗透我作战司令部。冯凉投敌，引起了我的注意。我将计就计，派遣我的副官打入日特机关，引诱野狼突袭队上钩，实施他们的所谓'斩首行动'。战斗中，我军与桃北抗日喋血队密切配合，粉碎了小日本的阴谋，全歼野狼突袭队，创造了军民抗战的典范。谢谢大家！"

第十八章

机枪小队

　　国军七十三军 15 师司令部驻地战斗一结束，喋血队 12 人迅速撤离。

　　"这下木村一郎输惨了，刚组建的野狼突袭队全军覆灭，想折腾也折腾不了了！"喋血队第二组组长谢腊梅说。

　　"这个小日本是大粪缸里的石头——又臭又硬！他杀人成性，荣辱不惊，还真是中国人民的死对头！"二组副组长赵敏说。

　　刘武杰紧锁双眉，默默地走着。"表哥，想什么呢？"魏丽敏追上来问道。

　　"丽敏，我是想小鬼子经过这一次教训后，接着会怎么行动呢？"喋血队队长刘武杰说。

　　"你是说，小鬼子会采取某种报复行动？下一步，很可能针对喋血队采取偷袭行动？"魏丽敏说。

　　"你也这样想？看来敌人真有这个可能？"刘武杰说。

　　"报告！前面发现小鬼子的机枪小队，丁副队长问打不打？"第三组组长郑怡说。"打！近距离的机枪小队比步兵小队好对付，叫丁副队长带第三组往右翼包围，枪响为号，先敲掉敌人指挥官！"

　　"丽敏，你带一组往左翼实施包围，记住，灵活机动，先打敌指挥官！"

　　"老周，你火速返回国军七十三军 15 师司令部，请赵参谋带人前来接应。"刘武杰说。

　　"好的，保证完成任务！"周邋遢起身走了。

　　"谢腊梅，第二组正面出击，先打敌指挥官、机枪射手，必须灵活机动，不能硬拼，一鼓作气，拿下敌机枪小队。"刘武杰吩咐道。

　　"好，二组集合。前面发现小日本机枪小队。我们的任务是正面突击，组员灵活机动，大胆穿插，瞄准敌指挥官和机枪手射击，一举拿下小日本机枪小队。"二组组长谢腊梅说完，队员迅速向前推进。

按照目前喋血队素质来看，完成任务应该不成问题。刘武杰想着，利用地形迅速接近目标。

他暗示谢腊梅，距离再推近些。一个军官模样的督促部队前进。刘武杰瞄准，啪的一声脆响，鬼子倒地身亡。几乎同时，不同角度不同方向射出的子弹像长了眼睛一样，撂倒那些耀武扬威的鬼子。伏地没死的士兵一下懵了，这是哪里的天兵，怎么长官们都先走了？

右翼丁勇率领的第三组，迅速截住小日本退路，他们即使丢掉辎重，也难逃毁灭的命运。细心的郑怡发现一个鬼子叽里咕噜说着什么，估计是鬼子的一名士官，呼的一枪送他见了阎王。气氛一下凝固起来。

左翼魏氏姐妹近距离与鬼子展开了捉迷藏，队员张新华断后，丽敏姐妹的独门暗器往往奏效，而张新华的护卫相得益彰。鬼子哪见过这阵势，稀里糊涂的横尸阵前。

周邋遢发挥他老猎户辨方探路之长，没多久便到了15师司令部，哨兵准确地传达了他要见侦察参谋赵正华的要求。3分钟后，赵参谋请他到会客室。赵参谋倒了一杯茶："老周，有什么急事，您说？"

"是这样，我们喋血队结束山顶战斗返回途中，遇小鬼子一个机枪小队，刘队长当即令喋血队包围鬼子机枪小队，估摸目前战斗已结束。队长叫我通知国军15师，喋血队给你们献了一份厚礼。一个机枪小队就是4挺重机枪，上万发子弹，40匹战马，这对于对峙中的国军，是一个重大收获。"周邋遢说。

"我的天哪，你们喋血队12名队员，竟敢向上百人的机枪小队挑战，这本身就是奇迹。刘队长叫我们怎么做？"赵参谋惊叹道。

"刘队长叫你带上人，前去接应装备。"周邋遢说。

"我去告诉师座，神奇，真的神奇！"侦察参谋赵正华说。

"报告师座，赵正华有急事求见！"

"进来，赵参谋，什么急事？"梁祗六师长说。

"就是刚刚结束司令部战斗的抗日喋血队，返回途中，遭遇小日本机枪小队。刘队长果断出击，12名喋血队队员击溃上百人机枪小队，缴获4挺重机枪，上万发子弹，40匹战马及大量枪械零部件，刘队长作为礼物送给我们15师！"赵参谋说。

"这是天大的好事，我军正缺武器，雪里送炭哪！请你转告抗日喋血队刘队长，我们谢谢他们！"梁祗六师长说。

"刘队长叫我带人前去接应装备！"侦察参谋赵正华说。

"好，快去快回，注意安全！"梁祗六师长说。

"坚决完成任务！"赵正华说。

赵正华率领小分队出发。

喋血队清理战场。刘武杰把把丁勇叫到一旁说："这批武器我本想全部给国军的，后来我考虑咱们喋血队环境困难，有可能木村一郎要对我们实施报复，因此我想我们留一挺重机枪扣一些子弹，以及部分备用物资，5匹战马。你看如何？如果同意，你去组织装箱。"

"我同意。那些轻武器我们可以带一部分，看5匹战马的承受能力。我去准备了。"丁勇表示同意。

"报告，国军15师赵参谋他们来了！"喋血队队员张新华说。

"刘队长，你们厉害呀，12人叫板上百人的机枪小队，奇迹！"侦察参谋赵正华把手伸了过来，紧紧握着刘武杰的手："梁师长谢谢你们！"

"赵参谋，咱们言归正传，我们击溃的是一个正规机枪小队，装备精良。这些武器我喋血队留下重机枪1挺，子弹4000发，战马5匹，步枪20支，手枪10支，一些备用物资。其余都奉送贵军。"刘武杰说。

"谢谢喋血队的礼物！"侦察参谋赵正华说。

"咱们就不用客气了，赶快装运枪械，赶快离开这里！"刘武杰说。

"好，后会有期！"侦察参谋赵正华说。

"赵参谋，我们路途有点远，打点后我们就先走了！"刘武杰说。

桃北抗日喋血队经过强行军，于当日下午返回住处。当晚，喋血队对配合国军15师粉碎'斩首行动'和返回途中击溃机枪小队行动进行了简短的总结。接着把小组长以上的骨干留下来，对喋血队生存环境进行了分析，讨论了下一步工作。

"战友们，我们接连打了两仗，一仗是配合性的，一仗是自主性的，由于大家发挥了主观能动性，我们取得了胜利。回来的路上，我一直琢磨一个问题，喋血队最近接连给鬼子以重创，势必成为鬼子的眼中钉、肉中刺。我们知道，日军清水友林中佐寄以希望的野狼突袭队，两次在喋血队手中覆灭。而直接参与指挥的木村一郎更是个杀人如麻的恶魔。如果他知道机枪小队是喋血队歼灭的，他一定会气得吐血的。我估计，小林中队会在短时间内对喋血队进行报复。所以我们必须在短时间内完成对喋血队工事的构筑和部署，下面请大家发言。"喋血队队长刘武杰说。

"刘队长这个问题提的很实际，最近我们队伍里滋长了一种骄傲的情绪，一些队员打了胜仗就有些自满，今天的总结会调子就定的恰如其分。小鬼子会在最近对喋血队进行报复，我赞成这个判断。所以我们利用修整的时间，把防御措施落到实处。今天击溃日军机枪小队，队长留了一挺重机枪，我看就是鉴于当前形势决定的。"第一组组长魏丽霞说。

"日军清水友林中佐对野狼突袭队的覆灭没有追究，他是极希望这支队伍为他建功，所以重组的突袭队依然派上了用场。当野狼突袭队被彻底消灭的时候，他就会反思。他的下属木村一郎，比其更加狡诈。如果得知机枪小队是喋血队所为，必然会进行疯狂报复。所以喋血队必须统一部署，加强警戒。离驻地10华里建立一线哨卡和耳目，负责搜集情报，掌控敌人动向。离驻地3华里建立预警哨卡，传递信息。离驻地1华里构筑工事，配置交叉火力，形成一体防御。所以，我建议近期围绕防御进行工作。"二组组长谢腊梅说。

"我赞同对时局的分析。一个上百人的机枪小队，不是说灭了就灭了的问题，它是鬼子中队中的一个战斗序列，它的消失比突袭队更为要命。清水友林不可能置之不理，木村一郎不可能放而任之。这种复仇的信念必然会给喋血队带来无休止的麻烦。所以，加大防御力度，是我们一个阶段的主要任务。刚才腊梅姐提出了很好的建议，根据地形地貌，我们还可以考虑得更周全一些。"三组组长郑怡说。

"我们刚打完胜仗，整个队伍的思想都在兴奋之中。队长提出短时间内完成对喋血队防御工事的构筑和部署，无疑是一剂清醒剂。从局势来看，小日本连遭重创，这对清水友林大队是一记响亮的耳光。而小日本和国军正处在对峙时期，任何不慎都会对战争有着举足轻重的影响。而桃北抗日喋血队的行动，已对清水友林造成威胁。接下来他会疯狂地对付喋血队，以减轻腹背受敌的压力。喋血队由于兵力严重缺乏，所以我们只能依靠山形地貌、工事与敌人周旋。日军步兵中队辖三个步兵小队，人数在194人到250人之间。日军一个标准的180人的步兵中队包括：一个19人的中队部，3个各有54人的小队。假如木村一郎中队来进攻，他的中队兵力约200人，我们满打满算不到50人，与4倍于我的敌人作战，还得想些法子。"第二组副组长赵敏说。

"同志们赞同刘队长对当前时局的分析，就敌我对比、喋血队生存环境进行了很好的分析，提出了相应的措施。我建议：一，由队长刘武杰组织对防区工事的部署、构筑。队员12人参与。同时分别从大田、永风征集民工60人，由谢腊梅、王茹；田大中、林正华负责。这样修筑防御工事的人就达到了76人。二，由副队长丁勇、郑怡负责（队员8人）离驻地10华里建立一线哨卡和耳目，离驻地 3 华里建立预警哨卡。三，组建机枪分队。建议任命周邋遢为机枪分队队长，张新华为副队长，编制暂定 8 人，人员从民工中选拔。四，成立喋血队后勤保障队，建议任命郑萌为后勤保障队队长，林正华为后勤保障队副队长，编制暂定 6 人。建议调魏丽敏为喋血队参谋，协助队长处理日常事务，魏丽霞接任一组组长。"副队长丁勇说。

"副队长的这个方案很好，人事调动的几个同志都是经过战火考验的队员，我同意，大家有什么补充没有？"喋血队队长刘武杰说。

"没有！"

"散会！"副队长丁勇说。

"谢腊梅，留下。魏参谋，你去叫王茹、田大中、林正华到这儿来开个小会！"刘武杰说。

第十九章

精心部署

　　不一会儿，喋血队队员王茹、田大中、林正华来到队部，一看队长严肃的表情，知道又有了新的任务。

　　"队长，您找我们？"田大中憋不住问道。

　　"大家坐下来，队部几个骨干刚开完了一个会，部署了近一段时间的工作。其中一项重要工作，就是加紧构筑防御工事。有人会问，我们不是刚打完胜仗吗？没错，我们是接连打过几个胜仗，特别是我们乘机消灭了日本机枪小队，我们摧毁了日军的一个战斗序列。这样清水友林一旦清醒过来，他就会疯狂地反扑。我们喋血队不过50来个人，要对付武装到牙齿的日军，确实要下一番功夫。我们可以脱离阵地，但不能把战火引向群众。所以，我们必须在阵地防御上下点功夫，采取灵活机动的战略战术，给敌迎头痛击。队委会决定，利用山形地貌，抓紧时间，构筑工事，与敌人作持久斗争。谢腊梅、王茹去大田；田大中、林正华去永风召集民工各30人，来我们驻地周围修筑工事。要给老乡们讲清楚，二天内带队伍上山。"刘武杰说。

　　"我们这一组没有问题。"二组组长谢腊梅说。

　　"我们保证完成任务！"田大中满怀信心说。

　　"大家把民工带上山后，直接找魏参谋领任务。都明确了没有？"

　　"明确了！"谢腊梅、田大中异口同声。

　　"散会！"刘武杰说。

　　"腊梅姐，我们什么时候走？"王茹问。

　　"咱们晚上走！"谢腊梅说。"晚上？""怕吗？"

　　"跟你腊梅姐，王茹什么时候怕过？"

"咱们简单收拾一下，带上飞刀，今晚去我家住宿？"谢腊梅说。两人说走就走，一会儿消失夜幕中。

第二天上午，抗日喋血队队长刘武杰、参谋魏丽霞、机枪分队队长周邋遢、机枪分队副队长张新华、后勤保障队队长郑萌，在阵地前沿现场勘查。刘武杰领着大家转了一圈，对纵深2000米形成了定向思维。

刘武杰说："我们刚才对阵地近距离地进行了考察，老爷山东南丘陵遍布，但视野开阔；西北沟壑纵横，地势略高。我们现在就利用这片地形作文章。我们不是正规军队，不讲究正规的阵地战。所以工事只是我们依托运动的着力点。机枪阵地，设在老爷山梨树垭。周队长在阵地构筑时，注意矫正射程覆盖面，争取把机枪发挥到最大优势。在机枪阵地左右100米建暗堡4个，封锁机枪阵地前面通路；在机枪阵地前面200米建游击阵地2处，封锁机枪死角。大家对机枪阵地的设置有什么高招？"

"重机枪一般指重量在25公斤以上的机枪(包含三脚架)。装有固定枪架，射程较远，威力较大，可搬运的机枪是步兵支队的支援火力，主要用于射击集群的有生力量、火力点、轻型装甲目标和低空飞机；其枪架具有平射、高射两种用途，射击精度较高。平射的有效射程是800米至1000米，高射的有效射程是500米。具体地讲，它是桃北抗日喋血队重要火力。如何正确使用武器，关系到我们抗击日寇的成败。刚才武杰队长就重机枪的防御设置、配备讲了很好的意见，我原则上同意。目前这种地形，要构筑机枪火力阵地，还真有困难。"机枪分队队长周邋遢说。

"你所说的困难，是不是指人力上的困难？等民工到了以后，魏参谋，你给他拨20名民工，再加上你们现有的编制8人，周队长，这样应该够了吧？"队长刘武杰说。

"嗯，这还差不多。"周邋遢紧锁的眉头一下舒展开来。

"郑队长。你有什么想法？"刘武杰问。

"对于防御布阵，我郑萌是外行。涉及后勤保障，我这里也是困难重重。一是人手严重不够。二是后勤保障体系不健全。譬如这次防御来说，我们后勤保障有三大难点：战时的生活保障、战时的弹药物资供应、战时的伤员救护。三是阵地的供需通道，这也是战前必须完成的。"后勤保障队队长郑萌说。

"好哇，士别三日当刮目相看，郑萌提出的问题，条条在理，又是亟需解决的问题。人员问题，我们准备利用这次构筑防御工事，新招一批队员充实喋血队。现在后勤保障队编制6个人确实少了些，拟增加18人，生活保障组8人，由队长郑萌亲自抓；物资供应组 6 人，由副队长林正华负责；战地救护组 10 人（其中 4 名医生），由副队长魏丽霞负责。战地供需通道，具体由后勤保障队副队长林正华组织实施。原则上是三点：机枪阵地、百米待机点、二百米待机点。具体与阵地防御相结合，行动点由后勤保障队自己疏通。魏参谋，你给他拨 10 名民工"刘武杰说。

"谢谢队长全盘考虑，后勤保障队保证完成战时任务。"郑萌说。

"关于百米处的工事构筑就交给赵敏和王茹，配民工 30 人到 40 人；二百米处交给谢腊梅、刘大中，配民工 30 人到 40 人；丁勇的疑哨配民工 10 人到 20 人，指挥部的工事构筑由魏参谋负责，民工 10 人。民工力量暂时这样分配。"刘武杰说。

"我们的防御阵地，不能和正规军力抗，所以修筑时应依托地形灵活多样，明暗结合，火力交叉，不留死角。我们重点打击的是敌人的指挥官、机枪手、掷弹筒手，给敌以震撼，要他们不战自乱，这就是我们的战术思想。"喋血队参谋魏丽敏说。

"刚才魏参谋说的这点很重要，我们 12 名队员能击溃小日本的机枪小队，也就能够迎战木村的鬼子中队。我们要以一当十，以十当百，做好你想做的事！大家下去准备吧！"刘武杰说。

田大中、林正华回到永风村，找到儿时的伙伴，听他们讲桃北抗日喋血队如何配合国军 15 师警卫队围歼野狼突袭队，12 名喋血队队员如何歼灭日军上百人的机枪小队的传奇故事，听得大家扬眉吐气。纷纷要求参加抗日喋血队。

田大中说："喋血队为了迎击小日本的反扑，正在构筑防御工事，如果大家想出力的话，明天就可以跟我走，说不定哪天你工作做好了，你也是喋血队的一员了！"

"打日本的事，我们当然去！只是你日后不许赖账！"

"我去，我去！"一时群情激昂。林正华数了一下，报名的竟有 73 名。

"这样吧，明天早上 7 点在村西晒谷坪集合，我和林正华在那里等你们！"田大中说。

第二天上午 11 点，田大中、林正华已把民工 83 人领到阵地前沿，喜得刘武杰连连称赞："田大中、林正华好样的！你们先歇口气，一会魏参谋来了给你们明确任务！"

"老乡，累不累呀？"刘武杰走过去与老乡拉家常。"我是刘武杰，你们喊我老刘好了！"

"不累！您就是令小日本闻风丧胆的刘队长呀，我叫王大胆，永风村的！"说着把手伸向刘武杰。

"欢迎你，大胆兄弟！你们知道喋血队为什么招民工上山吗？"刘武杰说。

"打日本呗！"王大胆说。

"没错！抗日喋血队最近接连打了几个大胜仗，先是配合国军 15 师警卫队击溃日军'斩首行动'，歼灭了日军野狼突袭队；接下来 12 名喋血队队员消灭了日军机枪小队，触动了清水友林的神经。一旦清水友林缓过劲来，就会对喋血队进行血腥报复。有人说，你们可以从容撤离，是的，我们是可以撤退，这就等于我们喋血队把包袱丢给了人民群众。我们能看到群众再次遭到血腥屠杀吗？当然不能。所以我们就利用地利人和，和他们作斗争，构筑工事，迎击敢于来犯之敌！"刘武杰说。

"好，我们群众与喋血队站在一起，歼灭敢于来犯之敌！"永风村青年江大明说。"队长，我们可以参加喋血队抗日吗？"

"当然可以！构筑工事就是你们的实际表现，防御工事任务完成后，我们将吸收一批优秀青年到桃北抗日喋血队，充实抗日力量！"刘武杰说。

"田大中、林正华，你们真行，一下来了这么多乡亲，而且你们的动员速度也相当惊人！"喋血队参谋魏丽敏说。

"大家听说帮助喋血队打日本，就都跟过来了！一共是 83 人。"田大中说。

"周邋遢队长，这 20 名民工就给机枪分队了！"魏参谋说。

"好，兄弟们，请跟我走！"机枪分队周邋遢队长说。

"后勤保障队，给你 10 名民工。"魏参谋说。

"林正华，根据喋血队任命，你已是后勤保障队副队长，主管物资供应，具体任务，后勤保障队郑萌队长会跟你交代的，你现在可以跟这 10 名民工与郑队长一起走了！"喋血队队长刘武杰说。

"林正华明白！"

"赵敏，这 43 名民工就分配给百米待机点进行工事构筑，你可以把人领走了！"

"好的，大家跟我来！"赵敏一扬头，飒爽英姿地走了。

"田大中，你带上这最后 10 兄弟，跟我走，到老爷山顶修筑指挥所！"魏参谋说。

"魏参谋，你给田大中明确任务后，立即赶过来，我在这里等你！"刘武杰交代说。

"好的，队长！"魏参谋回答。

"溪云初起日沉阁，山雨欲来风满楼"，面对激情高涨的抗日民众，面对战绩辉煌的抗日喋血队，刘武杰没有被胜利冲昏头脑，而是冷静地思考如何挫败敌人新的反扑。

"报告，谢腊梅、王茹回来了，他们带回76名民工。"通信员张荷花说。

"你让她们把民工带过来！"刘武杰说。

"腊梅、王茹辛苦了！老乡们好，我是刘武杰，可能腊梅、王茹她们已经跟大家讲清楚了，为了防备小日本狗急跳墙，我们将构筑一些防御工事，应对小日本的疯狂反扑。大家稍微休息一下，永风村的弟兄他们是上午到的，已进入阵地工作了。"刘武杰说。

"永风他们上午就到了，来了多少人？"第二组组长谢腊梅问。

"永风村一共来了83人，已经开始工作了！"刘武杰说。

"这两臭小子，还真跑到我们前面了！"王茹笑着说。

"田大中、林正华是挺有能耐的，你们也不错，两组完成任务的情况看，超过了指挥部预计的一半。看来民众抗战情绪的高涨，给了我们很大的鼓舞。"刘武杰说。

"腊梅、王茹回来了，辛苦了！我刚把永风的事处理完，腊梅姐，大田来了多少人？"魏参谋说。

"魏参谋，大田一共76名民工。"二组组长谢腊梅说。

"腊梅姐，二百米处的阵地给你46人，刘大中配合你工作。"魏参谋说。

"副队长丁勇、郑怡负责的外围组领20人，郑怡来了吗？"魏参谋问。

"来了！"三组组长郑怡回答。

"这剩下的10名，就给后勤保障队。队长，你看如何？"魏参谋问。

"我看可以。你先把他们带过去。王茹，你的岗位和赵敏一组，在百米待机点构筑工事，赵蕾已经开始工作了！"队长刘武杰说。

第三卷

凤翥龙翔

第二十章

喋血大队

经过 5 天的紧张施工，桃北抗日喋血队防御体系已初具规模，138 名民工加入抗日队伍。经过上级组织批准，获准成立桃北抗日喋血大队。8 月 6 日，桃北抗日喋血大队在驻地进行了隆重的成立仪式。

地下党负责人谢云（化名）宣布了桃北抗日喋血大队组成人员名单。"同志们，桃北抗日喋血大队获准成立了！桃北抗日喋血队是一支经过战火考验的英雄团队，在组织民众、抗击日寇中屡立战功。特别是近期配合国军 15 师粉碎'斩首行动'、歼灭日寇野狼突袭队；返回途中，12 名喋血队队员奋勇阻敌，重创日军机枪小队，为民众抗日树立了榜样。根据抗日形势发展，桃北抗日喋血队扩建为桃北抗日喋血大队，编制 190 人。其中：大队部 7 人，下设 3 个步兵分队（每队编制 50 人），1 个机枪分队（编制 9 人），1 个后勤保障分队（编制 24 人）。任命刘武杰为桃北抗日喋血大队大队长、丁勇为桃北抗日喋血大队副大队长、刘长青为桃北抗日喋血大队政委、魏丽敏为桃北抗日喋血大队参谋长、林涛为桃北抗日喋血大队参谋。任命赵蕾为第一分队队长、王茹为副分队长；任命谢腊梅为第二分队队长、刘大中为副分队长；任命郑怡为第三分队队长、田大中为副分队长；任命周邋遢为机枪分队队长、张新华为副分队长；任命郑萌为后勤保障分队队长、林正华为后勤保障分队副分队长（物资供应）、魏丽霞为后勤保障分队副队长（医药、战场救护）。"

"下面请桃北抗日喋血大队大队长刘武杰讲话！"桃北抗日喋血大队政委刘长青说。

底下掌声雷鸣。刘武杰用手压了压：

"尊敬的地下党负责人谢云，抗日喋血大队刘政委，同志们，桃北抗日喋血大队今天就算成立了！桃北抗日喋血队由开始的8人，5条枪，到今天拥有三个步兵分队、一个机枪分队、一个后勤保障分队共190人的队伍，走过了艰难的道路。喋血队在解救落难群众，痛击日寇大田、永风偷袭，秤砣寨战斗；协助国军15师警卫队击溃日军'斩首行动'，歼灭了日军野狼突袭队；以及12名喋血队队员遭遇日本机枪小队，一鼓作气，重创机枪分队等一系列战斗中，创造了奇迹，涌现出了丁勇、谢腊梅、周邈遏、魏丽敏、魏丽霞、赵蕾、郑怡、郑萌、王茹、刘大中、林涛等一批抗日勇士，今天成为桃北抗日喋血大队的中坚力量。后起之秀田大中、林正华、赵敏、张荷花已经独当一面，成为喋血队的骨干队员。战争锻炼人，特别是如火如荼的抗日战争，给了我们中华民族信心和力量。

桃北抗日喋血大队成立，标志喋血队的行动得到了上级的肯定与人民群众的支持。这次地下党选派刘长青出任喋血大队政委，刘长青同志是老牌的地下交通员，积累了丰富的地下工作经验。刘长青同志的到来，抗日喋血大队将如虎添翼。

同志们，前一段喋血队的确打了几场胜仗，我们少数同志沾沾自喜，故步自封，看不到小日本奸诈狡猾的一面，这种思想是很危险的。幸喜我们对这种苗头抓得早，近期我们完善了喋血队周围防御体系及工事的构筑，接下来我们与小日本将有一场生死较量。虽然目前国军第七十三军15师，七十四军161师与日军对峙，但我们敲掉木村一郎一个战斗序列比灭掉野狼突袭队还令他痛心。如果木村一郎一旦明白机枪小队是我们干掉的，那他与清水友林就会十倍地进行反扑，所以我们要作好充分的战斗准备。

对于小日本，我们在战略上要藐视它，但在战术上要重视它。我们虽然有了系统的防御工事，但不等于我们就有了胜利的把握。我们要充分利用山川地形，和敌人打麻雀战、袭扰战、疲惫战，各战斗单位要组织3～5名狙击手，打敌人指挥官、机枪手、掷弹筒手、旗手，摧毁敌指挥和火力系统。当然，必要时可组织火力实施突击。

我命令：赵蕾的第一分队进驻百米待机点，谢腊梅的第二分队进驻二百米待机点；郑怡带30人跟随丁副队长完成疑哨配备。分队副田大中带20人为预备队，由魏参谋长掌握。机枪分队、保障分队按照分工进入各自地域。三天内完成兵力部署、战术预演。谢谢大家！"桃北抗日喋血大队大队长刘武杰说。

"同志们，刚才刘大队长就桃北抗日喋血大队的成立、抗日形势、我们的任务、兵力部署，作了重要的讲话，下面分队讨论。大队的领导下到各分队参加讨论。刘大队长参加机枪分队讨论，魏参谋长参加第一分队讨论，林参谋参加第二分队讨论，丁副大队长参加第三分队讨论，我参加后勤保障分队讨论。"桃北抗日喋血大队政委刘长青说。

各战斗分队按照要求展开讨论。

喋血大队政委刘长青来到后勤保障分队，后勤保障分队队长郑萌带头鼓掌，欢迎刘政委第一次来后勤保障分队。

郑萌说："您是喋血大队成立后第一个来后勤保障分队的大队领导，说明了咱政委对后勤保障工作的关心，下面欢迎刘政委作指示。"

"同志们，大家好，辛苦了！我来桃北抗日喋血大队工作，是党组织对我的信任。作为喋血大队的一名新兵，我要很好地向同志们学习。刚才我们听了大队长的讲话，我想听听大家的想法，咱们一起讨论。"政委刘长青说。

"刘政委，我先说。今天对于我们大家，是一个非常喜庆、非常重要的日子，我是最早参加喋血队，扛起抗日大旗的人之一。从8个人扯起喋血队大旗，到今天发展成为190人的抗日大队，见证了我们桃北抗日喋血大队成长历程。我们以最朴素的情感，融入了抗日洪流，打出了声威。喋血队使日寇闻风丧胆，在这片古老的土地上生根发芽了。我同意刘队长对目前形势的估计，正确的形势判断是喋血大队工作的立足点。一旦小鬼子明白歼灭野狼突袭队、敲掉机枪小分队是喋血队所为，就会疯狂地进行反扑。最近我们构筑的防御工事，是喋血队对付小鬼子的得力措施。"后勤保障分队队长郑萌说。

"郑队长的发言很实际，大家接着说。"刘长青说。

"当前的形势很清楚，大队长也讲得很明白，积极做好防御准备，是喋血队当前的任务。作为后勤保障分队，我们任务很重。后勤保障首先是生活保障。190号人，还有战马，这每天得消耗不少粮食、马料，目前我们储存的粮食仅能维持半个月。物资保障，首先是战略物资保障，我们库存的枪支弹药不是很多，来源也只能找小日本要了。战勤保障、医药、医生、救护都是个新课题。经大队批准，我们留下了10名男女青年，协助做好战勤保障工作。一旦小日本报复，我们的工作量是很重的。"后勤保障分队副队长林正华说。

"林副队长提的问题很重要，古人说，兵马未动，粮草先行，我们宁肯把困难想得多一些，把方案想得实一些，然后对症下药，加以解决。"刘长青说。

"今天的会，让人很振奋，我们喋血队从初创时的8人队伍，发展成今天190人的喋血大队，经历了不少的艰难困苦。我是8人队员之一，我们打心眼里欢呼，我们长大了！刘大队长对当前形势的分析，切中要害，工作部署也很严密。后勤保障工作逐步走上正轨。我是分管战勤工作的，确如林副队长讲的那样，医药、医生、救护都是个难题。现只有 8 人编制，4 名医生，3 名护士，1 名药剂师，人员显然是不够的。最近又临时给了 8 名战地救护。药品奇缺。不管怎么样，我们有了这样一点家底，也就有了战胜困难的决心。战场适应期，我会带领战勤人员熟悉防御体系，寻找最佳的战地救护方案，减轻一线战斗人员心理压力。"后勤保障分队副队长魏丽霞说。

"魏副队长是喋血队的元老队员，经验丰富，适应性强。她提出的问题，是我们在实战中逐步要解决的问题。好，大家接着说。"政委刘长青让人家继续发言。

"开门七件事：柴、米、油、盐、酱、醋、茶。这七件事是古代中国平民百姓每天为生活而奔波的七件事，在我们革命队伍，更是不可缺少的大事。后勤保障，首先是生活保障。作为炊事班长，责无旁贷。当前的形势，大队长已经说了，由于喋血队连续给小鬼子以重创，鬼子会进行报复。我们已经在防御上下了功夫，但这还不够，只有充分动员民众，利用山川地形，实行灵活机动的战略战术，才能摆脱小鬼子的围剿，取得新的胜利。"炊事班长罗沅澧的发言，赢得了大家热烈的掌声。

大队长刘武杰所在机枪分队，讨论异常热烈。

张新华说："今天是桃北抗日喋血大队成立的大喜日子，也是我机枪分队首次位列喋血大队战斗序列。大队长就当前形势、我们的任务、兵力部署作了重要讲话，意简言赅，颇受鼓舞。从 8 人扯旗抗日，到今天成立 190 人的喋血大队，经历了十分艰难的历程，这都是队友们用鲜血换来的。机枪分队的建立，标志着喋血大队作战实力的增强。从一开始，刘大队长对机枪的配备就十分重视，几经勘察，确立了机枪防御阵地。利用明碉暗堡，构织交叉火力，形成火力集群，发挥武器最大的威力。我想，小鬼子敢来，我们就叫他有来无回！"

第二十一章

初露锋芒

木村一郎啪地一声立正："报告清水中佐，木村一郎晋见！"

"你还有脸来！"清水友林中佐一脸愤怒，劈头盖脸一顿训斥："野狼突袭队刚被围歼，这个机枪小队又给包了饺子。你们有能耐，家底都被你们给败光了！"

"嗨！嗨！"木村一郎像鸡啄米，不停地点头。

"机枪小队谁干的，调查有眉目没有？"清水友林中佐问。

"是桃北抗日喋血队干的，他们先协助国军15师警卫队击溃我野狼突袭队，返回途中，12名喋血队员遭遇我机枪小队，他们迂回包围，全歼我机枪小队，缴获的武器送给了国军15师。"木村一郎说。

"耻辱哇耻辱！皇军的奇耻大辱！一个近百人的机枪小队，竟然命丧12人喋血队队员之手，我们一定血洗桃北抗日喋血队"清水友林歇斯底里，狂怒地说。

"大队长，我知道喋血队在哪儿？"木村一郎战战兢兢地说。

"在哪儿？"清水友林中佐问。

"根据我们侦察，桃北抗日喋血队龟缩老爷岭。"

"吆西！木村，带上你的中队，明天拂晓进攻老爷岭，一定拔掉这颗钉子，解我心头之恨！"清水友林中佐命令说。

木村一郎大尉返回驻地，立即召开中队联席会议，传达大队长清水友林中佐攻打老爷山的命令。参加会议的有：中队执行官江口广日、一小队队长田野少中、二小队队长藤原墨夫、三小队队长楠木正光、机枪小队队长松山武南。

木村一郎说："我中队连续遭到重创，野狼突袭队全军覆灭，机枪小队被包了饺子，这些都是谁干的？——桃北抗日喋血队。这是一支由当地人组织的抗日队伍，神出鬼没，多次陷我军于绝境，活动能量很大。目前我军正与国民党军抗衡，这一股力量对我们骚扰很大。清水友林中佐命令我们歼灭这一股力量，明天拂晓发起进攻，是我们讨还血债的时候到了。"

"一伙乌合之众，田野少中愿为先锋！"田野少中少尉说。

"桃北抗日喋血队虽不是正规军，但从几次接触来看，战斗力还是很强的。所以我们不能轻敌。"中队执行官江口广日提醒说。

"哈哈，江口少尉，咱们还没打呢，你就害怕了！"二小队队长藤原墨夫一句讥讽，引来满堂大笑。

"各位，请安静。江口广日少尉提到的对敌判断并不是没有依据，大家想想看看，高岛雄二、麻生三郎、藤原雄夫，都不是庸才吧，还有藤原洛夫、小林金山、村上近二少尉，可他们都败在了湘北抗日喋血队手里，为国尽忠了。本中队长不希望你们步他们的后尘，拿出我们大日本军人的气概来，打好这一战。"木村一郎说。

"是！"

"我命令：一小队担任正面攻击，机枪分队紧随一小队跟进；二小队从左翼进攻；三小队为预备队。晚7时出发！散会。"中队长木村一郎大尉发布命令。

夜是幽静的。微风轻拂而过，摇曳碰撞了一天的树叶疲倦了；竞相怒放的花朵劳累了；飞舞啼鸣的鸟儿归巢了。万籁俱寂，天地之间空旷而广阔，唯有孤独的月远远地凝望着这安静的夜。大自然沉浸在酣梦中，静悄悄地孕育着一个不安宁的黎明。

林参谋与赵敏白天到一线察看兵力部署情况，本来要返回指挥部的。他对赵敏说："你先回去，我先到前面一千米处看看，我总觉得今晚鬼子会有什么动静？"

"林参谋，你可不能扔了我，要去咱们一起去吧？"赵敏说。

林涛想想也对，我怎么能扔下她呢，于是说："走，咱们先去看看！"两人消失夜幕中。

林涛与赵敏的行动，被郑怡布置的哨兵发现，立即报告了郑怡。郑怡派王大胆等3名队员尾随，实施暗中保护。

林涛一扬手势，示意赵敏蹲下，随即贴地面倾听，耳中传来众多脚步声。"赵敏，小鬼子来了，我们待在土堆后不要出来，静观其变。"

"好的！"

突然，一个小鬼子在离他们几十米的地方停了下来，有一黑影飘过，传来窸窸窣窣的声音。林涛嘱咐赵敏待在原地不动，只见林涛以迅雷不及掩耳之势将这个鬼子擒住。林涛将押解任务交给赵敏等4人，押回指挥部，他拔腿向信息站跑去。

　　林参谋将情况报告丁副大队长，鬼子现在 2 千米外休息，可能马上要进攻了。丁副大队长马上将信息传递，启动紧急预案。林涛反身向指挥部跑去。

　　当赵敏把鬼子押到指挥部，魏参谋长大吃一惊，怎么阵地弄出了鬼子的间谍。

　　赵敏汇报说，今天我和林参谋检查部队防御设施情况后，刚准备回指挥部，林参谋突然跟我说，他有一种预感，鬼子今天可能有行动。于是他去前哨，要我回来。我说，我们是一起下来的，就应该一起回去，于是我就跟上了他，一起去了前哨。在离信息站 2 千米的地方我们躲了起来，林参谋贴地听到杂乱脚步声。于是说，鬼子来了。果然不去 5 分钟，鬼子大部队离我们潜伏地 30 米休息。2 分钟后，一个黑影离队小解，林参谋悄然离起，抓获了这个鬼子。

　　"原来是这样，你们又立了一大功。"魏参谋长说。"王大胆，你们可以回去复命了。"

　　"张荷花，通知第二小队、第一小队、机枪分队进入战斗准备。"魏参谋长说。

　　"是！"张荷花领命去了。

　　"我回来了！"林参谋满头大汗，气喘吁吁地说。

　　"辛苦了，喝杯热茶！"魏参谋长递过茶杯。

　　"还没审讯吧？"林参谋问。

　　"没呢，我对日语一窍不通！"魏参谋长说。

　　"怎么不把政委找来呢？"林参谋说。

　　"我怎么把他给忘了？赵敏，叫政委上这儿来！"

　　赵敏前脚刚走，大队长后脚就进了屋。

　　"怎么，小日本来了！"湘北抗日喋血大队大队长刘武杰说。

　　"我和赵敏检查防御工事，准备回指挥部，灵感告诉我，今晚有事。我和赵敏离开信息站约 2 千米的距离潜伏，不一会，就见鬼子的大队奔袭而来，在离我们潜伏地 50 米处休息。我们前进 20 米贴近观察，发现一黑影出来小解，我们将其抓获。郑怡派王大胆 3 人接应，我们将小鬼子带回指挥部，我已通知丁副大队长作好战斗准备。如果不出意外的话，鬼子的部队应该接近信息站前沿。"林参谋介绍说。

　　"抓紧审讯小鬼子！"大队长刘武杰说。

　　"我已通知刘政委，他是这方面的专家？"魏参谋长说。

　　"好热闹哇！"这时，大队政委刘长青进来了。

　　"刘政委，抓了个日俘，劳您大驾呢，帮着审一下。"刘武杰说。

刘长青走了过去，扫了一眼日俘，威严地说："你叫什么名字？"

"我叫森田宝二，日本北海道福岛县人。"

"你在哪个部队服役？什么职务？"刘长青审问道。

"我是日军木村一郎中队三小队曹长，小队长楠木正光。"日军森田宝二曹长回答。

"你们来老爷山干什么？谁带队？"刘长青接着问道。

"我们奉清水友林中佐命令围剿老爷山，消灭桃北抗日喋血大队，此次军事行动由中队长木村一郎大尉亲自带队。"日军森田宝二曹长回答。

"你们来了多少人？"桃北抗日喋血大队政委刘长青问。

"一个中队，大约250人左右。"日军森田宝二曹长回答。

"你们胆子真大，抗日喋血队刚围歼野狼突袭队，打掉日军机枪小队序列，难道你们不怕被歼灭吗？"桃北抗日喋血大队政委刘长青说。

"作为大日本皇军的军人，我们进行的是东亚圣战。"日军森田宝二曹长说。

"把他带下去！"刘长青说："大队长，这个家伙又臭又硬，不过交代还算畅快，交代了奉清水友林中佐命令围剿老爷山，消灭桃北抗日喋血大队的阴谋，领队的是中队长木村一郎大尉，一个中队，250人左右。"

"我说呢，清水友林这个老鬼子，终于坐不住了。那我们就好好地干一场，把木村一郎打趴下！"刘武杰说。

"对了，政委你和林参谋留守指挥部，我和魏参谋长去200米的阵地看一下。有什么情况你大胆处置。"

"好的，注意安全！"大队政委刘长青说。

第二十二章

智斗木村

　　日军在岭岗稍作休息后，田野少中率领一小队向信息站方向急进。离信息站约百米，高挑的竹竿上，二盏红色信号灯亮起，方圆二百米，响起突突地机枪声。田野少中正在彷徨，突然左右飞来子弹，倒下3名鬼子兵。呲的一声，火堆突亮，3名女人一闪而过。迟疑的田野少尉大喊："花姑娘！"这声音如同一支兴奋剂，在漆黑的夜空弥漫，霎时有6名士兵追了过去。突然飘过来一股浓烟，浓烈的辣味呛得人头昏脑涨，混乱中一个个跌下3米深坑，传来一声声惨叫声，那是喋血队第三分队分队长郑怡布置的陷阱。

　　田野少中清醒过来，令部下就地卧倒，开枪扫射。这一折腾，竟耗去弹药的三分之一。他一叫停，四野竟然没有声音。这下田野少尉恼火了："八嘎！突击！"

　　几个分队队长率队竞相前进，黑压压地上来一拨人。桃北抗日喋血大队副队长丁勇对5名喋血队队员说："放过30米，从侧背打，每人2个目标，放倒就走，不可恋战。"丁勇甩手两枪，一对机枪兵倒地，头歪到了一边。5名勇士开枪，又有几名鬼子被击中。他们趁乱再射，然后隐入战壕，顺道进入丘陵地带。渡边武夫分队长见腹背受敌，马上崇叫步兵停止冲击。

　　左边郑怡还在耍疑兵阵。他们忽明忽暗的流影使鬼子惊魂不定。田野的机枪突然狂啸起来。两分钟又哑了，又叫起来，又哑了，这使田野小队进攻大打折扣。

　　"报告田野少尉，机枪手全部战死！"分队长石井三郎报告。

　　"你不还活着吗？传令兵，叫渡边武夫派3名副手给他！"田野少中少尉说道。一会，机枪又突突地叫了起来。

　　郑怡："王大胆，你带名喋血队员，把那挺机枪搞掉，接近目标，用手雷干掉，快去快回！"

　　"是！"王大胆摸索前进，接近日军机枪点，甩手扔出一颗手雷，那个渡边武夫连同机枪，一同回爪哇国去了。王大胆白天演练曾通过这条暗渠，因此很快回到潜伏点。"报告，轻机枪被炸毁！"

　　"好的，我们再糊弄鬼子一下，然后进入200米处的阵地。"第三分队队长郑怡说。

　　战斗进行了一个小时，日军小队还停留在信息站周围和喋血队捉迷藏，木村一郎急了，照这样下去，到天亮都接近不了桃北抗日大队主阵地。他令机枪小队向前推进，连发两道命令督促田野少中发起进攻。

　　信息站郑怡分队的骚扰行动迟滞了日军田野少中小队的进攻，为喋血大队200米处阵地里的谢腊梅分队赢得了宝贵的时间，他们从容进入主阵地，等待日寇来犯。

　　瘪了气的田野少尉挥起指挥刀："冲击！"，鬼子开始蠢蠢欲动。暗地里的郑怡，一声"打！"，愤怒地子弹飞向敌阵，刚露头的鬼子便被击倒了。郑怡一声撤，悄然消失在山道里。当田野少中调动火力向郑怡方向射击的时候，郑怡分队已进入200米处的阵地里。

　　"郑分队长，谢谢你的紧密配合，你们的骚扰战，给了我们二分队充分的准备时间，下面就看我们的了！"第二分队分队长谢腊梅说。

　　"我们配合你们一起战斗！"三分队队长郑怡说。

　　"喋血队员们，准备战斗，听我的号令，靠近了再打！"谢腊梅命令道。

　　田野少中小队在机枪火力支持下，开始蠕动前进。

　　"啪、啪"二声，第二分队副分队长刘大中带领的狙击组，将日军机枪手击毙。二分钟后，机枪又响了起来。刘大中，这位喋血大队的老猎手，发起神威，再度将敌人机枪打哑。

　　敌人距主阵地还有60米，谢腊梅呼的一枪打中田野少中，这个焚烧、血洗热市古镇的罪恶祸首，终于得到了应有的报应。霎时阵地火力劲射，小日本扔下40多具尸体溃下阵去。

　　田野少中被击毙，触动了木村一郎的神经。田野是他手下最得力的干将，是他木村中队的支柱，虽说战场枪弹不认人，但这一切来得太突然了。他怔在那里，执行官江口广日连喊三声，他才转过神来："楠木君上，给我拿下眼前的这个高地！"

　　木村集中所有火力，对200米处的阵地实施猛烈的攻击。

　　谢腊梅、郑怡分队隐蔽在防御工事里。

"大队长、参谋长，你们怎么来了？"谢腊梅问。

"情况怎么样？"喋血大队参谋长魏丽敏问。

"报告参谋长，日军组织的第一波进攻被我们打退了，我打死了一名指挥官。他们消停一刻钟后又开始进攻了，这回火力比第一次更猛！"二分队分队长谢腊梅说。

"看来这名军官是木村的小队长，不然他不会动怒。这样吧，郑怡，你打左边；腊梅，你打右边；我和参谋长负责正面；等这一轮攻势压下去后，喋血队员迅速进入防御工事，以组为单位，利用山川地势，开展麻雀战，明白了吗？"大队长刘武杰说。

"明白！"

"好，组织战斗！"刘武杰说。

这个日军小队长楠木正光打起仗来很邪乎，在火力准备期间，他是不会动的，他躲在一角倾听火力交织情况，从而判断对方薄弱环节，一举击之。这个从农村来的士兵，凭着勇猛和血腥，完成了从士兵到军官的转变，成为木村中队第三小队队长。田野少中的死，他认为是田野轻敌，对付喋血队、不能莽撞，一是他们是本土人，占着地利；二是他们军事素质不低，野狼突袭队、机枪小队不都败在他们手里吗？所以你得弄明白，同他们战斗，不同于普通老百姓，也不同于正规军队。基于这一点，他选择了左翼为突击方向。

楠木估计的没错，左翼是由喋血大队第三分队分队长郑怡带领突击队，力量低于谢腊梅率领的第二分队，第三分队有一半力量抽出作了预备队。但老天是否是公平的，郑怡占领的地形似乎明显强过右翼。当郑怡从大队长手中接过防御任务，她就考虑到了这一层，以劣势换优势，利用起伏的山势，明暗结合，迂回进击。

当木村的蓝色的信号弹升空，新一轮反扑开始，机枪又响了起来。

从右翼阵地撤退的副大队长丁勇，借信号弹的余光发现近60名鬼子朝喋血队机枪阵地侧前摸去。为了不让鬼子的阴谋得逞，丁勇招呼队员猛击敌人的屁股，敌人慌乱，一时不知所措，扔下十几具尸体。丁勇边打边退，把敌人引进开阔地。接着派人与谢腊梅接洽，对敌人进行两面夹击。

谢腊梅派分队副刘大中带10队员阻击。这支日军是藤原莫夫进攻的第二小队，不知不觉误进包围圈，被暗堡火力迟滞行动。突然，山顶喋血大队机枪响了，敌人连滚带爬被歼灭。5名日军侥幸逃过一劫，却被迂回到侧后的丁副大队长来了个连锅端。很快，右边枪声停了。

楠木正光进行火力侦察后，率队冲进左翼阵地，不见一个人影。他正在纳闷，这人呢，怎么一下子就不见了，突然一发子弹击中他的右肩，他痛得蹲了下去。"奶奶的，给我打！"枪声响过之后仍然寂静。楠木组织士兵冲锋，可枪响过之后，仍然被逼了回来。如此三番两次，都没前进一尺，尸体却遗下十几具。

就在离楠木正光不到 20 米工事内，藏着一名女战士，她就是赫赫有名的喋血大队参谋长魏丽敏。参谋长待在这儿可不是望风景的，她依工事壁沿慢慢接近目标，伸手一扬甩钢鞭，击中 2 名鬼子，那个楠木头一歪，见他的阎王去了。魏参谋长端起枪，没倒下的也就通通地归西了。刘大队长反手一枪，打死了一个挣扎的鬼子。

"魏参谋长，我们是不是可以开始反击了！"大队长刘武杰说。

"根据战场形势估计，进攻正面的是敌人的两个小队，而左侧的那个小队误进我们的包围圈，被机枪搅杀了。那么，木村的家底就已经快打光了。他还剩一个机枪小队加上队部，顶多还有 50 ～ 60 人。我们组织三路：右翼由郑怡分队、左翼由腊梅分队实施迂回包围，正面交给赵蕾分队。各分队要快，一定不能让木村跑掉。"魏参谋长说。

"赵敏，你先告诉赵蕾，一分队留 20 人交给王茹，坚守阵地；赵蕾带剩下的人参与正面追击；再告诉刘政委我们的行动，预备队撤回参加追击行动；然后叫周邋遍机枪分队坚守阵地。听明白了没有？"大队长刘武杰命令道。

"明白了！"作战参谋赵敏答道。

"你们二个分队立即行动。"刘武杰吩咐说。

第二十三章

打狗行动

日军第三小队队长楠木正光阵亡的消息，传到木村一郎耳中，他苦笑了一下，呆呆地立在那里。执行官江口广日连呼数遍，他才勉强回过神来。

"收拢兵力，抢占前面那片高地，迎击喋血大队！"木村一郎大尉吼叫着。

"是！"执行官江口广日不敢怠慢，连忙招拢部队。

在木村一郎看来，他的中队趋于瓦解，好好的三个步兵小队，顷刻间就被击溃了。与其现在回去，还不如打个痛快，他把失败的战况电传给清水友林中佐，表示血战到底的决心。

老鬼子一看，木村要杀身成仁了，这还了得，马上传令竹田中队接应，他要保住木村大尉的一点血脉。

木村传令下去，打散的鬼子很快聚拢，占领了前面高地。而左翼运动的抗日喋血大队谢腊梅分队，速度更快，抢占了左侧高地。天开始蒙蒙亮，右翼郑怡分队亦占领了东北有利地形。魏参谋长督导赵蕾分队向前推进了几百米，形成了包围态势。

大队长刘武杰带领狙击手距敌 150 米，他们隐蔽运动，试图再接近些。

魏参谋长心急如焚，她只等刘大队长敲掉敌机枪火力，然后发起最后的围攻。

"呼"的一声，木村军旗被郑怡击落，日军机枪嗒嗒嗒地响了起来。刘武杰说声"打！"，鬼子的机枪手便歪到了一边。

魏参谋长下达围攻命令，愤怒的子弹从四面八方飞向无名高地。一时间无名高地鬼子呼爹喊娘，狼狈逃窜，阵地上横七竖八扔下了 30 多具尸体。

突然西北方向枪声密集，一大波鬼子涌向阵地前方。桃北抗日喋血大队腊梅、郑怡分队阵地火力受到压制，日军竹田中队援兵到了。这使 30 多名鬼子逃出了包围圈。

阵地硝烟弥漫。天已明亮。湘北抗日喋血大队大队长刘武杰下令，全线撤退，进入防御阵地后，各分队清扫战场。

当木村返回驻地，清水友林中佐亲自迎接，这一举动使木村茫然。"中佐，木村一郎向您请罪！"

"回来就好！是清水低估了他们的能量，一群老百姓组织起来的乌合之众，竟然敢与皇军抗衡！"清水友林中佐破例没有责怪下属，这让木村一郎不可思议。

"属下有罪，您就让木村自裁吧！"木村一郎大尉说。

"木村君，还是振作起来吧，我们现在与国军对峙，形势很严峻，仗有的打，真正的军人应该是荣辱不惊！好好反省下自己，迎接新的战斗吧！"清水友林中佐凝重地说："你的中队，一个星期给你补齐编制。"

"谢大队长！木村一定忠于职守。"木村一郎大尉说。

木村回到驻地，江口广日中尉跑来报告。"坐下，什么都不要说。喝杯茶吧！这是西湖龙井，队伍路过时留下的！"木村一郎大尉说。

"中国地大物博，好东西多着呢。"江口广日中尉顺着说。

"是呀，我们本来应该从高岛雄二、藤原洛夫中尉事件中吸取教训，可我孤傲自大、目中无人，这回差点连家底都赔光了！我还配做你们的上司吗？"木村一郎狐疑，站起来痛心地说。

江口广日见木村沉溺昨晚的战斗，于是转移话题："大尉，你家乡很美吗？"

"我的家乡静冈县，与山梨县交界，那里有日本第一高峰富士山。是日本国内的最高峰，也是世界上最大的活火山之一。环绕锯齿状的火山口边缘有'富士八峰'，即剑峰、白山岳、久须志岳、大日岳、伊豆岳、成就岳、驹岳和三岳。富士山山体高耸入云，山巅白雪皑皑，放眼望去，好似一把悬空倒挂的扇子，因此也有'玉扇'之称。"木村一郎大尉一提到家乡，心情豁然开朗。

"的确很美。我和你不同，我来自日本兵库县丹波，我是农民的儿子。我讨厌战争，我想家！"江口广日中尉说起来，眼中泛着泪水。

"江口君，这种话只能到此为止，话多伤身！"木村一郎大尉提醒说。

"江口口误，江口口误，谢大尉教诲！"猪爪进三少尉赶紧说。

"我们是帝国军人，肩负着大东亚共荣的光荣使命。今天清水友林中佐跟我说，一个星期内给我们中队补齐编制。"木村一郎大尉说。

"是这样的吗，木村中队复兴有望了。"江口广日中尉说。

"你跟大伙多交流交流，叫大家卸下包袱，走出老爷山战斗失败的阴影，大日本的木村中队，是永远打不垮的！"木村一郎大尉说。

"是，大日本的木村中队，是永远打不垮的！"江口广日中尉一个立正，转身离去。

碧空如洗，灿烂的阳光正从密密的松针缝隙间射下来，形成一束束粗粗细细的光柱，把飘荡着轻纱般薄雾的林荫照得通亮。高高的老爷岭主峰被灿烂的云霞染成一片绯红。

"报告魏参谋长，机枪分队坚守阵地，打死鬼子57名，缴获重机枪1挺，子弹3000发；轻机枪3挺，子弹2561发；掷弹筒5具，炮弹7发；步枪49支，子弹158发；手枪5支，子弹123发；望远镜1只。我机枪分队队员重伤1人、轻伤3人。"机枪分队分队长周邋遢说。

"报告魏参谋长，第三分队打死鬼子71名（其中丁副大队长率突击组击毙25人），缴获重机枪1挺，子弹2580发；轻机枪3挺，子弹2031发；掷弹筒2具，炮弹4发；步枪62支，子弹195发；手枪6支，子弹113发；望远镜1只。第三分队队员死亡2人，重伤4人，轻伤5人，完成诱敌深入、坚守阵地、预备队、追击残寇任务。"第三分队分队长郑怡说。

"报告魏参谋长，第二分队打死鬼子66名，缴获重机枪1挺，子弹2050发；轻机枪2挺，子弹1587发；掷弹筒4具，炮弹5发；步枪58支，子弹143发；手枪3支，子弹58发；望远镜1只。我第二分队队员牺牲3人、重伤4人、轻伤6人。完成阵地守护、穿插、追击残敌任务。"第二分队分队长谢腊梅说。

"报告魏参谋长，第一分队打死鬼子18名，缴获轻机枪2挺，子弹1421发；掷弹筒3具，炮弹4发；步枪16支，子弹58发；手枪3支，子弹43发。我第一分队队员重伤1人、轻伤3人。完成坚守阵地、追击残敌任务。"第一分队分队长赵蕾说。

"报告魏参谋长，后勤保障分队打死鬼子3人，缴获步枪3支，子弹28发；抢救重伤员10人，轻伤17人；背回烈士5人；完成战场后勤保障和战地救护任务。"后勤保障分队分队长郑萌说。

"大队长、政委，老爷岭战斗我喋血大队参战190人，击溃日军木村中队，歼灭日军215人（其中日军军官3人：少尉田野少中、少尉藤原莫夫、少尉楠木正光）。缴获重机枪3挺，子弹7630发；轻机枪10挺，子弹7600发；掷弹筒14具，炮弹20发；步枪188支，子弹582发；手枪17支，子弹337发；望远镜3只。喋血大队牺牲5人、重伤10人、轻伤17人。取得了桃北抗日喋血大队成立后首次抗击日寇的重大胜利。"桃北抗日喋血大队参谋长魏丽敏高兴地向大队长和政委报告说。

"这个成绩又一次证明，人民的抗日力量是不可战胜的！这个成绩对抗日的军民是一个巨大鼓舞！"喋血大队政委刘长青说。

"政委，是不是制定一个方案，把我们老爷山防御战的战果向社会公布，打消少数人畏日情绪，掀起抗日支前热潮。"大队长刘武杰建议说。

"好，宣传包在我身上！我和地下党谢云同志联系一下，争取他们的支持！"刘长青说。

"我看可以。木村中队遭受重创，一时拿不出精力对付我们，但我们还是要防止小股日军偷袭。要同地下党那边沟通一下，看上级有没有新的指示。我去找几个分队负责人碰一下头，抓紧抢修被鬼子摧毁的工事，改进并完善防御体系。"大队长刘武杰说。

"我同意。"刘长青说。

"赵敏、张荷花，传分队负责人到指挥部集合！"

一会，副大队长丁勇、第一分队分队长赵蕾、第二分队分队长谢腊梅、第三分队分队长郑怡、机枪分队分队长周邈遍、后勤保障分队分队长郑萌、参谋长魏丽敏、参谋林涛参加了会议。

刘武杰说："同志们，日军木村中队遭到重创，我们打了一个前所未有的大胜仗，谢谢大家！我和政委交流了一下，抗日喋血大队当前的工作，主要是抓两手，一手抓宣传，把老爷山防御战的战绩向社会宣传，提高全民抗战的热情，掀起抗日支前热潮。这项工作由刘政委负责。

一手抓防御。这里有两项工作：一是抓紧抢修被鬼子摧毁的工事，改进并完善防御体系。这项工作由副大队长丁勇负责。关于阵地防御，我和魏参谋长的意见是，对防御任务作一下调整，原由赵蕾分队坚守的阵地和谢腊梅分队坚守的阵地调整为：以中间为界，赵蕾分队负责左翼、谢腊梅分队负责右翼，这样各分队便有了运动纵深。根据地形，重新完善配套工事。郑怡分队继续担任信息站工作，完成牵引敌人任务后，转入预备队。二是惩治汉奸、恶霸，充实后勤保障。我们打了一仗，库存的粮食仅够10天的消耗了，所以，我们要提早对这项工作预谋，临时抱佛脚就来不及了。郑怡分队拨一个班的兵力给后勤，这项工作由魏参谋长负责。看看大家有什么建议没有？"

"我说。这次战斗暴露了我们防御机制的缺陷，大队长提出改变阵地防御守护，我同意。第一分队会吸取老爷山防御战的经验教训，及时完善措施和工事，提高整体防御能力。"第一分队分队长赵蕾说。

"一手抓宣传，一手抓防御，这个决策太好了。老爷山打了大胜仗，大家还在兴奋中。领导们高瞻远瞩，提出在完善防御的同时，惩治汉奸、恶霸，充实后勤库盈，我们做后勤保障的感到欢欣鼓舞。只要我们肚子饱了，才能更好地杀敌！"后勤保障分队分队长郑萌说。

副大队长丁勇说："武杰大队长提出的任务，很及时。我们刚打完胜仗，而且是喋血大队成立后的第一场胜仗，战果不菲，令人鼓舞。我负责战后防御体系的完善和抢修，这是一个艰巨的任务。我相信，经过大家群策群力，防御体系一定会得到加强。"

第二十四章

惩治汉奸

　　渐渐地，黄澄澄的太阳在东方含羞地露出头。它终于跳出了山峰，光线穿过如纱的云层，展露无与伦比的锋芒，穿透迷蒙蒙的乡村。不知不觉中，烟雾消失得无影无踪。远处的山峦清晰地露出绿色的衣装，近处的树木翠绿欲滴，在亭亭玉立中，仿佛长有少女的眼眸，澄澈地闪着眼波，悄悄地注视着乡村。村民们身不由己地投入到乡村的古朴与温厚里，感受早晨的无比亮丽与缤纷的色彩。

　　魏参谋长清晨起来，便去了后勤保障分队办公室，大队长刘武杰早早到了那里。

　　"表哥，你起得比我还早哦！"魏丽敏说道。

　　"我心里一有事就睡不着。丽敏，有目标了吗？"刘武杰问。

　　"目标倒有几个，想大家参谋参谋。"魏丽敏说。

　　"刘大队长、魏参谋长你们早来了，我们迟到了。"后勤保障分队分队长郑萌、副分队长魏丽霞双双跨了进来。

　　"姐姐，你来得好早！"后勤保障分队副分队长魏丽霞说。

　　"是吗？刘大队长来得还早呢！"魏丽敏说。

　　"各位早，我把王东生班长领过来了！"后勤保障分队副分队长林正华说。

　　"欢迎欢迎。王班长也是永风村的人，对吧？"后勤保障分队分队长郑萌说。

　　"郑分队长好记性，王东生正是永风村的人。"第三分队一班班长王东生说。

　　"大家静下来，我们今天专门讨论如何惩治汉奸、恶霸，请大家出谋划策。我手里有几个汉奸、恶霸名单，我先跟大家说一说。

　　杜胜明，绰号'六斤半'，永风村最大的土豪。女婿，日军翻译官于此，被刘大队长偷袭永风村时击毙。杜胜明伙同女婿出卖情报，带领日军血洗村庄；关押地下党交通员谢伟松，配合日特布下机关，诱捕我喋血队员，欺凌盘剥百姓，是典型的汉奸恶霸。据初步侦察，'六斤半'建有私家粮库三座，布匹仓库一间。曾向鬼子提供军粮 2 万斤、生猪 5 头，黄牛 2 头。

万福来，绰号万癞子，永风村人。家有良田百亩。鬼子进驻热市后，就出任维持会长，向鬼子提供军粮 1 万斤。

谢三运，温泉村人，开有纱厂和服装厂。鬼子血洗热市古镇时，屈膝投降，给鬼子出资 5000 大洋。

刘明发，大田村人。有良田 106 亩，兼开鞭炮作坊。曾为鬼子提供军粮 1 万斤，猪 2 头。儿子刘青在常德市民团当汉奸。

我们初步拟定上述人员为这次惩治汉奸对象。大家议议，还有比这更恶劣的对象吗？"桃北抗日喋血大队参谋长魏丽敏说。

"参谋长，我对'六斤半''万癞子'比较熟悉，这两个人作恶多端，民恨很大，永风村差点葬在他们手里，是该修理修理他们了，我们先没收他们的财产，再观后效！"后勤保障分队副分队长林正华说。

"那个谢三运名声很臭，小鬼子血洗古镇的那一天便认贼作父，是古镇的头号汉奸。从这小子开刀，可以起到震慑效应！"后勤保障分队副分队长魏丽霞说。

"抓大惩恶，是我们这次行动坚持的方针。我建议我们先从永风杜胜明、万福来开刀，这样既可以保障我们的供给，同时打击汉奸恶霸的嚣张气焰，鼓舞人民的对敌斗争。"后勤保障分队分队长郑萌说。

"那个万癞子的情况我知道，我曾经在他家当过长工。也是三座仓库，一大两小。主仓库可以存放 50 万担粮食。两个小的，一是棉麻、一是珠宝。我在他家打工 7 年，没有看见他开过。"第三分队一班班长王东生说。

"刚才大家的发言，对魏参谋长提出的惩治汉奸恶霸对象是个很好的补充，下面就这次行动说点意见：惩恶行动由参谋长魏丽敏任行动队队长，后勤保障分队分队长郑萌为副队长。下设：执行组，19 人（物资供应组 6 人，第三分队一班 13 人）。战勤保卫组 6 人（魏丽霞战勤组 6 人），惩恶行动正副队长去执行组，我去战勤保卫组。咱们 12 时准时出发。"桃北抗日喋血大队大队长刘武杰说。

"大家分头准备，中午 12 时准时出发！"参谋长魏丽敏接着说。

散会后，大队长叮嘱魏参谋长，叫林参谋 6 小时后率 20 名队员到包谷垭接应运粮队。

南方的八月间，骄阳似火。中午时分，太阳把树叶都晒得卷缩起来。知了扯着长声聒个不停，给闷热的天气更添上一层烦躁。去永风的路队友们并不陌生，刘武杰、魏丽敏、魏丽霞，他们曾在那里击溃日军小队，解救过老百姓；

而林正华、王东生就是当地人，所以一路省去了好多麻烦。他们直奔永风"六斤半"大屋场。

"六斤半"的小老婆花花一看来了这么多兵，慌慌张张跑进里屋："老爷，外面来了那么多兵爷！"

"莫慌张，待老爷瞧瞧再说！"杜胜明挺着圆滚滚的肚皮，从里屋挪了出来。抬头一见那么多气昂昂的兵，不是土匪，不是国军，那是谁呢？突然间他望见了林正华，那个小木匠，他不是参加了抗日喋血队了吗？难道是喋血队找上门来了，他浑身打了个寒战。

"'六斤半'，这是桃北抗日喋血大队大队长刘武杰！"林正华说。

"刘大队长光临寒舍，蓬荜生辉！"杜胜明两腿战战兢兢，他知道自己的罪恶深重，应付说。

"'六斤半'，你摸摸你的脑袋还在不在？"喋血大队大队长刘武杰说。

"六斤半"莫名其妙，只好摸了一下："在！"

"不错，按照我们的话去做，或许还在！打开粮仓，套上5架马车，抗日喋血大队急需粮食！有问题吗？"刘武杰说。

"没有！管家，套上5架马车，给抗日喋血大队准备粮食！"杜胜明说。"大队长，是不是进屋喝口茶？"

"'六斤半'，你知道你的罪行吗？"刘武杰说。

"知道。我和女媳是皇军，不，为鬼子递送情报，引诱鬼子血洗永风，要不是你们及时赶到，我的罪孽就大了。我还为鬼子提供军粮、生猪、黄牛，关押过地下党交通员谢伟松，配合日特布下机关，诱捕喋血队员，是十足的汉奸行为。"杜胜明说。

"知道就好，小日本早晚要失败，你应该做什么，要好好考虑一下。"刘武杰说。

"我做过猪狗不如的事，请大队长给我一次改过的机会。"杜胜明说。

"你5架马车一次能运多少粮食？运三趟到包谷垭，明白吗？"刘武杰说。

"5架马车一次能运15000斤，三趟就是45000斤。路上安全吗？"杜胜明说。

"路上安全我们负责。好，你去张罗！"刘武杰说。"郑萌、林正华，你们过来，刚才我跟'六斤半'宣讲政策，交代出路，他愿意用5架马车来回倒三趟粮食，约4.5万斤，送到包谷垭，路上我们负责运粮的安全，这个任务就交给你们了。"

"好，我和林副分队长保证完成任务。"后勤保障分队分队长郑萌说。

"林参谋在包谷垭接应你们！剩下的人员跟我去找万癞子算账！"刘武杰说。

"刘大队长，我们可以出发了吗？"桃北抗日喋血大队参谋长魏丽敏问。

"走吧，这里就交给郑萌、林正华了，下一个目标——万福来！王班长，你带路！"刘武杰说。

"是，大队长！这个万癞子是维持会长，可能手边有几条枪。"第三分队一班班长王东生说。

"所以你们接近庄园时要抵近侦察，留意当地民团力量，减少不必要伤亡！有什么动静，立即向我报告。"参谋长魏丽敏说。

万癞子庄园三面环山，门前是200米开阔地。王东生将喋血队员隐藏土坎后，自己带2名队员前去侦察。夕阳下，一块蓝色标有"永风维持会"木牌懒懒地挂在那里。院子里有哨兵游动。正面两翼修有暗堡。

"报告参谋长，万癞子庄园三面环山，门前是200米开阔地。院内挂有'永风维持会'牌子，平时有游动哨5人来回走动，左右两暗堡，形成交叉火力，估摸维持会有力量20人左右。"第三分队一班班长王东生说。

"刘大队长，你负责左翼暗堡，我打右翼暗堡；魏丽霞，你负责解决游动哨；王班长带领一班从正面突入，火力侦察，凡反抗者，一律击毙。争取活捉万福来。现在开始行动！"魏丽敏下达作战命令。

后勤保障分队副分队长魏丽霞率战勤组迁回万癞子庄园右侧高地，庄园内情况一览无余。"大家瞄准开枪，不要给敌人喘气机会！"

王东生啪的一枪，敌哨兵应声倒下。敌暗堡交叉火力倾泻向下。呼呼两声枪响，暗鸦雀无声。紧接着枪声又响了，又是两枪，暗堡死一样的寂静。魏丽霞一声打，抱头鼠窜的游动哨也没动静了。王东生趁机冲进院内，没死的被缴了械。两名队员将万福来从里屋押了出来。万福来一见王东生，马上倒蒜似的磕头："看见我们曾经主仆一场的份上，请王军爷饶过万福来！"突然，万福来掏出手枪，被队员一脚踢飞。

"给我绑起来！"王东生一声怒喝，两队员将万福来捆了起来。

"这万癞子很不老实，差点要了王班长的命！"一名队员说。

"王班长，带领一班搜查残敌，不能放过一个可疑点。万福来交给我们！"大队长刘武杰说。

"是！大队长小心！"王东生饶过后门进行搜查。突然一个人影一晃，飞起一枪，击中刘武杰左手心，刚好被进门的魏丽霞看到，右手一扬，封了那刺客的命门穴，那人被队员拖了出来。魏丽霞赶紧给大队长包扎。

参谋长进来，见妹妹正给大队长包扎："怎么，大队长受伤了？"

"姐，这人偷袭大队长，被妹妹飞针封住了他的命门穴！"魏丽霞答道。

"那地下这个人呢？"魏丽敏问。

"他就是万福来，差点要了王班长的命！"大队长刘武杰说。

第二十五章
将计就计

"报告参谋长，我们前后搜查，发现这个日本人正在装车，5辆大马车，拉有2万斤粮食。现由7名抗日喋血队队员看守着。他是万府管家，叫陈昌云。"第三分队一班班长王东生报告说。

"你把管家和日本人带到隔壁，大队长那里还有一名日本人，小心看守！我们先找万福来核实情况，完了我们再去大队长那里！这里的警卫由后勤保障副分队长魏丽霞负责。"魏丽敏指示说。

"是！"第三分队一班班长王东生将管家陈昌云和日本人带了过去。

"报告大队长，参谋长要我把万府管家陈昌云和日本人带过来集中看押，参谋长正在审问万福来。"第三分队一班班长王东生报告说。

"把这两名日本人捆牢实！"然后刘大队长附耳一名队员，队员点头，转身去了隔壁房间。

那名队员附耳参谋长，参谋长叫魏丽霞去隔壁房间。刘大队长招呼魏丽霞，附耳如此这般。魏丽霞走上前去，双手一扬，飞针深深扎进日本人胸前三大要穴，小鬼子一时动弹不得。魏丽霞转身去了参谋长审讯室。

刘大队长叫两名队员押上万府管家陈昌云，到另一房间审讯。

"你叫什么名字？"桃北抗日喋血大队参谋长魏丽敏讯问。

"我叫万福来，人称万癞子。"万福来低着头说。

"你知道我们是什么人吗？"魏丽敏接着问。

"不知道。看样子你们也不像国军？"万福来说。

"我们是桃北抗日喋血大队！"魏丽敏说。

"就是令鬼子闻风丧胆的抗日喋血队吗？"万福来双腿颤抖。

"看来你不算愚蠢，你知道你的罪行吗？"魏丽敏问。

"知道，我就是被你们称为汉奸的人。日本血洗古镇，上百同胞死在鬼子的铁蹄之下，为了我那点家业，效仿谢三运，做起了日本人的走狗。开始我给他们1万斤军粮，他们给了我20条枪，成立永风维持会。昨天，鬼子来了名执行官，叫猪爪进山，他是木村一郎的人，还有一名随员，他要我两天之内给他准备2万斤粮食，送往松岭岗，你们进来时，我们刚好把车装完了。"万福来交代说。

"这件事你们还有谁知道？"魏丽敏问。

"管家陈昌云，具体是他操办的。"万福来交代说。

"万福来，你的铁杆汉奸行为已激起人民群众公愤，我们随时都可以取你的狗命，与人民为敌是没有好下场的！现在摆在你面前的有两条路，一条继续当你的狗汉奸，与人民为敌；一条表面上当你的维持会长，暗地里向抗日大队传递情报，做些有益的事，你好自为之。"魏丽敏警告说。

"我听抗日喋血大队的！"万福来表态说。

桃北抗日喋血大队参谋长魏丽敏附耳魏丽霞说："你先把人带下去！派一名队员去叫刘大队长过来。"

不一会，刘武杰过来了，"怎么样？参谋长！"

"万福来交代了自己的汉奸罪行，同时提供了一条重要线索，木村一郎派执行官猪爪进山下村征集军粮，万福来已准备2万斤粮食准备起运。鬼子在松岭岗有人迎接。"魏丽敏说。

"这个情况与我讯问管家交代一致，看来我们该作点文章了。"刘武杰说。

"你是说，我们趁机把来接粮的鬼子也给端了？"魏丽敏问。

"没错。我估计鬼子接粮出动的人数在20人左右，他们没有戒备，只要我们战术运用恰当，歼灭这一小股敌人是没有问题的。那两个日本人，我们就交给万福来的维持会，起码8个小时内日本人动弹不得，这个人情就让万福来去做了。"刘武杰笑着说。

"粮食就让魏丽霞分队押回去了，我带领王班长他们去设伏。"魏丽敏说。

"我和你们一起去！"刘武杰说。

"大队长，你的伤？"魏丽敏担心地说。

"没问题，丽霞已给我包扎好了，到时我还可以给你们拿拿主意！"刘武杰说。

"那行，我们找丽霞和王班长商量商量！"魏丽敏说。

魏丽霞与王东生走了进来，接着问："有任务？"

"是这样，我和参谋长分别审问了万福来和陈昌云，二人交代了一项重要线索。

我们攻打维持会前一天晚上，木村一郎派他的执行官猪爪进山下乡征粮，日军小队在松岭岗接应。万福来准备了 5 架马车，2 万斤粮食装车，我们冲进万府庄园，王班长查封粮车。这个猪爪进山就是击伤我左手的日本人。我和参谋长决定，将计就计，拉走粮食，歼灭日军护粮小队，给鬼子再一次难堪。我命令：魏丽霞带战勤小队（留下两名医生）护送粮食到包谷垭，林参谋会接应你们。王东生带上一班伏击日军护粮小队。我和参谋长参加伏击战斗。至于俘虏，丽霞再检查一下封针效果，争取控制 6 小时内，人情我们就卖给万福来了。"刘武杰说。

"大队长，我明白你的意思了，带上这两个蠢货，反而是个累赘，不如交给这个汉奸，一箭双雕。"魏丽霞说。

"丽霞，你先去准备，那两个日本人，先暂由留下的那两名医生看管，我们这边完了就马上过去。路上一定注意安全。"魏丽敏说。"王班长，你留一下！"

"王东生，你熟悉不熟悉松岭岗的地形？"刘武杰问王东生。

"报告大队长，那一带地形我很熟，我们在郭家堰把马车故意推下沟坎，造成翻车错觉，引诱鬼子上当，然后堵其退路，一举歼灭。"王东生胸有成竹地说。

"好，你找万府管家陈昌云，找两辆马车，装上粮食，叫他协助喋血大队行动。"魏丽敏说。

王东生离开了，万福来被喋血队员带了过来。

"万福来，大队长跟你说的事考虑好了没有？"魏丽敏问道。

"大队长？谁是大队长？"万福来狡诈地问。

"站在你面前的就是令日本鬼子胆战心惊的湘北抗日喋血大队大队长刘武杰！"魏丽敏说。

"万福来有眼不识泰山，请刘大队长包涵！"万福来一骨碌跪下去，捣蒜似地磕头，那副丑态一下把魏参谋长逗乐了。

"万福来你起来，刘大队长有重要事跟你说。"魏丽敏说。

"谢刘大队长！"万福来站起来说。

"万福来，你通敌求荣已经很久了，你的罪恶随时都可以交人民审判。抗日大队再给你一次悔过自新的机会，维持会长你可以继续做，但前提是：一不能做坏事，二要及时向抗日喋血队汇报鬼子的情况。你给日本鬼子准备的军粮，今天抗日喋血大队拉走了；等会陈管家还要配合我们执行一项任务。日军执行官猪爪进山和他的随员，我们交给你，我们魏分队长已对他们施针控制命门要穴，8 小时后方能活动，否则会死得很难看的。我们把这个人情卖给你，听明白了没有？"刘武杰认真地说。

"谢谢刘大队长的教诲,万福来会按照抗日喋血大队的要求去做。"万福来思考着说。

"好,我们走!"魏丽敏说。

庄园安静下来。万福来叫来两名家丁看守日本人,出了事他可担待不起。接着组织人清扫卫生,处理被打死的维持会兵丁。今天的事来得太突然了,他万福来不仅留下了铁杆汉奸的把柄,同时也得罪了日本人。好在桃北抗日喋血大队留下日本人,给他一个下台的机会,真是城墙上骑瞎马——好险!忙了一会儿,突然感觉肚子有点饿了,赶忙吩咐家人给他熬碗米粥。他坐下来,寻思着:万福来呀万福来,你怎么就如此糊涂呢,你也是人生父母养的,小日本真能长久吗,怎么一屁股就坐到鬼子的贼船上了呢?还是听刘大队长的话,做点好事,做点善事……家人把粥端上来,轻轻地喝了一口,是这个味儿。

出得万福来庄园,刘武杰对参谋长说:"这个万癞子,虽然十恶不赦,但还没有到死心塌地为小鬼子卖命,我们给他出路,起码目前对我们还有用。"

"你分析得很对,我们用政策驾驭人,我们的棋子就会活起来!"魏丽敏说。

第二十六章

伏击鬼子

王东生是本地人，对这里的一草一木十分熟悉，十多里山路，他们仅用个把小时便到了。郭家堰所在地段，两边是隆起的丘陵，植被良好，树木葱茏，适应隐蔽埋伏。他领刘大队长、魏参谋长看了一圈地形："怎么样？这地形还行吧？"

"不错，地形有利于埋伏。我和王班长等6个人在右翼，参谋长和陈副班长7个人在左翼，左翼堵退路，右翼包口子，务必全歼鬼子。"刘武杰说。

"大队长，我看由王班长带一名队员先去游说小日本进包围圈；陈副班长带3名队员制造翻车现场，完了以后留一人观察动静，其他的进入阵地。"魏丽敏建议说。

"行，就按参谋长布置的去执行！我们剩下的人立即进入射击位置。"刘武杰补充道。

王东生和队员小丁上路了，这里离松岭岗约500米，很快就到了鬼子的活动地点。

"你们的什么的干活？"一名鬼子哨兵用半生不熟的中国话问道。两名鬼子拿枪对准他们。

"我们良民大大的，我们帮你们运粮食的！"王东生学着鬼子腔调比画着。

鬼子哨兵一头雾水。"他们是什么人？"鬼子哨兵对着来人立正："报告分队长，他们说帮我们运粮食的。"

"吆西！你的过来！"鬼子分队长叫道。"说说，到底怎么回事？"

"我们帮皇军运军粮，大车突然翻到沟里去了！"王东生比画着说。

"如果你骗我们，通通地死了死了的有！"鬼子分队长对着王东生比划着。

"太君，赶快走吧，如果粮食进水就不好办了！"王东生显出着急的样子，催促着说。

"是呀，车子翻到沟里快一个小时了！"小丁趁热打铁，帮衬着。

"你的，带上6个人去！"鬼子分队长说。

王东生赶紧摇头："太君，人少了拉不动！"

"你是说人少了拉不动？"鬼子分队长问。"好，全体行动，拉粮车去！"

王东生领着鬼子向郭家堰奔去。

走了一段路，鬼子分队长突然停下："你的，耍花招的有？"鬼子分队长突然起来疑心。

"太君，耍什么花招哇，你看，那土坎底下，底朝天的不就是粮车吗？"王东生指着远处隐隐约约的黑影说。

"你，带他们俩前去侦察一下？"鬼子分队长指着小丁说。

小丁望了王班长一眼，王班长轻轻一点头，小丁对着鬼子说："跟我走！"

刘大队长通过望远镜看到了鬼子在200米停下，队员小丁领2名鬼子过来了。魏参谋长也观察到了，显然鬼子还在犹豫，派人侦察来了。两位大队领导叮嘱潜伏队员沉住气。

两个鬼子接近翻车地点50米停下，伸出拇指对小丁说："你的良民大大的，我们回去报告。"

"太君慢走！"小丁拱手说道，趁机隐入山林。向刘大队长报告他和王班长如何说动鬼子，鬼子半途如何生疑，派人实地侦察的情况。大队长说，辛苦了，马上返回潜伏位置。

二名鬼子返回，向鬼子分队长报告了侦察到的情况。鬼子分队长向王东生伸出拇指："你的，皇军的朋友！"然后带着鬼子小分队大大咧咧地向翻车地点出发。

监视日军动向的队员返回潜伏点。魏参谋长自言自语："鱼儿终于上钩了！"

鬼子一到，王班长招呼几位车把式拿出毛缆索往大树上套，一头拴在马车上，抽出另一头交给鬼子，20名鬼子，3名在底下掌控，两条绳子，每条绳子8人去拉，鬼子分队长指挥。王东生教鬼子这样："我喊一二，你就喊加油！"咱们试一下："一二！""加油！""一二！""加油！"

"一二！""加油！""一二！""加油！"王东生和几个车把式趁机跳上山坳。

刘武杰一声："打！"鬼子分队长应声倒地。呼呼一阵枪响，猝不及防的鬼子，顷刻间被击毙，横七竖八倒在土坎四周。

"同志们，咱们还是想办法把这两辆粮车拉上公路。"几经周转，两辆马车终于被喋血队员拉了上来。

"王班长，你带8名队员，还有缴获的这些鬼子的武器弹药连同两车粮食一起拉回包谷坳。陈管家，辛苦你一趟。陈副班长，我们断后。"大队长刘武杰吩咐说。

"刚才这一仗，王班长表现得很出色。"参谋长魏丽敏表扬道。

"是呀，革命战争历练人，你我当初不就是从医生、猎手走过来的吗！"刘武杰感慨地说。

"参谋长，我们出来有两天了，我们解决了小日本护粮队，从"六斤半"、万癫子处征收军粮约7万斤，惩治汉奸已基本上达到目的，不知敌情有没有变化？"刘武杰说。

"你是琢磨整个战局有没有变化？自从国民党第七十三军15师，七十四军161师占领雷打岩山和鲁家尖山，构筑工事，对峙已近半月，野泽大佐联队已进退无路，想必近期有一场恶战展开。"魏丽敏分析说。

"报告，前面遭遇鬼子小分队袭击，刚好郑萌、林正华押粮返回，王班长他们正与鬼子激战！"

"好，我们加速前进！"大队长刘武杰说。

"看样子鬼子是冲着粮食来的。陈副班长，你拨3名队员跟着大队长，另两名跟着我，咱们左右出击。"魏丽敏果断地说。

"好，参谋长小心！"大队长刘武杰叮嘱道。

魏丽敏带着两名队员偷偷接近一组鬼子，大约有七八个鬼子正向我马车侧翼奔去。魏丽敏向队员交代，尽量靠近鬼子，打它个措手不及。魏丽敏猫腰前进，接近5米距离，一名鬼子发现后面有人，刚要张口，只见参谋长右手扬起的钢鞭，唰唰几下，连中3名鬼子要穴，一命呜呼。两名喋血队员突突几枪，又有3名鬼子歪到在一边。

"那边又来了一组鬼子，林副分队长，你带人把他干掉！"后勤保障分队分队长郑萌说。

"好的，物资保障组跟我来！吴兰飞，你敲掉鬼子掷弹筒手！"后勤保障分队副分队长林正华说。只见吴兰飞迅速占领有利位置，啪啪两枪，鬼子的掷弹筒手被击毙。鬼子发现这边有人，火力马上掉转过来。林正华吩咐喋血队员潜伏不动，侦察火力位置。敌人盲射了一阵子，见无反应，然后蹑手蹑脚向这边运动。鬼子离潜伏地80米，林正华喊声："打！"鬼子再度扔下十多具尸体退了下去。

王东生正面吃紧，8 名队员牺牲了 2 个，刘大队长带领的 3 名队员已接近侧翼。"狗娘养的，给我响家伙！"刘大队长呼的一枪，敲掉了那个哇哇乱叫的家伙，鬼子火力减弱。郑怡带 6 名队员支援，几名鬼子见势不妙，调转身逃跑。

"抄小路，截住溃逃的鬼子！"参谋长魏丽敏说。郑怡、林正华闻信而动。溃逃的鬼子越过山梁，被抢先占领地形的林正华物资保障组迎头痛击。没打死的往后退，刚好进入郑怡小组伏击圈，几个点射，山林变得寂静起来。

"清理战场！"大队长刘武杰发出指令。

"魏参谋长，喋血队打扫战场后，到前面空旷处集结！"刘武杰说。

一会，喋血队员列队。参谋长魏丽敏报告说："大队长，此次战斗击毙鬼子 26 人，缴获轻机枪 1 挺，子弹 703 发；掷弹筒 2 具，炮弹 3 发；步枪 14 支，子弹 58 发；手枪 1 支，子弹 12 发。我喋血大队牺牲 2 人，轻伤 5 人，报告完毕。"

"喋血队员们，大家辛苦了！刚才的遭遇战，打得机动灵活，两次战斗下来，我们歼灭了鬼子 46 人，木村一郎，不气得吐血才怪呢！这里还有两马车粮食，这是我们用鲜血换来的，一定要安全地送到目的地。开进的顺序是，林正华的物资保障组开道，王东生的一班护送粮车，郑怡的后勤保障组为后卫，出发！"刘武杰说。

"郑怡，你过来，六斤半庄园我们征集的粮食都到位了吗？"刘武杰问。

"报告大队长，六斤半这回挺老实的，他一共拉了三趟，每趟 1.5 万，共 4.5 万斤。林参谋派人用板车拉回大队部了，我告诉林参谋，我去接大队长了，他们继续在包谷坳等我们。万癞子的那 2 万斤粮食，我们来的时候已到包谷坳了，丽霞正和林参谋交接呢。"后勤保障分队分队长郑萌说。

"到了就好，我们这一趟总算没辜负使命。有了粮食，我们喋血大队就有了底气，有了力量。魏参谋长，你说我们下一步怎么样解决药品问题。"刘武杰问魏丽敏。

"你是说药品？这个问题我考虑过，我们只能智擒谢三运，再想其他办法了？"魏丽敏说。

"这个谢三运，又臭又硬，开有纱厂和服装厂，是古镇出了名的头号汉奸，我们把问题想复杂点，可要弄药品，恐怕就要费一番精力了？"后勤保障分队分队长郑萌分析说。

"郑怡提出的问题，我们要通盘考虑。鬼子缺粮，这是现实，这里面能不能想点主意？我这里只是假设。回到大队部后，我们和政委好好研究一下，捷径是没有的，但我想解决的办法总会有的。"刘武杰说。

第二十七章

盘尼西林

桃北抗日喋血大队大队长刘武杰一行返回驻地，马上召开了大队负责人会议。参加会议的有大队长刘武杰，大队政委刘长青，副大队长丁勇，参谋长魏丽敏，第一分队长赵蕾，第二分队长谢腊梅，第三分队长郑怡，机枪分队长周邋遢，后勤保障分队长郑萌，参谋林涛。会议由参谋长魏丽敏主持。

魏参谋长说："这次由刘大队长指挥的惩治汉奸、补充后勤库盈的行动获得成功。围歼日军护粮队及偷袭我粮队的鬼子46人，其中日军分队长1人。缴获了一批武器弹药。警示铁杆汉奸2人，征集粮食7万斤，充实了喋血大队库存，这是我们没有想到的。俗话说，有粮了，我们就有了底气。从木村派执行官猪爪进山征集军粮，后来又袭击我运粮队，说明鬼子也在闹粮荒。所以下一步，我们要阻止鬼子分队抢粮，保护老百姓的根本利益。

我们惩治汉奸的行动刚开始，我们要用政策指导我们的行动。第二项工作，就是要搞到药品。大战在即，设法弄到药品是我们工作的重中之重。这关系到喋血大队战友的生命，据后勤保障分队副分队长魏丽霞反映，喋血大队没有什么好的药品，一旦战友受伤，只能依靠银针和土办法解除痛苦，所以我们需要大量的药品治疗疾病和枪伤。

老爷山的防御，这几天丁副大队长带领各分队对阵地进行了完善和抢修，防御能力得到了加强。如果鬼子知道我们有粮食，又会成为他们首攻的目标。下面请各位对这几个问题谈谈自己的看法？"

"下面我谈谈看法。根据当前的形势，喋血大队要先抓好下面三件事：

一要阻止鬼子抢粮。这是当前斗争形势逼出来的，我们占着地利人和，这块我来负责，理由是我对这一带地形比较熟悉。主要控制永风村，永风有两名铁杆汉奸，六斤半和万癞子，这两人家底雄厚，鬼子也从这里尝过甜头。组织两个精干游击组，每组 10 人。第一组：后勤保障分队副分队长林正华任组长，副组长王东生。第二组：由第三分队副分队长田大中任组长，副组长王大胆。

二要采集药品。这是惩治汉奸行动后续工作之一。建议由刘政委负责，刘政委曾经担任过地下党交通员，在这方面有很多人脉可以利用。政委懂日语，有利活动。设特别行动组，6 人。组长由参谋长魏丽敏担任，副组长第二分队长谢腊梅。成员有后勤保障分队副分队长魏丽霞、通信员赵敏、医生张力、药剂师廖莉。

三要继续加强老爷山防御。由大队长刘武杰亲自负责。"副大队长丁勇建议说。

"丁副大队长提的这个方案，是经过深思熟虑提出来的，我赞同，合理地组合了喋血大队的力量。前几天我们惩治汉奸，征集军粮取得了胜利，收到了意想不到的效果。那么，药品的采集虽然难度大点，但我相信，在大家的努力下，一定能够取得成功。"后勤保障分队长郑萌说。

"丁副大队长关于近段工作的设想，很贴近实际。魏参谋长对当前形势作了具体地分析，明确指出了下一步工作任务。阻止鬼子抢粮，丁副大队长自告奋勇担当，也的确非他莫属。我这里不是说其他人不行，而是丁副大队长具有熟悉地形地貌，接近基本群众的长处。而让刘政委担当采集药品，魏参谋长和我充当副手，也是绝妙搭档。魏参谋长熟悉药理，而我擅长武术，掌控局部环境，游刃有余。老爷山的防御，由刘大队长布控，我们整盘棋就活了，我支持这个方案。"第二分队长谢腊梅说。

"我们的突击分队又一次打击了小日本的嚣张气焰，全歼日本护粮队和偷袭分队，缴获了一批枪支弹药，征集粮食 7 万余斤，鼓舞了我军的士气。根据魏参谋长分析，我们喋血大队的工作将转入阻敌抢粮、阵地防御和采集药品工作中去。刚才几位都谈了自己的看法，赞同丁副大队长提出的预案，做好自己的工作。"第一分队长赵蕾说。

"刚才几位负责人谈了自己的看法，对当前工作提出了可行性建议，很好。我赞同丁副大队长提出的工作预案，大队负责人分别独当一面。药品采集工作，比较难办。大家知道，无论是国军还是小鬼子，呋喃西林、盘尼西林、盐酸盐都是紧缺医药物资，特别是盘尼西林，奇缺紧俏，等价黄金。我们要想筹集一批药品，难度是很大的。丁副大队长建议，由我来担纲，派魏参谋长、谢分队长协助，是一个不错的方案。我们多一份准备，就多一份胜利的把握。刘长青乐意为喋血大队服务，也愿意与战友们共同完成任务。"大队政委刘长青说。

"我是一名猎人出身，承蒙领导培养，成为一名负责人。喋血大队近来打了几次胜仗，缴获小日本一些武器弹药，刘大队长给我压担子，再配给机枪分队1挺重机枪，4挺轻机枪，我们真的鸟枪换大炮了，我一定会珍惜这段时间，完成机枪阵地防御体系。丁副大队长提出的预案，我赞同。"机枪分队分队长周邋遢说。

"我们接连打击小鬼子，拨动了鬼子的神经，特别是这次喋血大队组织的惩治汉奸、补充库盈的行动，我们打击了汉奸、鬼子的嚣张气焰，而且拉回7万斤粮食。小鬼子缺粮，成为现实。魏参谋长分析形势，切中要害，我们的工作明摆在那里。丁副大队长提出的建议，我同意。"大队参谋林涛说。

刘武杰站起来，望了大家一眼："同志们：今天这个会议开得很好，统一了认识，大家都赞同丁副大队长提出的工作建议，我支持大家的意见。我们的工作分为三块：由丁副大队长率领游击分队深入永风村地域，阻敌抢粮。第二块就是由刘政委、魏参谋长、谢分队长负责征集药品。第三块就是我带剩下的人进一步完善阵地防御。昨天，我们大队几位负责人统一一下意见，任命王东生、赵敏为喋血大队参谋。张荷花，叫王东生、赵敏进来。"大队长刘武杰说。

"报告！"

"进来，欢迎王东生、赵敏同志！王东生任战勤参谋，赵敏任作战参谋。王参谋参加刘政委特别行动组，共6人。组长由参谋长魏丽敏担任，副组长是第二分队长谢腊梅。成员有参谋王东生，后勤保障分队副分队长魏丽霞，医生张力，药剂师廖莉。大家都清楚了没有？清楚了散会。"大队长刘武杰说。

古镇被焚烧后，一片苍凉。桃北抗日喋血大队政委刘长青，带领特别行动组去了谢三运的服装厂。

门口几名护厂家丁拦住去路，一名尖脸猴腮的家丁问："你们要去哪里？"

"找谢三运！"特别行动组副组长谢腊梅说。

"谢老爷是你们想见就见得了的吗？"尖脸猴腮说。

参谋王东生上前一步，用枪顶住尖脸猴腮的后腰："这下总可以了吧？"

"好汉饶命，我带您去还不行吗？"尖脸猴腮哭丧着脸说。"你们看着点，我带他们进去。"

尖脸猴腮领着特别行动组去了服装厂办公室。

"谢老爷，这里有人找您！"尖脸猴腮说。

"去去去，你不看我这里有日本客人吗？"谢三运回答说。

"谢三运，清闲那！"刘长青进屋，行动组占住有利位置，黑乌乌的枪口对

115

准两只晃动的脑袋，这一下，谢三运连同那个日本人都懵了。魏丽霞张手一扬，封住了日本人面部要穴，动弹不得。

"终于逮住你这大汉奸，他叫什么名字？"刘长青问。

"你们是？"谢三运惶恐地问。

"桃北抗日喋血大队！"特别行动组副组长谢腊梅说。

谢三运一听今日来的是桃北抗日喋血大队的人，一下吓傻了，两腿悠悠地打战。

"谢三运，问你话呢？"魏丽敏说。

"他叫"小鬼子一瞪眼，谢三运不说了。这个情况被政委刘长青看见了，马上说："你给我放老实点，不然我们就要了你的命！"政委这一招真灵，小鬼子乖乖地不动弹了。

谢三运知道，刚才喋血大队长官对小日本的警示，显然已起到作用。既然长官懂日语，也就没有什么好瞒的了，他说："日本人叫麻生玖富，是日军大队长清水友林中佐的执行官。麻生玖富来到古镇，执行秘密任务，筹集军粮。我已经通过相关渠道，为小日本弄到了1万斤粮食。但麻生说，粮食还远远不够，这不，他昨天又来了。"

"你这是典型的汉奸行径！拿国人的粮食，资助小日本，屠杀我们的同胞，谢三运，你知罪吗？"魏丽敏说。

"把这小鬼子拉到隔壁讯问，王参谋、魏丽霞、廖莉，我们去隔壁。这里就交给参谋长了。"大队政委刘长青说。

"你就是魏丽敏？那个令鬼子头痛的女中豪杰。"谢三运抬头重新审视魏丽敏。

"谢三运，你脑袋不笨，算你说对了。继续交代你的汉奸行为？"魏丽敏说。

"小日本焚烧古镇那天，我出资5000大洋，保住了我的工厂。随后出钱给小鬼子购买了一批药品，价值3000大洋。前两天，给鬼子筹集了1万斤粮食，已送往清水友林中佐的大队。"谢三运交代说。

"你这药品是从哪里弄来的？是些什么药品？"魏丽敏追问道。

"我有一个亲戚，在省城做紧俏物资生意，是我亲戚帮忙拿到的药品。后来听人说，我的这一批药品卖给日本人，我亲戚死活再不肯见我。这批药品包括紧俏的盘尼西林、呋喃西林、盐酸盐等。"谢三运交代说。

"谢三运，你还是中国人不？如果是，就应该为抗日做点实事。我们的将士在前方浴血奋战，也需要药品，这才是正道。"魏丽敏说。

　　"魏长官，您提的这个问题我会尽快考虑。我将为抗日队伍购买 5000 大洋的药品，洗刷我的汉奸罪名。"谢三运惺惺作态道。

　　"你有这个想法很好，我给你一个星期的时间，你应该知道桃北抗日喋血大队的神通，信口开河意味着什么？"魏丽敏警告说。

　　突然一镖从门外射向谢三运，被谢腊梅右手钳住，反手一镖，正中射镖者印堂穴，气绝身亡。有人大喊："冲进去！"有几个人向屋内冲来，谢腊梅扬镖，魏丽敏舞鞭，又有 7 具尸体横陈门外，剩下的人见状，退缩而去。

　　"谢三运,刚才是什么人跟你过不去？"特别行动组副组长谢腊梅机智地问道。

　　"这都是日本人安插的奸细，刚好被你们除掉了，幸事幸事！"谢三运高兴地说。

　　"麻生玖富带了几个人来的？"特别行动组副组长谢腊梅问。

　　"还有一个随员，叫山田路遥，找女人乐去了。"谢三运说。

第二十八章

大智若愚

"你叫什么名字？来热市古镇干什么？"特别行动组组长桃北抗日喋血大队政委刘长青严厉地问道。

麻生玖富看了刘长青一眼，他没想到桃源山村还有如此精通日语的人，气势上便输了一着："我叫麻生玖富，大日本皇军大队长清水友林中佐的执行官。我受清水友林中佐的派遣，找谢三运弄点粮食！"

"这小子倒也畅快！"桃北抗日喋血大队后勤保障分队副分队长魏丽霞说。近半月来，为了工作需要，魏丽霞跟着政委学习日语，这下听懂了日常会话，魏丽霞的进步，使刘政委吃了一惊。麻生玖富也注意到了，这个刚才用飞针对他封穴的女孩，居然也懂日语。

"你来古镇几天了？"刘长青问道。

"刚来两天。"麻生玖富回答。

"你和谢三运怎么认识的？"刘长青问道。

"半月前，谢三运帮皇军搞过一次药品，我是接头人。"麻生玖富回答。

"什么药品？日军还缺药品？"刘长青追问道。显然对麻生玖富的交代感兴趣。

"长官您不知道，皇军由于战线长，军需物资经常不能到位，这也是令我们头痛的问题。谢三运帮我们解决这个难题，他的大东亚共荣良民大大的。而且弄到的都是战场紧俏药品，如呋喃西林、盘尼西林、盐酸盐等。"麻生玖富交代说。

"看来这个谢三运挺有能耐，我们低估了他。他还为日军做过哪些事？"刘长青追问道。

"谢三运为我们提供过1万斤粮食，我们需求量大，这不，清水友林中佐又要我征粮来了。"麻生玖富交代说。

"既然谢三运那么忠心地为日军服务，你们为什么还要派间谍监视他？"刘长青问道。

"这个你们也知道？本来朋友应该是坦诚的，可我们大队长说，这样的朋友不能让他变心，所以我们就派人暗中监视。"麻生玖富交代说。

其实，刚才这个题目，刘政委只是一种试探性的讯问，没想到麻生玖富不打自招，小日本真对谢三运下了狠招。

"这次你们一共来了几个人？"刘长青继续追问道。

"我们一共来了两个人，另一个是山田路遥中尉，他是我的助手。"麻生玖富交代说。

"如果谢三运不予配合，你们又将采取什么措施？"刘长青问道。

"那我们就干掉谢三运，志在必得！"麻生玖富明里说。

"看来你们的军需物资很缺乏！"魏丽霞在旁问道。

"这位姑娘，你的判断很准确，可你想到没有？帝国军人武士道精神永远效忠天皇！"麻生玖富掩饰说。

"王参谋、廖莉，把这个日本人带下去！"刘长青说。"魏副分队长叫参谋长过来！"

喋血大队参谋长魏丽敏一阵风旋了过来"刘政委,麻生玖富交代的怎么样？"

"魏副分队长，你在外面警戒。"刘长青转过头来，对参谋长魏丽敏说："这小鬼子思想顽固，交代倒还爽快！"

"哦，谢三运交代，鬼子焚烧古镇时，他向鬼子献了5000大洋，保住了他在古镇的既得利益。后来又出资3000大洋为鬼子购呋喃西林、盘尼西林、盐酸盐等紧俏药品。前几天，为小日本筹集了1万斤粮食，成为十足的汉奸。谢三运说，麻生玖富这次来，还是为了粮食。"魏丽敏说。

"麻生玖富交代，作为清水友林的执行官，他是这批药品的接收人，认识了谢三运。3天前，他从谢三运手中弄到1万斤军粮。这次他和山田路遥中尉来到古镇，还是为了粮食。麻生玖富说，由于日军战线拉长，军需物资长期处于短缺状态。"刘长青说。

"日本人为了抓牢谢三运，不惜下血本布置监控。就在我刚才审讯谢三运的时候，门外一伙日本浪人发飞镖企图致谢三运于死地。被谢腊梅右手钳住，反手一镖，正中射镖者印堂穴，气绝身亡。有人大喊：'冲进去！'，谢腊梅扬镖，魏丽敏飞针，又有 7 具尸体横陈门外，闹事者见状，退缩而去。谢三运交代，对于日本人的挑衅，他早有察觉。"魏丽敏说。

"这点，麻生玖富也交代了，正因为谢三运对他们太重要了，他们害怕失去谢三运，于是清水友林授意麻生玖富，对谢三运进行暗中控制，必要时除掉谢三运。这就是他们的如意算盘。"政委刘长青说。

"政委，还有一点，谢三运交代，他有一个亲戚在省城做紧俏物资生意，上次给小日本购买的这批药品，就是通过他的这位亲戚办到的。他的这位亲戚听说谢三运把药品给了日本人了，发誓再也不见谢三运了。谢三运说，为了洗刷他的汉奸罪名，他要帮抗日喋血大队购买 5000 大洋的药品，我见他有悔意，给了他一个星期的时间，但愿这件事能成。"魏丽敏说。

"我讯问麻生玖富时，说谢三运给他们一批紧俏的药品，我就纳闷，这小子有这么大的能耐，原来他有一亲戚在省城。看来谢三运的亲戚还比较正直，我们拭目以待吧。对于麻生玖富，我的意见把他交给谢三运，不过呢，放回之前，我们还要给麻生玖富敲一次警钟。"刘长青说。

"行，我赞同。谢腊梅那儿，我去通气。"魏丽敏说。

"丽霞，把麻生玖富带到这儿来！"参谋长魏丽敏说。

"好的！我这就去！"魏丽霞说。

"政委，我去给谢三运敲敲警钟。"魏丽敏说。

"报告政委，麻生玖富带到！"魏丽霞说。

"麻生玖富，我们准备把你交给谢三运，但你必须保证，你没有见到抗日喋血大队，否则我们就公布你的交代，抗日喋血大队说到做到。"刘长青说。

"谢谢长官不杀之恩，我麻生玖富一定做到。"麻生玖富说。

"撤销对谢三运的监控，这对日军也有好处。试想一个被捆住手脚的人，他会忠心地为你服务吗？"刘长青说。

"这个……我同意。"麻生玖富说。

"执行你的任务，不要多管闲事，否则你会死得很难堪的！"刘长青警告说。

"是！谢长官教诲！"麻生玖富答道。

第二十九章

权谋机变

眼前的山粗犷而冷峻，给人感到一种刚正不阿、力争上游的质朴美，似一幅凝重的画，如一首深邃的诗，若一个清新的故事。朦胧的远山，笼罩着一层轻纱，影影绰绰，在缥缈的云烟中忽远忽近，若即若离，就像是几笔淡墨，抹在蓝色的天边。

后勤保障分队副分队长林正华率领的游击一组，巧妙地穿越沟壑，来到永风村猎户张欣师家，这里背靠大山，左临小溪，视野开阔，适宜游击小组居住。户主张欣师正直善良，儿子叫张虎，18岁，好猎。鬼子偷袭永风，全村乡亲被驱赶至黄美凤屋后西南晒谷坪，张欣师家人目睹了小鬼子的残暴。游击小组的到来，张欣师主动提供食宿，为游击小组解决后顾之忧。张欣师家离汉奸杜胜明庄园仅1里之遥，有利游击小组出入进退。

林正华是本地人，他和户主并不陌生，几句寒暄之后，张虎愿为游击小组侦察带路。吃过早饭，林正华安排本地战士刘华兴、郭文哲去杜胜明庄园侦察情况；王新、高明往驼背岭放哨；自己与副组长陈高山，张虎进行地形勘察。对可能进入杜胜明庄园的通道，进行了全面梳理排查，最后决定在驼背岭设伏。

当晚，游击一组召开了情报交流会，全体队员参加了会议，张虎列席会议。林正华主持，他说："我们今天分组对永风村部分地形进行了勘察，刘华兴、郭文哲去杜家半庄园侦察情况，有了收获。

首先说说我们勘察地形的情况。我和副组长陈高山，张虎进行地形勘察，对出入杜家的道路进行了梳理。第一条，就是由驼背岭方向进入的主道，这一条道比较平缓，胶轮车可以通过。第二条道，即杜家堰塘左侧有一条道，道路弯曲，要绕行6公里才能上大道，是一条费时费力的小道。第三条沿杜家中间行走，有一条路可通外面，但有三处地方需要人拉肩扛，十分麻烦。所以呢，我们可以把

第二、第三条路不计，注意由驼背岭方向进入的主道，我们初步设想在驼背岭两侧设伏。

根据兵力，我们部署上采取破袭战、麻雀战，骚扰和打击敌人，拖垮敌人。只要小日本得不到粮食，我们的目的就达到了。副组长陈高山率3名队员，在大道两侧设置陷阱、竹篱、装填炸药、集束手榴弹、埋设地雷、设置路障；张虎领6名猎人在村道两侧树林布置机关，引诱日军上钩，削弱敌有生力量；我带领6名狙击手，占领有利位置，打敌指挥官、机枪手、掷弹筒手。"

"我和郭文哲去杜家侦察情况，了解到木村一郎中队曾派员找杜胜明征集2万斤军粮，3天后派分队长铃木俊雄押粮。这人是新任第一小队小队长小林英松手下干将，此人心狠手辣，辖下的加强分队，编制15人。我们能利用的时间还有3天。"队员刘华兴说道。

"好，大家都听到了，我们的准备工作只有3天，人员不够我们可以动员部分老乡参加，但工作一定要到位。陈副组长、张虎，你们的任务很重，但一定要落到实处。"林正华说。

"请组长放心，散会后我就去找老乡帮忙，打鬼子责无旁贷，动员了民众，我们就一定会赢得胜利。"副组长陈高山很有信心地说。

"我们猎户组没有问题，谢谢林组长看得起兄弟们，我们会发挥猎人的聪明才智，玩死狗日的小鬼子！"猎人张虎幽默地说。

"好，既然大家动了脑筋，根据各自的任务，就积极作准备吧！散会。"林正华说。

张虎蛮有心机，散会后立即与猎户召开了碰头会。猎户张二姥、谢金山、刘柳生、李三子、吴丽达、莫新华都是土生土长的穷苦农民，也是风华正茂的年轻人，平常与张虎打猎为生。这回听张虎召唤就都来了。

张虎说："弟兄们，桃北抗日喋血游击队为配合我军前线作战，阻止小日本抢粮，决定在驼背岭设伏，以麻雀战、破袭战骚扰敌人。我们猎户配合游击队在驼背岭两侧树林设置机关，布置陷阱、疲惫、打击敌人。我们要像对付野兽那样，好好地琢磨琢磨，布下天罗地网，叫鬼子来无回。根据地形，我建议兵分两组：张二姥、谢金山、刘柳生为第一组，组长张二姥；李三子、吴丽达、莫新华为第二组，组长李三子。明天上午8点进入待机区，进行踩点作业，我们准备的时间只有三天。后天下午2时各组组长到鬼见愁集合，进行碰头商定，所以实际上给各组的时间只有两天半，情况紧急，大家抓紧时间，合理安排。"

"头儿的讲话我听明白了，我们猎户的任务就是拿出本事配合喋血游击队。

用对付野兽的办法对付鬼子。我们这一组会尽其所能，创造条件消灭鬼子。"猎户第一组组长张二姥说。

"配合桃北抗日喋血大队游击队，捉弄狙击鬼子，是我们猎户组的光荣任务。我们会依据山川地形，动员乡亲们，开动脑子，巧设暗道机关，叫小鬼子进得来，出不去。一定会演出有声有色的话剧。"猎户第二组组长李三子说。

"好，咱们穷苦哥们一定干出样来，让喋血队看一看，为乡亲们争光。我们处于与小日本斗争第一线，所有行动必须谨慎、利落，关系到狙击日军的成败。所以说，我们猎户组要发挥各自作战能力，给敌以迎头痛击。明天8时始，一组在左，二组在右，进行实地操作。散会。"猎户张虎说。

猎户们起身，消失在夜幕中。月光下的池塘，是那么平静，宛若一面镜子倒映着天上的云和月，还有那美丽的月晕，一起构成一幅色泽鲜明的水墨画。偶尔，鱼儿会跃出水面，泛起涟漪，打碎这面镜子。月光像在水面上洒了一层碎银，晶莹闪亮。

天刚亮，游击组副组长陈高山就带领3名队员，还有9名村民，在大道两侧忙活起来。他们先在驼背山入口布置了一道路障，这里两侧危岩耸立，一条纵深60米、宽5米的狭窄地段，向村庄延伸。铁丝网绞盘的拦路虎连接集束手榴弹，而交错的岩石下埋着压发地雷。只要鬼子移动这些装置，就会引发连环爆炸。往前8米，是一道长4米、宽3米、深3米的陷阱，底下布满竹篱铁钎。往前10米，有一道标志醒目的栏杆，写有日文"小心地雷"标牌。其实这里是游击队员虚张声势，什么也没埋下，如果敌人避开此处，只好攀爬岩壁，进入两侧树林。而树林已被张虎带领的猎户们布置了暗道机关，这就是游击组组长、后勤保障分队副分队长林正华的游击思维。

林正华率领的狙击手选择伏击地点，他们从隐蔽位置、射击角度、撤离路线进行多方位比对，力争达到最佳狙击效果。战士们知道，平时一丝疏忽，战时就会付出巨大牺牲，所以马虎不得。不破坏周遭环境、尽量与环境融为一体，是伪装的最高指导原则，能不使用人工的物体就尽量不要用，尽量使用天然的树枝、草叶、植被与岩块，最好是利用天然的山洞、岩缝，空心树干与树根空间等位置。

由于狙击点的所在位置考量甚多，确定不易，一个好的狙击点不善加利用实在是太可惜了，于是便有了定点伏击。定点伏击的要求很简单，在有效射距与范围内，消灭一切有价值的目标物，而在选择上，则有一个排序：第一是消灭敌方狙击手，因为对自己造成威胁最大的便是敌方狙击手，敌方狙击手永远列为第一顺位。二是高阶指挥官。三是重炮观测手、炮手、炮长、副炮长、机枪射手等长程攻击武器操作员。四是资深士官或士官长。五是枪榴弹兵、爆破小组与战地工兵。除了这些优先序列外，其余目标与执行的先后顺序，则由狙击手自行决定，而其判定的标准是对我方威胁越大者，优先顺序越高，不但是人员，装备亦然，油料车与弹药车的优先序列必然高于人员运输车的道理永远是不会更改的，除非有战略上的考量。

张虎的猎户组，比较随意。他们利用林间一切可以利用的空间，展开他们的思维，布置暗道机关。他们把小日本当作野兽，尽地主之谊，使这里的一草一木变成利剑，美丽的林带，便是小日本的天然坟场。

第三十章

驼岭对决

铃木俊雄带领他的分队下乡催粮，一路趾高气扬。来时中队长木村一郎曾告诫他要小心行事，可铃木俊雄依然我行我素，他不相信他大日本皇军的正规分队斗不过几个土八路。一路走来，也没发现什么问题，他反笑他的长官行事谨慎。

"报告，通往驼背岭的山路设有路障！"开路侦察兵报告说。

"掷弹筒手，消灭路障！"铃木俊雄命令道。

"是！"只见掷弹筒手卧地，啪的一声，路障爆炸，接连几声闷雷声，腾起一股浓烟。

游击组副组长陈高山骂道："狗日的鬼子还用上掷弹筒，等一会让你们见识我蜂兵的厉害！各组注意，听我的口令放蜂！"

"哈哈，吆西！土八路的招数简单，前进！"铃木俊雄耀武扬威地说。

一组前哨 5 名日军通过路障。

"放！"随着游击组副组长陈高山一声令下，左右两窝毒蜂倾巢而出，5 名日军的退路被毒蜂封锁，只能狼狈向前狂奔，先后跌入陷阱，惨叫声此起彼伏。

队员姜明一声呼哨，毒蜂再度向后面鬼子发起攻击，一时间小鬼子叫喊连天，乱成一团。"好，道路组后撤！"游击组副组长陈高山发出口令。

铃木俊雄把头缩进钢盔，卧地不动，避免被毒蜂伤害，众士兵被毒蜂折腾一阵子，脸上被蜇得鼻青脸肿，方才领教土八路的战术的厉害。铃木一清理，发现人员已少了三分之一，这还了得，这仗还没打呢，他叫来分队副渡边大男："土八路的狡猾，你我各带 5 名军士，从两翼向前推进。"

"嗨！"渡边大男转身招呼士兵，把靠岩壁的3根圆木搬至陷阱旁，架通通道。这不是游击队道路组的疏忽，而是特意给鬼子留下的救命稻草，鬼子一旦上钩，就会向两翼运动，再度陷入游击组的包围圈。

游击队员姜明再发奇招，两条竹叶青毒蛇爬上树梢，静候目标出现。

渡边大男纵上右翼，指挥士兵交替掩护运动。突然左侧士兵被树梢飞下的竹叶青蛇撞个正着，眼珠外突，几声凄厉的尖叫，倒地而死。渡边大男睁大眼睛，还没弄清怎么回事，右边一名上等兵绊上牵绳，被送上树梢，成了猎户们的活靶。渡边吓得大汗淋漓，迈开的脚步战战兢兢。他歇斯底里大叫："小心脚下！"话未落音，又一名士兵踩中野猪夹，传来杀猪似的嚎叫。猎户李三子呼的一枪，鬼子歪在一边了。渡边大男滚到土坎下，大气不敢出一声。

铃木俊雄带领士兵攀上左翼山坡，前进20米出现一片竹林，阳光明媚，没有右翼那么恐怖。走着走着，一名士兵绊上一根牵绳，哗啦啦竹林响动，突然前、后、竹箭齐发，两名日本士兵死在乱箭之下。铃木俊雄惊恐张望，突然竹篱排从空而降，砸中脑门倒地死亡。两名没死的小日本，撒腿就公路跑。埋伏在高处的狙击手啪啪两枪，让它们见了阎王。

藏在土坎下的渡边大男，听左侧暂无行动声音，潜意识告诉他要离开这个恐怖的地方。他向前边10米藏着的士兵发出撤退的手令，那个士兵刚要起身，却被竹叶青蛇袭击，倒地身亡。渡边浑身起了鸡皮疙瘩，那种感受只有亲身经历战场的人才能感受到。惶恐和绝望交替，求生与死亡并存，他才真正理解到觉醒的中国人可怕。他移动身体，突地站起来，向来时的道路奔去。

狙击手举枪，被游击组组长林正华拦住："让他报信去吧！"

林正华让刘华兴、郭文哲通知各组组长到驼背岭岩下开会。"同志们，今天的阻击战打得很成功，铃木俊雄带领的日军小分队全军覆灭，仅留渡边前去报信。我们的道路组、猎户组发挥了主观能动性，在狙击鬼子进村战斗中功不可没。实践是检验真理的唯一标准，鬼子的进攻，也暴露了我们在防御措施上的问题。如今天鬼子进攻中，用掷弹筒攻破路障，如果不是及时放蜂，我们就会陷入被动。所以，大家根据防御段面，及时进行措施补救。渡边大男回去，木村会采取新的军事行动，我们要赶在鬼子到来之前，作好应对措施。狙击组配合道路组作好防御工作。"林正华说。

林正华与游击组副组长陈高山来到路障处，两人观察了一下路障被毁现场，林正华建议，修复路障，在路障50米埋设地雷。同时利用两侧茂密树林，设置竹箭，辅助防御。设置竹箭的任务，交给猎户组完成。离路障10米处再设一处陷阱，使敌人惶惶不敢前进。陈高山同意林组长的建议，两人配合默契，开始施工作业。

林正华派人把战况报告了桃北抗日喋血大队副大队长丁勇。丁勇接信，对第三分队副分队长、游击组长田大中说："林正华他们已经动起来了，在驼背岭设伏，第一拨已歼灭鬼子14人，取得了完胜。看来我们这边还是挺安静的，不能麻痹，要时时刻刻作好准备。我准备和通讯员覃胜去一趟驼背岭防御阵地，你和同志们要提高警惕。"

"丁副大队长分析的不错，请副大队长放心，我已叫王大胆勘察地形，加强侦察，不能让日本人钻空子。"第三分队副分队长、游击组长田大中说。

渡边大男慌忙出逃，奔跑中不慎摔了一跤，弄得满脸血污，鼻青面肿，钢盔挂在后脑上竟然不知。他跑回中队部，啪的一声立正："报告大尉，押粮的铃木俊雄分队阵亡，土八路太厉害了！"

"你是说，只逃回你一个？"中队长木村一郎大尉问。

"铃木俊雄等14人阵亡，他们是皇军的荣耀！"渡边大男说。

"拉出去枪毙！"中队长木村一郎大尉满脸愤怒地说。

"慢！等一下，等渡边大男把话说完，再执行您的命令！"渡边大男说。

"好，你说！"中队长木村一郎大尉说。

"报告中队长，我们遇到的是一群土八路，他们出招神奇，使用的战术是我皇军从来没有遇到过的。铃木令掷弹筒手敲掉路障，我5名士兵冒着硝烟通过路障，土八路突然放出毒蜂，封了退路，5名士兵逃命中跌下陷阱身亡。那毒蜂突然转向，袭击待命军士，我们用钢盔罩住头，伏地躲过一劫。接下来我和铃木各带5名士兵沿左右两翼前进。左翼铃木搜索前进，触发机关引发竹箭四射，士兵躲避时，天空飞下带尖竹排，砸压死亡。我右翼前进时，一人不小心触发拉绳，被织网吊在树梢，被土八路群起击毙。右翼士兵踩中野猪夹，就是猎人夹野猪那种铁夹子，动弹不得，惨死。另两名士兵被土八路放出的毒蛇咬死。14名皇军军士，不战而亡。中队长，土八路良心大大的坏！这是皇军最大的耻辱。"渡边大男陈述说。

木村一郎认真倾听着，这个沾满中国人民鲜血的恶魔，被渡边大男陈述的情节所震撼。前一段他被桃北抗日喋血队打得胆战心惊，今天又冒出这么个土八路，不好好教训这些胆大的乡民，不仅他的军粮没有保障，这个脸也就丢大了。于是他对渡边大男说："你的皇军的骄傲，你升任分队长，回去等候命令！"

"是！谢大尉！"渡边大男舒了一口气，转身离去。

"勤务兵，传川岛明雄少尉！"中队长木村一郎大尉说。

"报告，川岛明雄到！"

"川岛君请坐。执行运粮的铃木俊雄分队全体阵亡，仅渡边大男逃出魔阵。土八路变换战术，用毒蜂、毒蛇袭击皇军，使进攻分队防不胜防，你要吸取教训。我已任命渡边大男为分队长，给你补齐兵力，一小队明天拂晓开往驼背岭，为皇军雪耻，抢回军粮。"日军中队长木村一郎大尉说。

"川岛谨记大尉教诲，我一小队一定发挥大日本皇军的智勇，消灭猖狂的土八路，为死去的帝国勇士报仇！"日军川岛明雄少尉立正，敬了一个军礼，转身动员他的小队去了。

桃北抗日喋血大队副大队长丁勇与通讯员覃胜来到驼背岭防御阵地，见到了正在完善防御设施的游击组组长、后勤保障分队副分队长林正华，两人寒暄了几句，便引着丁副大队长在阵地上转悠。林正华说："小日本经受了第一次毁灭性的打击，几乎全军覆灭。木村肯定会采取更加疯狂的报复行动。我们在原来路障的基础上，作了一点小的战术改动。我们在路障前20米处新挖了一口长4米宽3米的陷阱，而在陷阱前30米设置地雷阵。为使鬼子准确进入地雷阵，我们在道路两侧设置暗道机关，当竹箭横穿，使鬼子恼羞成怒，误入地雷阵。陷阱能否发挥作用，就看鬼子的造化了。"

"我明白你的意思，鬼子是否像第一次那样听话，我们必须再来一点刺激！"副大队长丁勇说。

"您是说在道路两侧埋伏狙击手，敲掉他们的指挥官、重武器射手？"游击组组长林正华说。

"没错，这两个狙击手就是你和我，我们身先士卒，能打击日军的嚣张气焰，提高我游击队的士气。但我们一定不要恋战，见好就收，将敌人逐步引向纵深。"丁勇说。

"好哇，你在左，我在右，咱们来一个杀敌比赛，怎么样，副大队长？"林正华说。

"行呀你，咱们一言为定！"丁勇把手伸向林正华，两人的手紧紧握在一起。

第四卷

形神笔肖

第三十一章

正气凛然

　　日军川岛明雄是少壮派，他的前任先后在同桃北抗日喋血大队的较量中阵亡了。昨天木村大尉一席话，对他既是任务也是考验，铃木俊雄是他的分队长，他了解自己的部下，果真是遇到了对手。土八路不是正规军，上阵没有那么多章法，他们利用山川地利，做足了文章，布好了口袋让我们钻，这是他们的长处。川岛明雄想着想着，突然一拍大腿："勤务兵，叫分队长开会！"

　　不一会，分队长渡边大男、山口生发、新井雄大到齐了，川岛明雄开门见山："诸位，明天我小队奉命围剿驼背岭的土八路，夺回军粮，中队长对我们寄予厚望，我们决不能食言，一定要挽回皇军的脸面。大家知道，前几天一分队长铃木俊雄等14人阵亡，渡边大男只身捡条性命。那场战斗打得很惨烈，土八路行动诡秘，渡边君参与了那次战斗，下面请渡边君简要地介绍驼背岭战斗的情况。"

　　接着，渡边大男把那次战斗，从头到尾详细地说了一遍。

　　"大家听见了吧？土八路战术灵动，对付皇军用的是毒蜂、毒蛇、竹扦、陷阱等阴招，我军多死于非命。所以，对付土八路不同于正规军，我们在作战观念上也要随机应变。这一点，请各位必须弄明白。"川岛明雄严肃地说。

　　"我们不能一朝被蛇咬，十年怕井绳，土八路固然有它的长处，但我堂堂大日本皇军虎虎天威，怎能与土八路同日而语。攻打驼背岭，我二分队愿为先锋。"二分队分队长山口生发轻蔑地说。

　　"山口君勇气可嘉，前车之鉴，后事之师，中国人的这句古训，值得我们借鉴。铃木的遭遇，我们值得深思。我们不是害怕土八路，而是必须弄清他们的战术，后发制人，这样我们才能立于不败之地！"川岛明雄说。

　　"我赞成川岛少尉的分析，也欣赏山口君的勇气，我们只有随时注意战场的变化，保持我大日本皇军的精神风貌，就一定能挫败土八路的阴谋，攻克驼背山。"
三分队分队长新井雄大说。

"好，我们只要思想上有了准备，就一定能完成木村大尉交给的任务。我同意山口君的请求，开拔时为小队先行。散会。"小队长川岛明雄说。

太阳刚刚升上山头，被鲜红的朝霞掩映着，阳光从云缝里照射下来，像无数条巨龙喷吐着金色的瀑布。桃北喋血大队的队员们，与永风村的猎户构成一种默契，在抗击鬼子战斗中发挥得淋漓尽致。天刚亮，桃北抗日喋血大队副大队长丁勇、后勤保障分队副分队长林正华，便逐一对隐蔽工事、狙击手哨位、暗道机关设置进行检查，他们明白，平时多准备一份，战时便会减少流血牺牲。

前卫哨报告，木村派出的川岛分队，离驼背岭仅 500 米了。"准备战斗！"副大队长丁勇发出指令。

离路障 200 米，川岛明雄令部队停止前进。他拿出望远镜，对准前面 300 米一通观察，除了一道路障毫无生气地躺在那里，两侧林木清晰，并无异样。

他转身对山口生发说："你的分队，上！"

山口生发接到命令，转身带领他的分队向驼背岭道口走去。当山口分队深入300 米后，发现两侧树影晃动，风声鹤唳，不觉一怔。这是什么鬼地方？他不由自主地放慢脚步，指挥刀一晃："停止前进！"他话音未落，真的风动树摇，嗖嗖两边竹箭齐出，惨叫声中，6 名士兵倒地身亡。他一惊，躲避中右臂被竹箭击中，痛得他哇哇大叫。士兵盲目躲避，两名士兵误入地雷阵，引发连环爆炸，又有 4 名士兵毙命。他发疯地蹿起，被丁勇击中。剩下的 4 名士兵傻了，不知道是该进还是该退，被丁勇、林正华点卯，顷刻间便没了。

林间恢复了平静。刚才的情景川岛明雄看得真切，他没想到山口生发分队是这样的下场。他想起了渡边大男的提醒，土八路不依章法，战术诡秘，眼前的情形证明了这一点。他叫来渡边大男、新井雄大："你们的分析分析，土八路什么的战法？"

"小队长，我们上次进攻时，也是这样的，神龙见首不见尾，土八路很会隐蔽自己的意图，出其不意地给对方一击。你看，现在看起来风平浪静，说不定草木皆兵？"一分队队长渡边大男说。

"刚才我们见识了山口分队阵亡过程，土八路的招数的确很阴，咱还没有看见他的人呢，帝国的勇士就全部阵亡了。当日渡边君汇报的时候，我还以为他为了邀功夸大其词，现在看来我错怪勇士们了。这群土八路的确不同凡响，短短几分钟，一个分队便殉国了，悲壮。小队长，我提议，咱们避开中间大道，从两侧进入，搜索前进，以为如何？"三分队分队长新井雄大说。

"在目前没有找到比这更好的办法时，也只能走一步看一步。根据我的经验，进攻配置上以战斗小组交替掩护、稳步前进为好。"一分队队长渡边大男说。

"好。渡边大男往左，新井雄大往右，我随渡边君跟进，出发！"日军小队长川岛明雄说。

"好一只狡猾的狐狸！看我们道路组如何玩死小日本！"游击组副组长陈高山说。

道路组与左右两侧猎户组早有默契，一旦日军进入两侧树林，道路组就会利用毒蜂、毒蛇配合猎户启动暗道机关，击杀小鬼子。

游击队员姜明携带毒蜂已进入右侧待机地域。

新井雄大比较谨慎，刚才山口分队的情形记忆犹新。他缓慢地指挥分队向前推进。前进50米，没发生什么动静，他的胆子便壮了起来："各战斗小组交替掩护前进！"小鬼子见分队长镇静下来，一下又耀武扬威起来。一名鬼子不慎触网，一下被暗道机关吊在空中，被猎户们打成蜂窝。众人看得目瞪口呆。一名跃起的士兵，被飞来的竹箭击中，穿胸而死。"呀"的一声，一名中士踩着猎人夹，动弹不得，被飞来的猎枪击中，倒地身亡。

"放毒蜂！"游击组副组长陈高山命令道。

游击队员姜明："好叻！"一窝毒蜂倾巢而出，树林里惨叫声此起彼伏，小日本们完全乱了套。而隐藏在待机地域的游击组组长林正华，乘机敲掉了鬼子2名机枪手。经此折腾，新井雄大分队有4名军士被毒蜂夺去了性命。

新井雄大摇了摇脑袋，还好，脑袋还在，他下意思地环顾他的部属，活着的还有6个人。天哪，这是哪里的打法？我还没有开枪呢，我的弟兄就损失了三分之二，一个意念支持着他，"撤！"他向后一挥手，日本兵明白他的意思，撒腿就往后撤，刚一冒头，就被猎户们敲掉了两个，侥幸跑脱了4个。

新井雄大喘气未定，骂开了："奶奶的，从没打过如此倒霉的战斗！"

"分队长，我们？"一士兵问道。

"等一会，小队长他们还在战斗呢？"新井雄大喘气说。新井雄大清醒地知道，如果他现在走，那就是临阵脱逃，那是死罪。

左路渡边大男，经历了第一次战斗，他显得十分谨慎，每前进一步，都经过大脑盘算，因此，前100米几乎没有受到损失。当右边惨叫声迭起，提醒他不能轻举妄动。川岛明雄轻轻地跟在后面，他知道，同土八路交锋，不仅是武力的对比，更重要的是智力的较量。

　　桃北抗日喋血大队副大队长丁勇，提醒狙击手，目标放近了再打。

　　鬼子进入紫竹林，感觉有点阴森森的。一名鬼子触动暗道机关拉绳，霎时劲风嗖嗖，竹箭四射，来不及躲避的，穿胸而亡。竹箭响过，忽然呼啦啦从空罩下五架竹盘，六名士兵被砸中当场死亡。渡边大男被临时变故吓蒙了，而紧随的川岛明雄也被竹箭击伤右臂，痛得大汗淋漓。"注意，有狙击手！"渡边大男推了一把川岛明雄，随即川岛明雄身边的士兵被击毙。

　　"真见他娘的鬼，这土八路好难缠！"川岛明雄抱怨说。

　　"小队长，我们还进攻吗？"渡边大男转头问。

　　"撤！咱们不能偷鸡不成蚀把米，活活的困死在这里！"日军小队长川岛明雄说。

　　"鬼子要跑了，咱们为他们送送行！"喋血大队副大队长丁勇说。说着与狙击手位置前移，执行第二套方案。

第三十二章

柳暗花明

热市古镇谢三运派人送来帖子，桃北抗日喋血大队大队长刘武杰迅速浏览了帖子，将帖子递给大队政委刘长青："这是一个好消息，你们前些日子的工作没有白费，看来谢三运这只老狐狸还算明智，终为抗日喋血大队弄来了一批药品。你们特别行动组准备一下，商定如何接收药品的工作细节，看有没有需要我支持的。"刘武杰说。

"我们就按大队长的意思，先开一个简单的会，统一一下思想，作好接收药品的准备。"政委刘长青说。

"我同意。抓紧时间，防止节外生枝。"刘武杰接着说。

"张荷花，通知魏丽敏、魏丽霞、谢腊梅、王东生来大队部开会。"政委刘长青说。

当特别行动组副组长抗日喋血大队参谋长魏丽敏、特别行动组副组长第二分队长谢腊梅、特别行动组成员后勤保障副分队长魏丽霞、特别行动组成员抗日喋血大队战勤参谋王东生来到大队部，大队政委刘长青招呼大家坐下，开门见山："同志们，刚才刘大队长接到谢三运派人送来帖子，告知他已经采购了一批药品，明天我们去古镇商谈接收药品的相关事项。谢三运没有食言，看来我们的工作没有白费。大队长要求我们抓紧时间，以防节外生枝。"

"谢三运还算明智，尽管他有汉奸行为，但这次为喋血大队购买紧缺药品还是下了力的。我赞成明天特别行动组去热市古镇找谢三运洽谈接受药品事宜。尽管谢三运有诚意，但小日本的渗透能力不可小视，我们必须保持高度的戒备，防止节外生枝。"喋血大队参谋长魏丽敏分析说。

"我同意魏参谋长对形势的分析，尽管谢三运表示了赠送药品的意向，但药品没有到手我们就不算胜利。刚才魏参谋长提出必须保持高度的戒备，这是我们特别行动组行动的准则。我会全力以赴参加这次行动。"特别行动组副组长第二分队长谢腊梅说。

"药品是我后勤保障的紧缺物资，我们通过艰辛工作有了眉目，无疑对我们是一个大好消息。我早就盼望为喋血大队弄到药品，解决同志们的后顾之忧。我赞成明天去热市古镇商谈接收药品事宜，争取最后胜利。"特别行动组成员后勤保障副分队长魏丽霞说。

"谢三运弄到药品，这的确是一个好消息。喋血队特别行动组经过努力工作，终于有了眉目。我赞成明天去古镇与谢三运洽谈接收药品相关事宜。谢三运的举动，说明我们运用统战政策的成功。小日本是不会停手的，所以我们的保卫工作一刻也不能放松。"战勤参谋王东生说。

"同志们发言很实际，我们基本上统一了思想，明天我们就去古镇，洽谈有关接受药品的事宜，大家作好行动的准备。"政委刘长青说。

"姐，这下伤员们有救了。我每每给他们换药的时候，同志们那种期待的眼神，令人难忘。我们无奈，只能用银针为他们减轻痛苦。"妹妹魏丽霞说。

"药品的确是个大问题，它和粮食一样重要，这下好了，苍天有眼，同志们有救了！"姐姐魏丽敏感慨地说。

"看你们俩姐妹，不仅人长得漂亮，心灵也十分美！明天见！"特别行动组副组长第二分队长谢腊梅说。

"腊梅姐，明天见！"魏丽敏、魏丽霞姐妹异口同声说。

热市谢三运服装厂经理室。室外布满游动哨，谢三运吸取上次小日本骚扰教训，放了三组游动哨，负责经理室外安全。谢腊梅、魏丽霞站在经理室门口，观察来往行人动静。

室内，谢三运坐在太师椅上，一旁坐着桃北抗日喋血大队政委刘长青。抗日喋血大队战勤参谋王东生持枪面对窗口，而抗日喋血大队参谋长魏丽敏选择东南角坐定，这个格局，安全有了更大的保险系数。

"刘政委，谢三运欢迎大家的到来。作为一个中国人，谢三运经过魏参谋长的教育，骨子里有了改变，决心为抗日做点什么。我通过我长沙的亲戚，购买了5000元大洋的紧俏药品，作为向抗日喋血大队悔过自新的见面礼。请刘政委、魏参谋长接受。"谢三运开门见山说。

"抗日喋血大队欢迎谢三运改过自新，我们都是中国人，中国人要有中国人的骨气，把侵略者赶出国土，是中华民族的共同愿望。希望谢三运同日寇透迤周旋，为抗日多做好事，多做善事，做一个有骨气的中国男人。"政委刘长青说。

"谢谢刘政委教诲，药品大约两天后到。我派人把药品运送老爷岭脚下，现在时局动荡，我想让抗日喋血大队派人押送。"谢三运说。

"这个可以，我会适时联系派人护送，咱们一言为定。"刘长青说。

"好，我谢三运一定改过，争取重新做人。今天我们就谈到这儿，恕不能远送！"谢三运说。

"好，咱们走！"刘长青起身，众人尾随，到一拐弯处，刘长青告诉魏参谋长，"谢腊梅留下，你们先走，我跟地下党接洽一下。"

"刘政委小心，我们去了！"魏参谋长说。

刘长青领着谢腊梅，走村穿巷，来到一间瓦舍，闪了进去。一名五十左右的壮年人接着："刘政委，你怎么来了，有什么事情？"刘政委拉着壮年人对谢腊梅介绍说："这是古镇新任地下党负责人向明生。"转过头来指着谢腊梅："这是桃北抗日喋血大队第二分队长谢腊梅。"

谢腊梅把手伸过去："向老伯问好！""我有那么老吗？年轻人光彩照人！"向明生打趣说。

"向明生，我有一重要任务交给你！"刘长青说。

"刘政委，你说！"向明生接着说。

"是这样，抗日喋血大队通过做工作，瓦解谢三运，谢三运表示为抗日做点好事。最近，他通过长沙的亲戚购买了5000元的紧俏药品，预计两日内可以到达古镇。小日本特务加强了对谢三运的监视，我想你派几个得力同志，深入服装厂，保护谢三运的安全。这个谢三运对我们很重要，我们必须保证他把药品按时运送到老爷岭下。这批药品，对于我们喋血大队太珍贵了！"刘长青说。

"保证完成任务！"向明生回答道。

"老向，千万不能掉以轻心！药品对我们太重要了！"刘长青再次强调说。

"服装厂我们安排了一批卧底，不遇重大任务不轻易启动，刘政委，你就放心吧，我向明生说一不二。"向明生说。

"我要的就是你这一句话，保重！我们走！"刘长青说完就和向明生道了别，带着谢腊梅等人赶回老爷岭。

"刘政委，这个向明生看来蛮爽快的，不知道能不能讲诚信？"桃北抗日喋血大队第二分队长谢腊梅说。

"你看出点什么？我这是一箭双雕。最近，我们桃北地下党出了叛徒，叛徒善于伪装，一直到现在还没查出眉目，这个向明生很值得怀疑。"刘长青分析说。

"那如果向明生真是叛徒，我们岂不是把机密直接泄露了？"谢腊梅发问。

"魔高一尺，道高一丈，我们已经作了手脚。谢三运那儿，发货时一真一假，真的由谢三运亲自押运，刘大队长、魏参谋长姐妹组织人员接应。假的发货时大张旗鼓，引起小日本注意，叛徒自然上钩，你率领你的分队，我、王参谋和你一起战斗，咱们打小日本一个人仰马翻。"刘长青说。

"刘政委，行呀你，人说宰相肚里能撑船，您这一着，堪比诸葛亮火烧赤壁！"谢腊梅打趣地说。

"腊梅呀，咱们抗日喋血大队每一场胜利，都是众人拾柴火焰高哇。诸多因素的配合，才有一场场色彩缤纷的大戏。回去后，大队给你们分队再配置6挺轻机枪，好好地干一场！"刘长青说。

"谢谢刘政委，我们二分队杀鬼子的机遇来了！倘若小鬼子敢打药品的主意，我谢腊梅一定叫它有来无回！"谢腊梅说。

返回桃北抗日喋血大队部，刘长青与大队长刘武杰交换了意见，决定双路出击，打敌一个措手不及。

第三十三章

双轨出击

谢三运一大早就跟陈柏作了交代，这陈柏是他的销售经理，能说会道，在业道小有名气。他授意明目张胆地装车，吸引小日本特务的注意。这三辆胶轮大车上，只有一件是真品，其他都是糊弄人的。那个车，横七竖八捆着，几张紧俏药品的贴纸，令人垂涎三尺。

"陈经理，装车呢？"一位胖子搭讪道。

"时风紧，生意不好做！"销售经理陈柏道。

"您这是往哪里发财呀？"胖子眯着眼问道。

"不好说，一个大户人家要的！"陈柏平静地回答。

"你这倒卖的是国军紧俏物资，查获了是要杀头的！"胖子认真地说。

"我们哪天不是提着脑袋过日子，这就叫撑死胆大的，饿死胆小的，做一回，是一回。"陈柏大声地说。

"也是这么个理儿，祝你好运！"胖子头也不回地走了。

陈柏装好车，鞭儿一甩，傲气地走了。出古镇2华里，被谢腊梅的分队接着。胶轮车队刚前行500米，就遇小日本偷袭分队，空气一下凝固起来。谢腊梅吩咐人员下车，就地卧倒。

螳螂捕蝉黄雀在后，喋血大队战勤参谋王东生率领的5名狙击手已锁定目标。当日军分队长挥刀指挥射击的时候，埋伏土坎后面的王参谋等5名狙击手首发命中，1名指挥官，2名机枪手，2名掷弹筒手就见了阎王。日军还没有弄清怎么回事，就被谢腊梅包了饺子。突突几下，日军一个小分队15名鬼子，全部歼灭。当刘政委率领的救援队赶到，这里已结束战斗。

当场缴获日军小分队轻机枪2挺，子弹800发，掷弹筒二具，炮弹3发，步枪 10 支，子弹 427 发；9 毫米左轮手枪 1 支，子弹 15 发。望远镜一具，军用地图一副。

"好哇，谢腊梅，你让本政委一口菜都没有吃到，全让你包了饺子。"刘长青嗔怪地说。

"刘政委，功劳在王参谋那儿，他率领的狙击手首发命中，一下干掉 1 名指挥官，2 名机枪手，2 名掷弹筒手，为我们歼灭日军小分队创造了先机，我要特别感谢狙击手们！"谢腊梅说。

"陈经理，谢谢你们的配合，为我们全歼日寇小分队创造了条件。回去转告谢三运，他这回为人民做了件好事。对了，请你们把马车上那件药品卸下来。"刘长青说。

"刘政委，今天我们目睹抗日喋血大队如何打鬼子的，原来觉醒的中国人也是不可战胜的。我们一定为抗击日寇，保家卫国贡献微薄之力。咱们就此别过。"陈柏说。

"就此别过，谢谢乡亲们！"刘长青、谢腊梅挥手告别。

"不对！腊梅，请留下第三小队押送枪支弹药和药品外，其余跟随陈柏马车护送！动作要快！"刘政委因为刚才战斗胜利来得太快，忽略了那个隐藏很深的地下党叛徒，说不定他正在实现某一种阴谋。

谢腊梅会意，率领分队追赶马车。突然一路障逼马车停下，陈柏挥手叫随员下车。北面想起嘶哑声音："不能放过这些走狗汉奸！"啪啪两声，一名马夫被击倒。陈柏大喊："卧倒！"

谢腊梅甩手一枪，领头的倒了下去。战勤参谋王东生又是一枪，又有一人倒下。

"王参谋，你带人从左边包围；田新伟，带你的二小队从右边包围，政委说了，不能放过这个叛徒！"谢腊梅说完，跃起从正面突击，刘政委随后跟进。喋血队员们早就憋着一肚火，交替前进时好比猛虎下山。歹徒们一下傻眼了，有几个人撒腿就跑。几声枪响，又倒了两个，这阵势，吓得一个个屁滚尿流，知趣的早已举起手来。

"留下活口！"刘长青话音未落，呼的一声被手枪击中右臂。"你这叛徒，原来真的是你！"刘长青满腔怒火对着古镇新任地下党负责人向明生说。

"哈哈，你知道得太晚了！昨晚我们对谢明初、于风华、张维新三名顽固分子进行了清理，只怪我时运不济，没能亲手要你的命！"向明生说。

"把他捆起来！"刘长青说。

"还用你动手吗？"向明生说完对准自己的脑袋就是一枪，倒地身亡，接着又一名叛徒自杀，这变故来得太突然了。战勤参谋王东生押着另外 3 名叛徒往回走。

刘长青、谢腊梅转过身来，向陈柏站立的方向跑去。

"陈经理，由于我们大意，又一次让你们受惊了。这伙叛徒居然投靠日本人，残害抗日民众，实属罪大恶极！"刘长青愤愤地说。

"我们看到了抗日喋血大队整肃内鬼的决心，百姓之幸，苍天有眼啊！"陈柏望着两位抗日喋血大队负责人，感慨地说。

"陈经理，你们也辛苦了，赶快回吧！"谢腊梅催促着说。夕阳西下，陈柏拉着伤员，向古镇方向去了。

在刘长青、谢腊梅与小鬼子激战的时候，大队长刘武杰、参谋长魏丽敏已护送谢三运药品车至老爷岭山脚下。谢三运弄到的这批药品，的确解决了桃北抗日喋血大队的燃眉之急。

"谢三运，你送来的这批药品，实实在在地为抗战做了件大好事，人民群众的眼睛是雪亮的，我们欢迎你改过自新，为抗日多做好事、做善事，洗刷自己汉奸的罪名。"大队长刘武杰说。

"谢谢刘大队长的教诲，这是 10 件盘尼西林，36 件呋喃西林，25 件盐酸盐，还有 1 件盐酸盐在陈柏车上，请刘大队长查收。"谢三运说。

"魏丽霞，你把药品清点一下，叫同志们小心搬运上山。"桃北抗日喋血大队大队长刘武杰说。

"是。我们会小心的。张力，你负责 10 件盘尼西林；廖莉，你负责 36 件呋喃西林；杨华伟，你负责 25 件盐酸盐。大家轻装慢放，这可是比生命还重要的宝贝喔！"魏丽霞说。

"谢三运，大家辛苦。卸完车你们就可以回去了。"喋血大队参谋长魏丽敏说。

"谢谢魏参谋长，谢谢抗日喋血大队给我改过自新的机会，我会争取做一个有骨气的中国人。"谢三运说。

"报告大队长，药品已全部卸完。"魏丽霞说。

"刘大队长，魏参谋长，我们走了，后会有期！"谢三运说。

"后会有期，老乡们再见！"刘武杰说。

望着远去的胶轮车队，参谋长魏丽敏感慨地说："人还是可以改变的，像谢三运这样的人，我们没有把他推到敌人那边去，政策的威力无穷呀！"

"是呀，我们这次惩治汉奸过程中，充分运用政策，分化瓦解汉奸队伍，我们不仅物资上得到了收获，而且还团结了一切可以团结的人共同抗日。这样的局面来之不易呀。"大队长刘武杰说。

"报告！刘大队长、魏参谋长，刘政委、谢分队长他们回来了！"侦察员说。

"政委、腊梅，你们回来了，一定打了个大胜仗！"刘武杰说。

"刘政委负伤了！"魏参谋长眼尖，一下看到了刘长青吊着的胳膊。

"我刘长青命大，叛徒妄想置我于死地，被我们包围，自杀了。叛徒果然是古镇新任地下党负责人向明生，他投靠日本人，昨晚杀害了我地下党优秀交通员谢明初、于风华、张维新，今天组织武装企图截杀运药车队，被我们及时赶到，粉碎了他们的阴谋。我们还抓获了3名活口，审讯后，彻底弄清地下党被破坏的内幕。"大队政委刘长青愤愤地说。

之后，第二分队队长谢腊梅把战斗的经过向大家叙述了一下。

第三十四章

风墙阵马

　　田坝里的麦穗悄无声息地吮吸着露水，潮乎乎的山风轻抚着坡地上的油菜花。早起的庄稼人正在田间忙碌着，一条涓涓的溪流横穿于山谷，那潺潺细细的叮咚之声，宛如孩子吮咂着母亲乳头的声音，那么安宁，那么细柔，那么温顺。被露珠打湿了的早晨，饱满了田坝里的麦穗，也饱满了庄稼人早起的心。

　　桃北抗日喋血大队政委刘长青起了个早，后勤保障分队副分队长魏丽霞麻利地给他换了药，今天他要审问昨天抓来的几个叛徒，弄清桃北地下党负责人向明生叛变内幕。

　　张立生，是桃北抗日喋血大队特别行动小组昨天回援陈柏车队时遭遇叛徒向明生伏击时抓获3名叛徒之一。椭圆脸，剑形眉，古铜皮肤，膀阔腰圆，压根儿不能与叛徒挂起钩来。张立生原在高粱洞外一家石灰矿作工，配合党的中心工作，积极进取，在当地矿工中有一定声望。桃北抗日喋血大队政委刘长青，曾担任桃北地下党特派员，对桃北地下党组织活动情况比较熟悉。只是后来他奉命调入桃北抗日喋血大队出任政委，地下党如何遭到破坏，至今还是一个谜。昨天热市古镇新任地下党负责人向明生给他一枪，他下决心重新整顿组织，还地下党一片清宁。

　　参加今天审问的还有桃北抗日喋血大队参谋长魏丽敏；大队战勤参谋王东生。

　　"张立生，你怎么会叛变，投降日本特务机关呢？"刘长青厉声问道。

　　"特派员，您知道我张立生苦大仇深，对敌斗争毫不含糊。您领导地下党工作的那一阵子，我张立生清匪反霸，配合党的中心工作，一直得心应手。您走了以后，党组织任命向明生为古镇地下党支部书记。昨天我在抗日喋血大队禁闭室反复想了一晚上，向明生才是地下党内部的真正叛徒，我们稀里糊涂充当了他的帮凶，杀害了我们的同志，走到了人民的反面，成了人民的罪人。"张立生交代说。

"你既然知道自己走到了人民的反面，就要深刻反思自己的行为，向人民作一个详细地交代。"魏丽敏说。

"首长，当向明生向特派员开枪，我才彻底地认清了他的罪恶嘴脸。在这一个星期内，他曾两次召开地下党骨干紧急会议，散布党内形势复杂论，说是出了一批叛徒，要我们做好思想准备。5月6日，也就是大前天，向明生召集9名地下党骨干，要我们执行特别任务。我们分成三组，对谢明初、于风华、张维新3名老地下党员开刀。我分配第一组，参与了杀害谢明初的行动。"张立生交代说。

"谢明初、于风华、张维新，是多好的同志呀，就活生生倒在你们枪口之下，对革命造成了不可挽回的损失，张立生，你怎么就不开动脑筋想一想，你好糊涂哇！继续交代你的变节行为？"刘长青说。

"特派员，我张立生当时只知道一味执行组织命令，犯下了不可饶恕的错误。5月7日，我们又被向明生叫起，说是去榆木岭打汉奸，全队16人，每人发了支步枪和3枚手榴弹，大家摩拳擦掌，说是要为抗战出力了。我从来没有拿过这么好的武器，第一次参加这样的作战，整个人是兴奋的。当陈柏的胶轮车队出现时，向明生一声'打！'，我们就向车队开了火。当特派员率领的抗日喋血大队把我们包围时，我预感情况不妙，向明生开枪向特派员射击，我的天塌了，我又一次被人利用，成了人民的罪人。"张立生交代说。

"张立生，你还参加向明生的哪些罪恶活动？"王东生问。

"我参加了对大汉奸谢三运的监视行动。我们共分四组，每组3人，我们分别轮换了二轮，但谢三运购买药品，还是把我们给甩掉了。"张立生交代说。

"张立生，向明生叛变就没有预兆吗？"刘长青问。

"向明生一向深居简出，行动诡秘，不过有一件事特派员可以彻查一下？"张立生交代说。

"你说？"刘长青说。

"有一次我们在热市巡查时，遇到一位外地访亲的少妇，长相秀丽，刚好向明生经过，说这妹子有问题，他就把她带走了，后来也就没了这少妇的消息。"张立生交代说。

"你是怀疑这里头有鬼？"魏丽敏说。

"我只是怀疑，说不定与向明生后来和日本特务机关接触有关？"张立生交代说。

"参谋长，你们姊妹加上谢腊梅、周邈邈、田新伟，去一趟向明生家，弄清这个少妇之谜。如有必要，蒙面带上山进行审问，一定要弄清与向明生的关系。"刘长青说。

"好的，我们这就去！"魏丽敏说。

参谋长走后，刘长青、王东生再次对张立生进行了讯问，张立生的交代没有什么新的进展，张立生被王东生押了下去。一会，第二名叛徒罗一鸣被带了上来。

"罗一鸣，交代你的变节行为？"刘长青开门见山地说。

罗一鸣望了刘长青一眼，他被这位老上级的气势所压倒，战战兢兢。

"特派员您走后，向明生成了我们的直接领导人。他改变您的作风和信念，一开始就向我们发了3块大洋。您知道，对于我们这些穷人意味着什么，大伙儿对他有了好感。接下来，向明生整顿风纪，说是内部出了叛徒。他挑了9名骨干，5月6日，对谢明初、于风华、张维新3名老地下党员下了毒手，我被分配第三组，参与了杀害张维新的行动。"罗一鸣交代说。

"罗一鸣，继续交代你的变节行为？"刘长青说。

"5月7日，我们被向明生叫去，说是去榆木岭打汉奸，全队16人，每人都配了枪。到榆木岭后，我们对陈柏的胶轮车队进行了攻击，后来就被抗日喋血队包围了。当向明生向特派员开枪时，我们彻底懵了，我们成了叛徒。是向明生带我们走上了绝路。"罗一鸣交代说。

"你们杀害谢明初、于风华、张维新3名老地下党员，就没有罪恶感吗？"喋血大队战勤参谋王王东生问。

"在这个问题上，当时有人提出怀疑，但向明生说，这是组织决定，于是我们就盲从了，现在看来，三名老党员确实是冤枉的，我是历史罪人。"罗一鸣交代说。

"你还知道哪些事情？"刘长青讯问。

"向明生还敲诈谢三运1000元大洋，说是用于组织经费，我和于华谊参加了。"罗一鸣交代说。

"哦，还有这样的事。这个败类丧失民心民德，这是什么时候的事？"刘长青问。

"是4月28日的事，我们去了谢三运的服装厂。没有找到谢三运，是谢三运的销售经理陈柏付的。"罗一鸣交代说。

政委刘长青向王参谋一使眼色："把罗一鸣带下去！"不一会，另一名叛徒丁三被带了上来。审讯继续进行着。

参谋长魏丽敏带领的行动组进入向明生家的院了，向明生结发妻子彭娟扭动微胖身子来到魏参谋长跟前："你们？"

"你们是指那位日本姑娘，在左边偏屋住着。"彭娟指着房间说。自从日本姑娘住进来，彭娟没少受气，她巴不得行动组把人接走。

"老周叔，你和丽霞负责警戒，其他的人跟我进屋！"魏丽敏命令道。

"是，丽霞，你对外，我对内，咱们来个珠联璧合！"桃北抗日喋血大队机枪分队队长周邋遢说。魏丽霞左闪，封住大门。

魏参谋长进屋，那日本姑娘正在发报，见有人进来，起身掏枪，被谢腊梅一枚飞刀打中右手腕，魏参谋长三枚银针封穴，田新伟反手将日本女人擒获。

"腊梅，看看有没有价值的东西？把那部发报机也给带上！"魏丽敏说。

"你们跑不了啦！"只见3名便衣持枪冲了进来。说时迟那时快，只见魏丽霞双手一扬，3名便衣倒地。左房角一名便衣一梭子打过来，击中魏丽霞左肩，魏丽霞就地一滚，举枪敲掉那名便衣。魏参谋长等刚出屋，对面右侧一个便衣打来一梭子，被周邋遢击中，滚下屋来。

"这是暗中监视向明生的鬼子便衣，没想到就这两下子，咱们走！"魏参谋长手一挥，消失在夕阳里。

第三十五章

兀岭阻击

魏参谋长一行返回喋血大队已是午夜，桃北抗日喋血大队大队长刘武杰、大队政委刘长青、战勤参谋王东生听取了汇报。

魏参谋长说："刘政委给我们交代任务，我与谢腊梅、周邋遢、魏丽霞、田新伟，前往古镇向明生老屋调查不明少妇。我们踏进向明生土院，向明生结发妻彭娟对这个女人很反感，给我们指明居住房间。我留周邋遢、魏丽霞负责警卫。其他人跟我进了少妇居住的偏屋。我们进去的时候，那女人正在发报，原来是日本女间谍。日本女人掏枪反抗，被谢腊梅一飞刀击中右手腕，我用飞针刺中那女人穴位，田新伟将日本女人控制住。

我要腊梅取走发报机及相关资料，刚一出门被一梭子子弹封锁。我们遇到了日本埋伏的便衣，经过短兵相接，我们消灭了5名便衣，但是魏丽霞受了伤。

"参谋长讲的这个情况很重要，向明生叛变之前就与这个日本少妇接触，而且她还住进了向明生家里，携带电台，进行罪恶活动。向明生结发妻彭娟对这个日本女人很反感，审问这个女人，对我们弄清向明生的叛变活动很有帮助。审讯我建议还是由政委主持，王参谋参加，攻下这个堡垒。我呢，和参谋长，还有赵敏具体研究一下喋血大队游击队活动情况，我琢磨着木村一郎会有新的军事行动。驼背岭两役，日军一分队长铃木俊雄等14人被游击队击毙，次日再次击溃小林英松小队围剿，我们取得了完全胜利，丁勇、林正华他们打得很漂亮。而第三分队副分队长、游击组长田大中率领的南线游击队，处于静态状态，于无声处听惊雷，我们得好好地筹划一下。"大队长刘武杰分析说。

"我同意大队长这个判断，我和王参谋抓紧对日本女人的审讯，大队长负责军事行动，我们来个双管齐下，给鬼子迎头痛击。"桃北抗日喋血大队政委刘长青说。

"好，这日本女间谍就交给刘政委和王参谋了，这个日本女人对我们很有价值。我和赵敏配合大队长完成新的军事部署，日军缺弹药、粮食，军心不稳，寻找粮食的小日本偷袭分队，接连遭到惨重打击，以木村一郎的性格，决不会坐以待毙，接下来我军与小日本将有一场新的较量。"参谋长魏丽敏说。

"我同意大队长对当前工作分配，配合刘政委对日本间谍的审讯，揭开地下党向明生叛变内幕。南下永风村的游击队，已拉开反击小日本偷袭分队的序幕。根据形势发展，为了粮食，小日本会不择手段地对我古镇周围乡村进行扫荡，我们面临的斗争形势是严峻的。刘大队长、魏参谋长、赵参谋精心部署新的军事行动，我们就有了打胜仗的先机。"战勤参谋王东生说。

"刘政委，你还有要说的吗？"桃北抗日喋血大队大队长刘武杰问。

"没有了！"大队政委刘长青说。

"按照分工，分头准备，散会！"大队长刘武杰说。

刘大队长是个急性人，当晚进行军事部署，参谋长魏丽敏、作战参谋赵敏、第二分队分队长谢腊梅参加了会议。

刘武杰说："今天的会议，重点分析当前敌我态势，调整军事部署。大家往地图上看，我南下永风的丁勇游击队，兵分二路，分别驻永风村富户张欣师家、刘明达家，监视汉奸杜胜明、万福来。驻张欣师家的林正华组对进入汉奸杜胜明家的道路进行了实地勘察，确定在驼背岭设伏。他们构筑工事、利用山川地形，在当地猎户张虎等配合支持下，首轮歼灭铃木俊雄分队14人，仅副分队长渡边大男逃脱。次日，小日本小林英松小队发誓血洗驼背岭，被丁勇指挥游击队将小林英松小队击溃，击毙分队长山口生发，扔下33具尸体。林正华游击小组打得痛快流利。"

"这是林正华的游击小组，而南面田大中游击小组防守的地域却无任何动静，万福来也是日军注意的目标。我琢磨着下一个目标就是万福来，小日本不可能放弃骚扰，粮食是他们当前亟待解决的难题。驼背岭已经历两次战斗，小日本不敢贸然进攻。那么，突破兀岭地域就成为他们的首选。我们迅速调整兵力，给小日本迎头痛击。"大队参谋长魏丽敏说。

"这样看来，该我们第二分队出击了。大队长、参谋长把驰援田大中的任务交给我们分队吧，我们保证完成阻击任务。"二分队分队长谢腊梅说。

"好，谢腊梅听令：第二分队今晚凌晨二点出发，拂晓前在兀岭完成部署，等日军通过后，追着屁股痛击。赵参谋带 2 名队员火速通知副大队长丁勇，叫他率田大中游击小组往兀岭方向推进，阻击进攻的日军部队，你们就地参加战斗。散会。"大队长刘武杰说。

"第二分队的同志们听好了，我分队按照喋血大队的命令，前往永风兀岭实施阻击日寇任务。今晚有月色，大家紧跟，不要掉队，出发！"二分队分队长谢腊梅简明动员说。

经过连夜的行军，第二分队于清晨到达兀岭地域，分队隐蔽休息。谢腊梅、刘大中带领小队长田新伟、张荷花、谢云山进行地形勘察。半小时后，谢腊梅令第二分队副分队长刘大中率田新伟第一小队进入左侧山梁埋伏；令谢云山的第三小队进入右侧秃岭埋伏；谢腊梅率张荷花的第二小队埋伏兀岭正面阻击。各小队进入待机位置后，迅速隐蔽。

桃北抗日喋血大队作战参谋赵敏一行 3 人，凌晨时分在永风找到喋血大队副大队长丁勇，向他传达了刘大队长的作战部署，丁勇带赵参谋找到田大中，游击小组迅速向战场转移，推进到离兀岭 300 米设伏，丁勇、赵敏以狙击手的身份进入阵地。这样，兀岭地域就形成了一个完整的口袋，等着小日本往里钻。

刘武杰估计的没错，日军大队长清水友林中佐下令木村一郎大尉再次偷袭永风，并派了大队执行官藤原武广大尉督阵。粮食，对于小日本来说，已经摆到了稳定军心的首要位置。木村一郎派遣小林英松的第一小队、佐藤亚男的第二小队、宝木新文的机枪小队，进攻偷袭永风，军事行动由中队执行官猪爪进山中尉负责。

进入兀岭，猪爪进山中尉令部队停止前进。狐疑地拿着望远镜向兀岭张望，但他还是不放心，令搜索组火力侦察，嗒、嗒、嗒一梭子向山梁扫去，见没有动静，才放心向前推进。

"小鬼子的火力侦察，大家千万不要动！等鬼子全部进入包围圈，我们再收拾他们！"谢腊梅小声说。

猪爪进山继续行进，走在前面的是小林英松的第一小队。小林英松 5 天前在驼背岭受创的阴影挥之不去，他小心谨慎，行动迟缓，被督阵的藤原武广大尉骂了一通："你的小脚女人的，再不速速行动，小心毙了你！"小林英松被骂，只得挥刀指挥："前进！"

话音未落，丁勇呼的一枪，小林英松倒了下去。又是一枪，赵敏击中机枪射手，小鬼子乱成一团。田大中一声喊："打！"密集的子弹飞向敌群，鬼子受突然袭击，一时蒙头转向，分别抢占两侧制高点。右侧游击组副组长王大胆操起手榴弹："招呼这狗日的！"几乎同时，6 名游击战士的手榴弹飞了出去，近前的日本鬼子被炸得血肉横飞。左侧一声："打！"抢占制高点的鬼子退了下去。

"不要慌，宝木新文少尉，架机枪！"猪爪进山指挥道。

丁勇变换射击位置，一枪打掉了刚露头的机枪手。"赵参谋，敲掉小日本指挥官！""是！"赵敏迅速转移射击位置，弯腰前进至右侧阵地。鬼子的机枪突然冒出 3 挺，密集火力封锁我前沿阵地，打得我游击队战士抬不起头来。

"帝国勇士们，给我狠狠地打！"宝木新文叫嚣道。赵敏对准宝木新文啪地一枪，日军机枪小队长倒了下去。

"有狙击手！"藤原武广惊叫道。

赵敏接着一枪，一名机枪手歪到一边。

"这小日本太猖狂了，尝尝你刘爷爷的枪法！"这里距小鬼子机枪 200 米，第二分队副分队长刘大中又敲掉了一挺机枪。剩下的一挺，3 分钟后被副大队长丁勇击中。鬼子没有机枪支撑，被三面火力包围，只得后撤。刚撤 50 米，两边枪声再度响起，鬼子一下成了热锅上的蚂蚁，进退无措。

丁勇挥枪："追！"田大中及其队友向前推进 60 米，鬼子屁股后再度响起密集的枪声。

藤原武广大尉不顾脸面："撤！"一下乱兵如山倒，争先恐后往后跑。

埋伏在兀岭的谢腊梅一声："打！"愤怒的子弹将溃逃的日军压了回来。谢腊梅一挥手："冲哇！"憋着怒火的喋血队员如下山猛虎，"停，打！"呼啸的子弹飞向敌群，那一刻，真的好爽！

这次战斗，全歼小鬼子两个步兵小队，一个机枪小队计 158 人，击毙日军军官 5 人（其中大尉 1 人，中尉 1 人，少尉 3 人）。缴获 92 步兵炮 2 门，炮弹 11 发；重机枪 4 挺，子弹 2008 发；轻机枪 18 挺，子弹 8956 发；火箭筒 18 具，炮弹 69 发；步枪 278 支，子弹 496 发；手枪 45 支，子弹 894 发；望远镜 5 只。是桃北抗日喋血大队成立后又一次重大胜利！岭也乐来风也柔，喋血队员们欢呼雀跃，盛况空前。

第三十六章

深沟高垒

兀岭大胜，地下党送来锦旗："抗日先锋"，极大鼓舞着桃北抗日军民的士气。小鬼子先后数次偷袭永风，均以惨败告终。刘武杰审时度势，决定游击队撤回老爷岭，进行集中整训。批准吸收永风猎户张虎、张二姥、谢金山、刘柳生、李三子、吴丽达、莫新华、吴祖鑫为桃北抗日喋血大队队员。根据斗争需要，组建桃北抗日喋血大队特战队，任命张虎为队长，姜明为副队长，张二姥、谢金山、刘柳生、李三子、吴丽达、莫新华、吴祖鑫为特战队队员。这是一支新型队伍，担负着保卫抗日喋血大队领导机关，秘密执行其他特殊任务，要求成为人人都能独立作战的狙击手。

当晚，喋血大队召开分队长以上负责人会议，会议由大队政委刘长青主持。

"同志们，喋血大队刚在永风兀岭打了一次大胜仗，全歼小鬼子两个步兵小队，一个机枪小队计158人，鼓舞了全体军民的斗志。地下党给我们送来了'抗日先锋'的大红锦旗。说实在的，越是在这种时候，我们越要保持头脑清醒，小日本在偷袭中没有捞到什么好处，反而损兵折将，清水友林、木村一郎是不会甘休的。戒骄戒躁，认清形势，才能立足于不败之地。下面请刘大队长讲话！"大队政委刘长青说。

"我为什么把刚打了胜仗的游击队撤了回来？我为什么连夜召开分队长以上负责人会议？大家想过没有？我们今天这一枪，戳到了清水友林的痛处，木村一郎中队几乎全军覆灭，那鬼子会不会给我们再上盘'扣肉'？"刘武杰透着哲理风趣的讲话，把参会的负责人逗得笑了起来。

"大队长您说得在理，咱就等着揭这个碗盖！"机枪小队小队长周邋遢说。

"老周,你的机枪小队要更名了,我再拨给你 2 挺重机枪,加上原来那 3 挺,一共 5 挺;再加 3 门 92 步兵炮,更名机炮分队。这样我们的重武器装备就不输小鬼子啦!周邋遢任机炮分队长,王东生任机炮副分队长;张新华任 92 步兵炮炮长。明日进行实地训练。大家为新成立的机炮分队鼓掌!"大队长刘武杰说。

"老周叔,这下够你牛的了!"魏丽霞说。

"妹子,这也是责任啊!"周邋遢说。

"没错,一份荣誉一份责任,根据斗争形势,大队决定给每个步兵分队新增 2 挺轻机枪,9 具掷弹筒,保障分队人手配发一支手枪,这样,我们的战斗力就可以大大增加。喋血大队不再是过去的喋血大队,我们有充足的武器弹药,跟清水友林大干一场!我们的防御体系职责不变,明天,各战斗单位根据地形位置,做好新配武器的工事构筑。后勤保障分队,对武器要进行培训,你们应该知道,武器是用来防卫和打击敌人的,你们的工作特殊,但也要保护好自己。"刘武杰说。

"谢谢大队长给我们后勤保障分队配备武器,我们抓紧由魏丽霞、林正华两位副分队长进行培训,上阵杀敌,保障供给,战地救护,后勤保障分队毫不含糊。"保障分队队长郑萌说。

"大队要的就是你这一股劲儿!后勤保障可是咱喋血大队的生命线!"大队政委刘长青说。

"大队长给步兵分队加强了武器配备,这就等于我们的战斗力增加了一成。武器是人掌握的,我们将利用山川地形,最大限度发挥武器的威力,只要清水友林敢来,我们就打它个焦头烂额!"桃北抗日喋血大队第一分队分队长赵蕾说。

"弄了半天,腊梅算整明白了,这不是姜太公钓鱼,愿者上钩吗?兀岭我们把猪爪进山打趴下了,清水友林、木村一郎他能咽得下这口气吗?刘大队长运筹帷幄,再演一曲大戏,等鬼子送肉上门。强化装备,我们一定把自己的一亩三分地经好营,让小鬼子有来无回。"二分队分队长谢腊梅说。

"永凤兀岭战斗,第三分队部分战友参与了作战。今归队休整,迎接新的战斗。大队长对步兵分队加强配备了轻机枪、掷弹筒,增强了步兵分队的战斗力。大队长高瞻远瞩,集中兵力,进行了新的军事部署,这一着,来得实在。我三分队,处在对敌斗争最前沿,一定想法挑斗、麻痹、转昏鬼子,给兄弟单位创造条件,实现全局一盘棋。"第三分队分队长郑怡说。

　　"看来大家动了脑子,今天之所以连夜开会,就是给大家一个思考回旋的余地。白天我们打了胜仗,是不是飘飘然了? 是的,最近我们的确得心应手,后勤保障上我们搞到了粮食、药品,军事上,我们接连打了几个胜仗,但并不代表我们可以高枕无忧了。同志们,桃北地下党负责人向明生叛变,地下党遭到了空前破坏,刘政委正在审结此案。国民党第七十三军 15 师,七十四军 161 师与日军联队长野泽大佐对峙已半月有余,常德保卫战打得相当激烈,说不定这几天还会有大事发生。大队长提前做好战斗准备是经过深思熟虑的,希望各单位负责人认真地负起责来。"大队参谋长魏丽敏说。

　　"刚才魏参谋长讲得很清楚、很明确,为什么我们要备战,希望各单位负责人尽职尽责,把工作落实到实处。散会。"大队政委刘长青说。

　　"政委,你再和地下党负责人取得联系,看小日本那边有没有新的动态?"大队长刘武杰说。

　　"好,我这就去!"刘长青回应道。

　　"政委,你要小心!"刘武杰叮嘱说。

　　"我会的!"桃北抗日喋血大队政委刘长青和他的警卫员消失在夜幕中。

　　次日清晨,桃北抗日喋血大队新任机炮分队长周邈邈召开临时会议,大队作战参谋赵敏,机炮副分队长王东生,92 步兵炮炮长张新华,及机炮班长 12 人参加了会议。

　　新任机炮分队长周邈邈说:"机炮分队今天就算正式成立了,谢谢大队战勤参谋王东生就任机炮副分队长,谢谢大队作战参谋赵敏参加机炮分队首次会议。机炮分队的成立。标志着桃北抗日喋血大队作战能力大大地增强。过去我们仰望小日本的装备,今天我们扬眉吐气,底气足了,我们拥有重机枪、步兵炮。接下来我们就如何使用这些重武器做一探讨。王副分队长,你先给大伙支个招。"

　　"周分队长,重机枪的部署,以前大队参谋部作过探讨,认为目前部署对正面来犯之敌起到了覆盖、支撑作用,但北面、南面相对薄弱,因此我建议新增重机枪分别在南北面各配置 1 挺。92 步兵炮两门配置正面,1 门配置北面,这样,整个火力网就活了。"机炮副分队长王东生说。

　　"我同意王副分队长的建议,92 步兵炮是个新兵种,我们需要摸索其性能,将战斗杀伤力发挥到最大强度。"92 步兵炮炮长张新华说。

　　"刚才两位队长发表了很好的建议,大队新增重武器,目的是加强大队的防御能力。我们昨天一下干掉了那么多小鬼子,小鬼子不报复那才叫怪呢。所以,我们要立即熟悉武器性能，抓紧训练，以防不测。"大队参谋赵敏说。

"好，我们就按王副分队长的建议，落实重机枪、步兵炮的配置，谢谢赵参谋对机炮分队的鞭策鼓励，散会。"机炮分队长周邋遢说。

张新华带领他的 92 步兵炮寻找射击阵地，虽说这重机枪与步兵炮都是重武器，但性能完全不同，他需要摸索。战争是残酷的，大战前需要认真准备。

大队作战参谋赵敏，首先对 92 步兵炮的战术性能作了简单介绍。她说：

"92 式步兵炮，是日军武器装备中的一种武器，1928 年 11 月由日本研制，1930 年 3 月投入使用，有 420 斤重。号称'一寸短，一寸险'。是一种堪称'理想'的步兵营支援武器。尤其是对于机械化程度极低的国家来说，更是如此，另外，它非常适合在复杂地形上使用。例如对于山地战中的步兵支援，就十分得心应手。而且它任务范围广，几乎能包干所有步兵需要的火力支援种类。再加上结构简单，不但方便战时生产，而且使用和维护也都很容易。我军在抗战时期、使用过这种武器。

92 式步兵炮全重只有 400 多斤，因此，在运输上的要求很低，没有车辆的情况下，未经训练的畜力或人力都可以拖曳前进。再加上其可以拆开分解运输，对战区的道路状况要求几乎是降到了最低点 . 可以说，92 式步兵炮是一门真正可以无条件伴随步兵作战的步兵炮。

92 式步兵炮是一种非常矮小的火炮，它的全高只有 62 厘米，这还是包括防盾的高度 . 如果拆除防盾，全高会下降到 50 厘米左右，这个高度已经和重机枪差不多了。这意味着 92 式步兵炮可以很容易被隐藏。对于需要在火线上战斗的步兵炮而言，这是非常有用的优势。利用这项优势，92 式步兵炮可以隐蔽部署在离敌人目标很近的距离上，充分发挥火力的准确性、突然性和猛烈性。并且在第一时间给予步兵需要的支援。

92 式步兵炮的射界非常开阔：横向射界 90 度，高低射角也将近 90 度 . 这主要还是因为 92 式步兵炮体积小重量轻，再加上重心低 . 所以可以承受比较大的射角调整范围 . 灵活应用射角，尤其是据说可以达到 80 度以上的仰角，92 式步兵炮几乎可以射击一切类型的目标：平射可以当加农炮用，足以对付土木工事和一般砖石工事，另外虽然炮弹初速低了点，但是打无防护车辆和装甲车还是威力足够的 ; 曲射可以当榴弹炮用。大仰角射击时可以当迫击炮用。很多迫击炮的最大射角也才 85 度，由于 92 式步兵炮是榴弹炮出身，弹道比迫击炮稳定的多，所以精度也比同口径级别的迫击炮（80 ～ 82 毫米）要好得多，同时借助高射角，在山地作战时，92 式步兵炮可以方便地配置在反斜面阵地上，这样，既可以为处于棱线或正面阵地上的己方部队提供及时的支援火力，又很好地隐蔽了自己。"

赵参谋这一番话，使步兵炮小队成员对步兵炮加深了认识，原来92步兵炮这么实用。两天实习后，进入了野外实弹射击。抗日喋血大队大队长刘武杰、参谋长魏丽敏、作战参谋赵敏、战勤参谋郑萌、机炮分队长周邈邈、第一分队分队长赵蕾、第二分队分队长谢腊梅、第三分队分队长郑怡、后勤保障分队分队长魏丽霞到现场观摩了92步兵炮射击演习。

第三十七章

风雨前夜

抗日喋血大队刘政委回来了，他带回地下党关于日寇最新动态。回来后，他马上与刘武杰商量，决定立即召开全大队干部会议。抗日喋血大队大队长刘武杰、副大队长丁勇、参谋长魏丽敏、作战参谋赵敏、林涛、战勤参谋郑萌、机炮分队长周邋遢、机炮副分队长王东生；第一分队分队长赵蕾、副分队长王茹；第二分队分队长谢腊梅、副分队长刘大中；第三分队分队长郑怡、副分队长田大中；后勤保障分队分队长魏丽霞、副分队长林正华、张力；抗日喋血大队特战队队长张虎、副队长姜明参加了会议。

刘政委说："地下党负责同志说，小日本被喋血大队打怕了，正在紧缩兵力。但日军清水友林中佐咽不下这口气，他上报联队，要对老爷岭抗日喋血大队进行围剿。日军联队长野泽大佐批准了清水友林中佐的计划。进攻的兵力是清水友林的木村一郎中队、铃木俊雄中队，加强重机枪2挺、92步兵炮2门，由清水友林亲自指挥。进攻兵力达到450人左右，是我喋血大队兵力的2倍。小鬼子气势汹汹，地下党嘱咐我们，一定精密部署，给小日本以迎头痛击。"

"嗨嗨，狗日的，还真敢来呀！"机炮分队长周邋遢说。

"老周叔，你刚装备的机炮是干啥的？"第一分队副分队长王茹打趣说。

"地下党很重视这次战斗，把县游击中队调配给我们指挥，一定要打出声威，打击小日本的嚣张气焰，支援常德保卫战。同时我们要引起注意，小日本出动了两倍于我的兵力，加强了重机枪、步兵炮等重武器配备，这只纸老虎我们要当真老虎来打。我们抗日喋血大队诞生、成长于抗日战火中，我们克服重重困难，走到了今天，面对小日本的淫威，我们一定要打赢这一仗，挫败小日本的阴谋。下面请刘武杰大队长布置作战任务。"大队政委刘长青挥舞拳头说。

　　"指战员们，刚才刘政委简明扼要传达了地下党关于小日本围剿老爷岭的信息，这是小日本连续遭重创后发出的绝望嚎叫。面对 2 倍于我的清水大队，我抗日喋血大队坚决予以痛击。下面，我下达作战命令：丁副大队长率领姜明的特战队，迂回穿插，伺机摧毁清水友林的步兵炮、重机枪基地；郑怡的第三分队前往老爷岭主阵地前 400 米骚扰、穿插、分割敌进攻部队，打乱敌部署，引诱小日本进入我主阵地，而后隐入主峰右侧待命；赵蕾的第一分队、谢腊梅的第二分队分别进入你们的防御阵地，组织好阵地防御；周邋遢的机炮分队，进入枪炮阵地，组织正面防御；作战参谋赵敏带领廖新华的县中队在主峰左侧待命；魏丽霞的保障分队组织阵地保障，输送弹药、抢救伤员。现在离小日本进攻时间还有 5 个小时，各作战单位要认真准备，散会。"大队长刘武杰说。

　　"政委，等下大队部领导分头去作战单位检查战前准备情况，我去机炮阵地，政委去第一、第二分队，参谋长去第三分队，然后返回指挥部。"刘武杰说。

　　"好！"刘政委、魏参谋长异口同声说。

　　"林参谋、郑参谋，你们坚守指挥部，我去了机炮阵地，有什么情况立即向我报告。"刘武杰说。

　　"是！"作战参谋林涛，战勤参谋郑怡转身去了指挥部。

　　月光如银子，无处不可照及，山上竹篁在月光下变成了一片黑色。身边草丛中虫声繁密如落雨。间或不知道从什么地方，忽然会有一只草莺"落落落落嘘"哱着它的喉咙，突然之间，这小鸟儿又好像明白这是半夜，不应当那么吵闹，便闭着那小小眼儿安睡了。

　　周邋遢第一次指挥机炮分队，心里不免有些紧张。重机枪他以得心应手，唯独这步兵炮还是第一次。散会后，立即连夜召开重机枪、步兵炮班长以上骨干会议，听听大家意见。

　　"同志们，刚才大队领导给我们下达了战斗命令，我枪炮分队在防御中占有举足轻重的地位。这次清水友林出动了两个中队的兵力向老爷岭进攻。我们机炮分队一定努力，不要弄砸了！"周邋遢说。

　　"好！机炮分队是我们老爷岭防御的重中之重！"大队长刘武杰来到了机炮分队。

　　"大队长，您来了，请坐！"周邋遢说。

　　"同志们，小日本被我们打得昏头转向，这回清水友林又给我们上了一盘扣肉，400 多名小鬼子，够我们消化的。我们什么时候怕过鬼子？没有，桃北抗日喋血大队就是一面不倒的旗帜！我们现在坐下来，好好地谋划一下，把我们的技术发挥到最实处。"大队长刘武杰鼓舞着大家的士气。

"大队长说得对，自从我周邋遢加入喋血队，生死早已置之度外，别说清水友林来两个中队，就是他摊上全部家当，我们照样把他打趴！从武器装备来说，我们比小鬼子相差不了多少，但我们占有天时地利人和，我们就一定打赢这场战争。"周邋遢激动地说。

"周分队长说的没错，我们占有天时地利人和的优势，只要我们战术发挥得当，就一定给小鬼子以迎头痛击！我们在梨树垭布置3挺重机枪，在兔儿尖、喜鹊梁各置1挺重机枪；在猴面崖置步兵炮，形成了强大火力网。就地形来说，我们占有极大优势。对于射击死角，我们已组织9名狙击手分三组互控，实施互补优势效果。从前几天组织训练效果来看，我们有足够的防御能力对付来犯之敌。"机炮副分队长王东生说。

"步兵炮经过几天的调试，已基本上驾驭了射击技能。我们在猴面崖设置阵地，视野开阔，根据我们调整，还可以增加一门步兵炮，不知大队长意下如何？"92步兵炮炮长张新华要求说。

"好哇，你小子胆大心细，我再给你调一门炮，与小鬼子抗衡，一定发挥我抗日喋血大队炮兵的作用！"刘武杰说。大队长说完，下面响起热烈掌声。

"大队长，能不能给所有炮兵配备一支手枪呢？我琢磨着如果万一我们被敌人摧毁阵地，我们还可以和敌人血战到底！"步兵炮一班长宋磊说。

"行，这个大队可以解决。我们万众一心，坚决打赢这场战斗！"刘武杰坚定地说。

"大家思想上有了底，大家现在就去阵地准备，散会！"周邋遢说。

参谋长魏丽敏找到第三分队分队长郑怡，他们也正在集中班以上骨干研究对策。

"第三分队是喋血大队迎接鬼子的开局戏，这出戏一定要演好。大家往地图上看，我们在刘家矮屋至小高坡40米空档设第一道障碍。这个工程我们已经做了，宽3米，长10米，深2米的壕沟布满竹扦利刃，伪装已经完成。待敌人接近前沿80米，分队长郑怡指挥第一班猛烈开火，造成正面阻击假象。3分钟后后撤40米，在第二道防线伏击欲通过壕沟的鬼子，经此折腾，敌人会损兵折将，鬼子会沿壕沟右侧向前冲击。第二班埋伏空档右侧80米处，5分钟狙击后，后撤引至雷区，炸翻进攻小鬼子。此时由副分队长田大中组织3名狙击手打冷枪，扰乱敌人心智，剩余队员由二班长宋元明带领撤回顶峰待命。分队长郑怡带一班撤至左侧山梁，配合第三班骚扰敌人，引敌至雷区，然后火速撤离至主峰左侧待命。"大队参谋长魏丽敏分析说。

　　"好，我们第三分队主要是迷惑、骚扰、引诱小鬼子上钩，大家对自己的任务要熟记，不可恋战。现在离战斗还有 4 个小时，马上进行准备，2 小时后进入阵地。"三分队分队长郑怡说。参谋长再次检查了参战队员的武器装备，这才放心地向大队指挥部走去。

　　大队长刘武杰已回来，政委随后也进来了，当魏参谋长进入指挥部，三人会心地笑了一下，简单地通报一下各自检查了解的情况。

　　"政委，参谋长，根据我实地考察的情况，我给机炮分队新增一门 92 步兵炮，炮兵人手配备了自卫手枪，以增强喋血大队战斗力，你们的意见如何？"大队长刘武杰说。

　　"大战在即，大队长的考虑是正确的，我刘长青支持加强机炮分队力量的决定！"政委刘长青说。

　　"新增一门 92 步兵炮，对我桃北抗日喋血大队火力是增强了，我同意。不知道 92 步兵炮炮长张新华能否驾驭？"参谋长魏丽敏担心地说。

　　"你是担心他啊，这小子早就请战了！我们研究分析的时候，张新华就提出扩大 92 步兵炮兵力的问题，我想他是有了充分的思想准备。"大队长刘武杰补充说。

第三十八章

牛刀小试

　　桃北抗日喋血大队副大队长丁勇带领的喋血大队特战队从机炮分队经过，沿顶峰后侧向西北方向运动。这是刘大队长特意交代的特战队进入小日本炮兵阵地之前，对我机炮分队阵地后翼进行一次搜查，确保我机炮分队阵地安全。

　　"有情况。"猎人出身的特战队队长张虎首先发现临崖方向树枝有微动，丁副大队长随即手势指挥，特战队队员迅速隐蔽。一个、二个、三个，直至小鬼子增加9人时，丁副大队长一声"打！"9名鬼子倒地身亡。张虎、李三子跃进崖边，还有3名鬼子向上攀爬，被击毙。张虎说："好险罗！"

　　"大队长早已料到小鬼子会从后山偷袭，所以令特战队临行前从后山绕一路，刘大队长真是料敌如神那！大家靠拢，我们向豹子嘴出发！"副大队长丁勇命令说。

　　这豹子嘴位于老爷岭西北侧，方圆400米，地势险要，荆棘丛生，是小日本进攻老爷岭炮兵阵地的首选。特战队迂回至豹子嘴，抵近侦察，发现鬼子6门步兵炮正在安装调试。丁副大队长命令特战队分组前进，枪响为号，摧毁敌炮兵阵地。

　　一鬼子军官正在向清水友林报告："炮兵小队进入豹子嘴阵地，部署完毕，请指示！"

　　"5分钟后，向老爷岭第一道防线发起攻击！"清水友林中佐说。

　　"嗨！石井三郎明白！"日军炮兵小队小队长石井三郎说。

　　"预备……"石井三郎话还没说完，就被丁副大队长一枪击中，接着特战队的枪声响了，那些来不及反应的日本炮兵，便争先恐后地见了阎王。

"看还有没有喘气的？"特战队队长张虎说。特战队队员分头检查，确认日军炮兵阵地日本兵已经全部死亡，"走，朝日军重机枪枪响方向摸过去！"

小日本重机枪阵地离炮兵阵地300米，战斗打响，已向小日本进攻部队进行火力支援。当特战队接近，被瞭望哨发现："有敌人！"话音未落，被李三子举枪击落。由于重机枪声音过大，所以刚才那一枪并未引起机枪阵地鬼子注意。距机枪阵地100米，特战队队员就地卧倒，举枪瞄准，6挺机枪霎时变成哑巴，第二拨射手上去，再被打死。小鬼子指挥官顿时傻了眼，慌忙拿起步话机："报告中佐，机枪阵地遭遇小股敌人偷袭！"

"守住阵地，组织反击，我派一个小队来支援你！"清水友林中佐命令说。

机枪小队小队长森田宝二："消灭他们！"一梭子子弹压向特战队，打得尘土飞溅。

"张虎，你往左；李三子，你往右，打敌有生力量！"副大队长丁勇说。

左边张虎的枪响了，两名鬼子应声倒地；右边李三子的枪响了，又有3名鬼子被击毙。正面3名特战队队员跃起，敌人火力被压了下去。3分钟，重机枪阵地趋于平静。

"咱们隐蔽起来，敌人肯定派小分队支援重机枪阵地，特战队兵分三组，阻击前来支援的小股敌人！散开隐蔽！"丁勇说。

"炮兵小队，石井三郎队长，中佐命令你向老爷岭主阵地开炮！听到了没有？石井……"执行官麻生玖富喊道。

"报告清水中佐，炮兵阵地出了问题，石井没有回话！"执行官麻生玖富说。

"派人到阵地看看！"清水友林中佐说。

"是！"执行官麻生玖富说。

"快！快快地跟上！"日军小队长竹田川边一夫督促道。

"请各组注意，敌人离机枪阵地还有200米，先敲掉敌指挥官、机枪射手、掷弹筒，一鼓作气，击溃小日本这个小队！"特战队队长张虎说。

"慢！阵地上好像没有动静，第一分队往左，第二分队往右，前进！"日军小队长竹田川边一夫命令道。

"张虎，你往右，我往左，迎击小鬼子！"丁勇命令说。小鬼子进入机枪阵地80米，丁勇枪响，第一分队分队长被击毙，呼、呼，3名鬼子应声倒下，鬼子一下乱了套。与此同时，右边张虎击毙日军第二分队长，两名小鬼子倒下，一名军曹模样鬼子接替指挥："卧倒！"，伸出头张望。呼的一声，被特战队员莫新华举枪击中，歪到一边。哇哇，又一名军曹履职。

"奶奶的，看来小日本训练有素！莫新华、吴丽达，鬼子露头就打！"队长张虎吩咐说。

"占领有利位置，喋血队有狙击手！"军曹督促说。

日军小队长竹田川边一夫带领第三分队从正面压了过来。中间特战队队员张二姥、谢金山、刘柳生，在组长张二姥带领下成一线散开。"打！"两名鬼子倒下，竹田川边一夫被击中右腿，滚到一边。

"给我射击！"日军第三分队分队长大田武夫说。随即两挺轻机枪架起扫射，冒起一股青烟。谢金山挪动位置，啪的一声，左边轻机枪哑了。张二姥一枪，右边那挺机枪也停止了叫唤。大田武夫一怔，"给我狠狠地打！"刘柳生不动声色，甩手一枪，击中大田武夫脑袋，歪在了一边，众日军恍然，不敢轻易行动。

清水友林没有重武器支援，一下凉了半截。他没见过这样的打法，刚开始他的重武器便失控了，他才意识到真正遇到了对手，以往部属为什么屡屡战败，绝不是空穴来风。"喋血大队，通通的死了死了的有！麻生君，令木村君组织小队突击！"

执行官麻生玖富向木村一郎下达了突击命令。

"报告中佐，我竹田小队遭遇喋血大队精兵伏击，他们装备精良、个个都是狙击手，我小队3位分队长均已阵亡，速派人支援！"日军小队长竹田川边一夫说。

"一个小队拿不下重机枪阵地，提着脑袋来见我！"清水友林号叫着。

"是！"日军小队长竹田川边一夫说。

"大日本的勇士们，打起精神，消灭喋血大队，为阵亡的帝国勇士报仇！"日军小队长竹田川边一夫鼓动说。

丁勇明白，小鬼子这是要拼命了，从人数上看，小日本明显占有优势。他的队员只有打指挥官、打机枪射手、打冒头的，才能震慑敌人。做到弹无虚发，使小鬼子弄不清特战队到底有多少人。"同志们，小日本露头就打！"特战队的勇气来自领头虎的孤胆硬气，屹立阵地上的男儿便是一堵堵铜墙铁壁。

特战队队员姜明今天也把他的"小能耐"带来了，在兵力不足的情况下，他的这些"小能耐"能当日军一个分队使用。"副大队长，我的那些'小能耐'憋急了，等着冲锋呢？"

"再等等，等小日本再靠近些！我掩护你，你可以前进一段距离，选好隐蔽地点，给敌人一个措手不及！"丁勇命令说。

"好的，我这就去！"姜明就地一滚，闪身前进 40 米，小鬼子看得清清楚楚。怎么能把小鬼子引得再近呢？

姜明翻身一滚，利用土丘作掩护。突然，姜明放去毒蜂，群蜂乱舞，日军士兵乱成一团，死在毒蜂之下。还在挣扎的人，被特战队点射，竹田川边一夫，没能做成英雄，他的小队，便随之消失了。

第三十九章

正面交锋

呼啸的重机枪叫唤了 3 分钟，便寂静无声了。埋伏在阵地前沿的第三分队分队长郑怡不知道小鬼子耍什么花样，静观开阔地发生的一切。突然，鬼子的轻机枪叫了起来。一个分队的小鬼子蜂拥前来，气势汹汹。距壕沟 50 米，埋伏战壕里第三分队一班突然开火，两挺轻机枪叫唤着，横扫小鬼子，打得小鬼子一下抬不起头来。

三分钟后，除一挺轻机枪掩护外，其余人员后撤 40 米。鬼子发现正面火力减弱，又继续往前冲。刚靠近壕沟，正面枪声再度响起，冲在前面的便当了替死鬼，有些鬼子失足，掉进壕沟，发出惨烈地嚎叫声。小鬼子没讨到便宜，急忙回撤，逃命中，扔下数十具尸体。小队长楠木仰光气急败坏："不报此仇，我的誓不为人！"

"楠木小队长，我们从右边进攻！"军曹田野力雄建议说。

"你带第三分队，突破敌人防线，大大的有赏！"日军小队长楠木仰光说。

"是，谢谢楠木小队长支持！"军曹田野力雄说。

"第二班的队员们注意了，现在轮到我们上场了。瞄准小日本，狠狠地打！"第二班班长王大胆动员说。

小日本火力侦察，两梭子子弹打过之后，军曹田野力雄率领的第三分队开始冲锋。

"轻机枪伺候！"王大胆指挥说。火力交叉，小鬼子被打得抬不起头来。5分钟后，王大胆带领二班后撤。火力减弱，小鬼子爬起冲锋，误入雷区，被炸得血肉横飞，尘土飞扬，硝烟弥漫。

第三分队副分队长田大中带领的三人狙击组，此时发挥了威力。来不及逃回的小鬼子，被一个一个地点数，送他们见了阎王。

"报告木村大尉，喋血队太狡猾了，楠木小队牺牲了太多的勇士，未能攻克喋血队的防御，是否另辟捷径！"日军木村中队第二小队小队长楠木仰光报告说。

"楠木小队休整，川岛明雄的第一小队沿山梁突破喋血队第一道防线，中队随后跟进。"木村一郎大尉命令说。

"川岛小队不辜负木村大尉希望，突破喋血大队第一道防御，一雪前耻！"口军木村中队第一小队小队长川岛明雄说。

"刘政委，看来丁副大队长带领的特战队已经得手了。老丁不简单哪，先是灭了从后山攀爬上来的鬼子偷袭队，接着又摧毁了小日本的炮兵阵地、重机枪阵地，对大队防御起到了举足轻重的作用。我们要给老丁记特等功。"大队长刘武杰说。

"是呀，特战队已经成熟起来了，老丁功不可没。主阵地少了敌人炮火袭击，我们击退小日本的进攻的把握就增加了几分，伤员也要减少一半。这场仗我们赢定了！"政委刘长青开怀地说。

"参谋长，小日本到哪里了？"刘武杰问。

"郑怡的第三分队还在跟鬼子捉迷藏呢！"参谋长魏丽敏报告说。

"郑怡也锻炼出来了，竟敢牵着小鬼子的鼻子走，为我们一线部队赢得了宝贵时间，不简单哪！"刘武杰感慨地说。

川岛明雄脸一直紧绷着，他在永风输得太惨了，因此，他对喋血大队恨之入骨。这支不入流的队伍，却让他丧尽颜面，想起来太可怕了。"停！火力侦察！"

眼望延绵不断的丘陵植被，这里面一定隐藏着喋血大队的成员，怎么能把他们引诱出来消灭呢？不得而解。川岛明雄想着想着，放慢了脚步，他想起永风丛林里的遭遇，不寒而栗。

"报告川岛小队长，前面没有发现敌人！"一军曹报告说。

"继续前进！"川岛明雄说。

"是！"军曹转身离去。

"打不打！"第三分队第一班班长陈高山问。

"先让过这几个人，待后面的跟上再打！"分队长郑怡吩咐说。

"好！"陈高山回答，双眼盯着鬼子。

"再有60米，就是雷区了，打，吸引小鬼子前行！"郑怡命令道。一时枪声大作，两挺轻机枪发怒，横扫敌军如卷席，川岛明雄被突如其来火力吓蒙了，一摸耳朵，还在流血，我受伤了！"给我打！"

"撤！"第三分队分队长郑怡命令道。刚才过去几名鬼子爬起来，跟着就追。"打！"撤退的一班队员反过来就是一梭子，几名鬼子应声倒地。"我可不想你们提前引爆，走，同志们！"郑怡说。

川岛明雄被激怒，率领他的小队往前冲锋。小鬼子误进雷区，引起连环爆炸，随着几声轰响，一时鬼哭狼嚎，血肉横飞……

"小鬼子终于上当了！"郑怡开心地笑道。"走，向主峰左侧撤退！"郑怡的第三分队圆满完成诱敌任务。

"赵蕾、谢腊梅分队，郑怡分队已圆满完成诱敌任务，准备战斗！"参谋长魏丽敏向一线分队发出指令。

"机炮分队注意，铃木俊雄中队已进入步兵炮射击范围，校正目标，给我狠狠地打！"大队长刘武杰命令道。

"轰、轰！"步兵炮在敌群中开花，刚刚还趾高气扬的铃木中队，被飞来的炮弹打得晕头转向。我的天啦，这是喋血大队吗？比国军那些正规军还神奇！

"报告清水中佐，我们遭到了喋血大队的炮火袭击，请求炮火支援！"铃木俊雄大尉报告说。

"大队炮兵阵地已被喋血大队狙击手击溃，请自行调配火力，拿下第一道防线！"日军大队长清水友林中佐命令说。

"是！"铃木俊雄满脸堆怒："八嘎，我就不信打不败这群乌合之众！传令兵，令第一、第二小队同时发起进攻！"铃木俊雄歇斯底里地说。

"机炮分队，重机枪侍候！"大队长刘武杰命令道。

"瞄准了，给我狠狠地打！"正面3挺重机枪嚎叫起来，子弹横扫小鬼子，小日本组织的第一次冲锋破产，阵地前沿扔下了60多具尸体。

"嘿嘿，咱大队的机炮分队厉害，还没轮到咱们出场，就把小鬼子压下去了。同志们，作好战斗准备。有我第二分队在，鬼子就别想越过咱们这道防线！"第二分队分队长谢腊梅说。

"大家看明白了，小鬼子第一拨进攻被大队机炮分队的火力压下去了，也为一线分队赢得准备时间。同志们，有我第一分队在，小鬼子就休想突破咱们的防线。准备打鬼子！"第一分队分队长赵蕾鼓动说。

"土八路的太厉害了，我们得想办法撕开这道口子？"日军铃木中队第一小队小队长网代新雄少尉报告说。

"容我想想。"铃木俊雄大尉说。

"刚才机炮分队那几下子，缓解了我阵地防御中的重大问题。对付趾高气扬的小日本，精确打击是一个重大课题。如果刚才不是重机枪火力支援，我一线部队必定遭受重大伤亡。参谋长，小日本会不会停止进攻呢？"大队长刘武杰问。

"不会。小日本是围剿我喋血大队的，目的是摧毁我喋血大队，他们对我阵地志在必得，目前只是遭受小挫折，马上就会发动大规模的攻击！"参谋长魏丽敏说。

"我赞同魏参谋长的分析，咱们第三分队已成功引诱小鬼子进入阵地，特战队准确地摧毁了他们的炮兵、重机枪阵地，这才使我军正常进入部署，清水友林没有丝毫退却迹象，更大规模的战斗即将开始。"政委刘长青分析说。

日军铃木俊雄经过思考，决定全线出击，使喋血大队防不胜防。"木村君，咱们一起突击，让喋血大队防不胜防！"

第四十章

暗中较量

撤退到机枪阵地的特战队，转入一丘陵地休息。丁副大队长一拍大腿："糟了，小日本炮兵要反击了！我们没有摧毁其阵地，这下犯了大错了！全体出动，跑步小日本炮兵阵地！"特战队队员都明白丁副大队长为什么那么急。预料中的事还是发生了，他们赶到，小日本还是向主峰发了两发步兵炮弹，主阵地防御正面两门步兵炮被摧毁。

"向日本炮兵阵地开炮！"步兵炮炮长张新华一声令下，三门大炮齐发炮弹呼啸而出，准确落在敌炮兵阵地上，刚恢复的敌3门火炮被摧毁，埋伏阵地上的敌防护小队被炸飞。

"慢！咱们主阵地肯定受了重创，这些王八羔子，咱们一定收拾他们！你带第一组去右边，我们从左边进入，狠狠地打！"丁副大队长命令道。

接着又有3发炮弹飞入，日本炮兵阵地彻底被摧垮。特战队收拾残敌，很快恢复了平静。

"这都怪我，麻痹大意，咱们去重机枪阵地！"特战队再次扑向鬼子机枪阵地。

"八嘎，小股敌人又回来了，消灭他们！"日本军曹发去命令，向特战队射击。

"分散隐蔽，分组突击！"丁副大队长命令说。

张虎翻身，举枪击毙军曹。姜明手一挥，甩去手榴弹，趁敌混乱之际，向前推进40米占领有利地势。张二姥一枪打中机枪手，就势一滚，再一枪，敲掉了张望的日本人。小鬼子的轻机枪又叫了起来。李三子举枪瞄准，轻机枪手歪到一旁。丁勇侧击，两名重机枪手被打中。姜明手起枪落，又一名鬼子倒地。谢金山接近重机枪阵地，连甩2枚手榴弹，两挺机枪被炸毁。

"干得好！刘柳生，干掉右边那挺重机枪！"特战队队长张虎命令说。

刘柳生匍匐前进，离敌重机枪40米，起身甩去手榴弹，鬼子最后一挺重机枪被摧毁。

小分队鬼子开始撤退，特战队追着屁股射击，小鬼子只有挨打的份儿。一阵狂射之后，鬼子分队基本被歼灭。丁勇带着特战队返回重机枪阵地，吸取了上次教训，把小鬼子枪弹彻底摧毁，不留后患。这才退出重机枪阵地。

"好险啦，由于我指导思想的过错，导致造成大队防御上的被动，小鬼子那两炮，起码摧毁我步兵炮两门，特战队要吸取这个惨痛教训。"副大队长丁勇说。

"副大队长也不要过多自责，如果我们提醒您一句，也不至于造成那样大的损失，我们都有责任。"特战队队长张虎说。

"我原想留着那些武器，没想到给小鬼子钻了空子，造成我们的被动。想想对不住同志们！"丁勇说。

"丁副大队长，下一步我们怎么办？"张虎问道。

"清水友林的指挥部设在哪儿？"丁勇问。

"您不会想端他的老窝吧？"张虎说。

"特战队连续摧毁小日本炮兵、重机枪阵地，由于我的错误造成了失误。鬼子虽然失去了火力支援，但兵力仍然雄厚，突破我老爷岭防御仍有可能。所以我琢磨着打掉敌指挥系统，才能造成小日本全局混乱。我们的下一局棋，就是摧毁小日本指挥系统。这是一步险棋，需要我们大胆布局，险中求胜。"丁勇说。

"既然如此，我支持您的决定。"张虎表示赞同。

"你带张二姥、李三子前去侦察清水友林的指挥部，详细弄清敌指挥部位置、布局、进去路线，半小时后向我报告。"丁勇命令说。

"我们保证按时完成侦察任务。"张虎说。

"机炮分队，小鬼子炮兵死灰复燃，对我防御阵地进行突然袭击，记住这个教训。"大队长刘武杰说。

"我们正在清理阵地，组织侦察兵监视小鬼子阵地。"周邋遢说。

"通信员，命令林正华向主峰输送92步兵炮1门。"大队长刘武杰命令道。

"向指挥部报告，特战队准备摧毁鬼子指挥部！"刘柳生回答："好！"

"报告大队长，特战队报告！"赵参谋说。

"政委、参谋长，老丁又有新动作了——准备偷袭清水友林指挥部！"大队长刘武杰说。

"真难为他了！"大队政委刘长青说。

"告诉丁副大队长，指挥部批准特战队计划，小心谨慎，不可恋战！"刘武杰说。

"是！"赵参谋回答说。

"指挥部批准特战队计划，小心谨慎，不可恋战！"刘柳生报告说。

"好！我们就放手大干一场！"丁勇说："特战队的同志们，向我靠拢，刚才特战队张队长一行对清水友林指挥部进行了抵近侦察，摸清了敌人活动规律，我决定特战队分为三组：张虎、姜明、刘柳生为第一组，组长张虎；李三子、谢金山、吴丽达、丁勇为第二组，组长李三子；张二姥、莫新华、王新、吴祖鑫为第三组，组长张二姥。一组负责打掉瞭望哨、破坏通信设备、解除指挥部警卫；二组冲进指挥部、打乱指挥系统、击毙指挥人员；三组应付机动人员、清扫障碍，负责退路。出手要快、下手要狠、不要拖泥带水。各组明确任务没有？"

"明确了！"特战队队员异口同声说。

"出发！"丁勇下达命令道。

"为了配合特战队偷袭清水友林指挥部，我命令机炮分队向木村一郎、铃木俊雄中队炮火袭击！"刘武杰说。

"一炮、二炮对准木村一郎中队射击！"周邈遢命令道。

"三炮、四炮对准铃木俊雄中队射击！"步兵炮炮长张新华命令道。

炮火连天，血肉横飞，硝烟弥漫。特战队迅速接近清水友林指挥部。

"什么？喋血大队分别向我木村、铃木中队炮击！喂喂，震耳欲聋，听不见！"

呼的一声，瞭望哨被击毙，另一名哨兵相继滚下。

"什么人？"呼呼几枪，鬼子指挥部警卫应声倒下。李三子、谢金山、吴丽达、丁勇冲锋枪响起，见者人亡。姜明掩护，刘柳生剪断电线。张虎那支枪好像长了眼睛，唰唰倒下一片。从侧翼跑过来一批鬼子警卫，被张二姥、莫新华、王新、吴祖鑫截住，来了个满堂彩。丁勇等冲进日军指挥部，与鬼子展开激战。一个人影一晃，李三子举手一枪，打个正着，歪倒在一旁。谢金山诡秘，蹲在一桌子旁，眼观六路，耳听八方。突然背后响起窸窸窣窣声音，谢金山反手一枪，一鬼子倒地毙命。吴丽达背靠墙角，封锁指挥部大门，来去鬼子都被他击毙了。

突然，鬼子放出四条军犬，张牙舞爪扑向特战队队员，张二姥、莫新华、王新举枪，连同它的主人，瞬间被击毙。

清水友林呢？丁勇正纳闷，这小子藏在哪儿了！李三子、丁勇起身搜索，突然丁勇脚下一晃，一面日本膏药旗裹着一个什么东西，原来是他，清水友林！李三子呼的一枪，击中小鬼子的右腿，清水友林摇晃了两下，撑着指挥刀站了起来。

"清水友林，你的死期到了！"丁勇怒道。

"喋血大队，不灭你们，我死不瞑目！"清水友林号叫着。

"去死吧！"丁勇举枪击毙清水友林这个沾满中国人民鲜血的刽子手。

"撤！"特战队从容撤出清水友林指挥部，身后，爆炸声连天。

消息传到喋血大队指挥部，"特战队摧毁清水友林指挥部，清水友林被击毙。"赵参谋手舞足蹈："清水友林打死了！"

"政委，这真是天大的喜讯！特战队成功摧毁清水友林指挥部，清水友林被击毙！"大队长刘武杰说。

"快把这条喜讯传达给一线作战部队！让战士们高兴高兴！"大队政委刘长青说。

机炮阵地。周邈邈高声喊道："同志们，咱们特战队成功摧毁清水友林指挥部，清水友林被击毙了！"

"我说呢，小鬼子给我们来了两炮，就没有下文了，原来是他的老窝被端了！"一战士喊道。

"你小子还没被揍怕呀，那就叫清水再来两炮！"桃北抗日喋血大队机炮分队步兵炮炮长张新华说。

"炮长，他呀，起不来了！"一群战士嬉笑道。

"我说同志们，这老鬼子死了，我们还得把面前这些小鬼子送回家。各炮做好战斗准备。"炮长张新华说。

喜讯传到第二分队，战士倍受鼓舞。

"战友们，我们要感谢特战队的同志们，摧毁小鬼子炮兵阵地、重机枪阵地，减少了我们正面部队的压力。他们连续战斗，摧毁清水友林指挥部，将清水友林送上西天，这是天大的喜讯。面对铃木中队的挑衅，我第二分队全体指战员，一定粉碎小鬼子的进攻，让鬼子尸横遍野"第二分队分队长谢腊梅鼓动说。

第五卷

拍案称奇

第四十一章

狭路相逢

日军执行官麻生玖富上了趟厕所，躲过了特战队的追捕。等他从厕所出来，外面已成一片火海。他慌忙冲进作战室，见清水友林躺在那儿，其他军官横七竖八，一片狼藉。"八嘎！"他顾不得那么多，心一横，跑步向铃木俊雄中队指挥部去了。

"铃木君，喋血大队特战队偷袭大队指挥部，清水友林中佐等指挥员全部阵亡。"日军执行官麻生玖富跑得上气不接下气，狼狈地说。

"你是说清水友林中佐阵亡了，那我们怎么办？"日军铃木俊雄大尉说。

"我向联队野泽大佐报告，争取野泽大佐支持！"日军执行官麻生玖富说。

"那只能是这样了。传令部队停止攻击！"日军铃木俊雄大尉说。

"野泽大佐阁下，我清水友林大队指挥部遭抗日喋血大队特战队偷袭，清水友林中佐及司令部指挥员全部阵亡。执行官藤原武广上了趟厕所，躲过了特战队的追捕。现木村、铃木中队正在攻击，请大佐指示！"日军执行官麻生玖富报告说。

"麻生君，我任命木村一郎代理大队长职务，麻生玖富君任大队参谋长，重组大队作战指挥部。川岛明雄接替木村任中队长，继续组织攻击，拿下老爷岭，摧毁抗日喋血大队！同时联队抽调92炮兵中队支援你们。"日军联队联队长野泽大佐说。

"是！谢谢大佐阁下。麻生一定转告木村君，重组作战指挥部，血洗老爷岭，完成大佐交给的任务。"麻生玖富说。

"铃木大尉，野泽大佐任命木村一郎代理大队长职务，麻生玖富君任大队参谋长，重组大队作战指挥部。川岛明雄接替木村任中队长。大队指挥部设豹子嘴。对了，铃木君，你抽调一个分队担任大队指挥部警戒。"麻生玖富说。

"好吧，传令兵，叫高木武夫！"铃木俊雄大尉说。

"报告，铃木大尉，您找我有事？"高木武夫分队长说。

"高木武夫，清水友林中佐阵亡，麻生玖富参谋长组建新的大队指挥部，你分队调大队指挥部担任警戒，希你发扬我铃木中队的光荣传统，认真履职！"铃木俊雄大尉交代说。

"谢大尉栽培，高木武夫绝不辜负中队长希望，效忠大日本帝国！"高木武夫分队长说。

"木村君吗？我是麻生玖富，大队指挥部遭抗日喋血大队特战队偷袭，大队长清水友林中佐及指挥部全体指挥员阵亡。野泽大佐任命木村一郎代理大队长职务，麻生玖富君任大队参谋长，重组大队作战指挥部。川岛明雄接替木村任中队长。大队指挥部设豹子嘴。你和川岛明雄交接后，立即带3名参谋、3名警卫.一部电台、2名医务人员到豹子嘴报到。攻击报复暂缓进攻。"日军木村大队参谋长麻生玖富说。

"勤务兵，叫川岛明雄火速到中队部！"木村一郎大尉说。

"报告大尉，川岛明雄到！"日军木村中队第一小队小队长川岛明雄说。

"川岛君，攻击形势如何？"木村一郎大尉问。

"报告大尉，第一小队组织了两次进攻，被喋血大队炮火压住了！"日军木村中队第一小队小队长川岛明雄说。

"很好。我刚才接大队命令，大队指挥部遭抗日喋血大队特战队偷袭，大队长清水友林中佐及指挥部全体指挥员阵亡。野泽大佐任命木村一郎代理大队长职务，麻生玖富君任大队参谋长，重组大队作战指挥部。川岛明雄接替木村任中队长。"木村一郎大尉说。

"谢大尉栽培，川岛明雄一定负起重任，拿下眼前这片阵地，为清水中佐及阵亡的勇士们报仇！"中队长川岛明雄说。

"按照大队命令，我将带走3名参谋、3名警卫.一部电台、2名医务人员到豹子嘴报到。一小队队长就由渡边大男担任。川岛君，你的担子重了，多保重！我走了！"木村一郎说。木村喜欢这位爱将，两人拥抱。尔后，消失在山道上。

豹子嘴已支起军用帐篷。这就是木村大队指挥部。高木武夫分队长履行职责，哨兵警戒，一片井然。

日军联队92炮兵中队已到位，部署在原重机枪阵地所在的耗子岭。6门步兵炮，悄悄地伪装着。领队何野青光吸取前面教训，50米开外布置了游动哨兵。

"麻生君，我攻击部队与桃北抗日喋血大队对峙已有三个小时，前线部队发动攻击收效甚微。你有什么好的办法能提前赢得这场战斗？"日军代理大队长木村一郎说。

"论打仗进攻，大队长您还是略胜一筹。卑职以前只是作传达跑跑腿，很少带兵冲锋陷阵。大队长不要谦虚，您就拿主意吧？"日军木村大队参谋长麻生玖富说。

木村轻蔑地看了麻生一眼，你小子倒还识趣，我同喋血大队打交道，比你走的路还多，看我怎么收拾他们。同时命令川岛、铃木中队同时发起进攻。

"何野，步兵炮向老爷岭主峰、喋血大队前沿阵地同时射击！"日军代理大队长木村一郎指挥说。

轰、轰，抗日喋血大队阵地硝烟弥漫。

"刘大队长，小日本发动全面进攻了！"抗日喋血大队参谋长魏丽敏说。

"看来，小日本调整了作战部署，不知道谁接替了清水友林的位置？"大队长刘武杰说。

"报告，我机炮阵地和其他几个阵地分别遭遇敌炮火袭击。"作战参谋赵敏报告说。

"报告，特战队来电：野泽大佐任命木村一郎代理大队长职务，麻生玖富任大队参谋长，重组大队作战指挥部。川岛明雄接替木村任中队长。日军联队 92 炮兵中队支援木村。"抗日喋血大队作战参谋林涛说。

"我明白了，那刚才炮火延伸的就是野泽大佐联队的 92 炮兵中队。"大队长刘武杰说。"赵参谋，告诉林正华，给我狠狠地回击！"

第四十二章

同仇敌忾

日军两发步兵炮落在前沿阵地上，尘土飞扬。赵蕾、谢腊梅指挥队员隐蔽。接着又是两发，轻机枪阵地被毁坏，3名战士被气浪推倒了。随着我炮火反击，日军炮火也就哑巴了。小鬼子随即发起冲锋，黑压压一片，子弹乱飞。老爷岭顶峰重机枪发言了，眼看接近阵地前沿的鬼子，又被重机枪压了下去，小鬼子始终被打得抬不起头来。

"喋血大队的火力太猛了，两番冲锋被他们打下来了！咱们是不是好好探讨一下？"第一小队队长渡边大男向新任中队长川岛明雄报告说。

"我们情况不妙，铃木俊雄中队也一筹莫展。喋血大队完全不是一个月前的喋血队了，他们现在装备精良，占有天时地利，战斗力不可小视了！"日军新任中队长川岛明雄说。

"川岛中队长英明，我们可不可以休整一下？"日军第一小队队长渡边大男试探着问。

"暂停进攻，注意警戒，听候命令！"日军新任中队长川岛明雄说。

"是，遵命！"日军第一小队队长渡边大男说。

阵地短暂的寂静。夕阳是世界上最伟大的化妆师。天边那一抹彩云在夕阳的精心装扮下，悠悠地绚烂成美丽的晚霞，夹进了长空湛蓝色的诗页里，化为永恒的记忆。那俊秀的青山被她蒙上了朦胧的面纱，一改往日的雄壮，温柔地偎依在大地的怀抱，恬静得像一位少女。阵地，还冒着青烟。

炊事班长罗沅澧带着炊事班来了，热腾腾的米饭，三菜一汤。战士们轮班吃饭，心里十分热乎。罗沅澧说："大家吃吧，罗哥给你们望着呢！"

"还真别说，罗沅澧同志进炊事班之前还是神枪手呢！"第二分队分队长谢腊梅说。

"哦，罗哥，你还真有两把刷子！"三班长王大胆说。

"大家好好吃饭，来了5名偷雷的，交给罗哥了！"说着呼地一枪，一枪毙命。第二名一抬头，又被打中，歪到一边去了。第三名拔腿就跑，被击中倒下。第四、第五名还没搞清什么原因，莫名其妙地报到去了。罗沅澧把枪一拍："奶奶的，小日本不经打！"一句话把大家逗得笑了起来。

罗沅澧把炊事担子收拢，一本正经地说："同志们，我的工作在这！"

"罗班长，你是我们心目中的英雄，一顿饭的工夫，就灭掉了小鬼子5名侦察员，了不起，了不起呀！"第二分队分队长谢腊梅说。

"同志们吃饱了，我们作后勤保障工作的也就完成任务了。多打鬼子，同志们！咱罗哥走了！"望着罗沅澧班长远去的背影，同志们肃然起敬。

5名鬼子侦探一下被罗沅澧解决，这下可恼了铃木俊雄大尉："八嘎，一群无用的蠢货！怎么一下给连锅端了呢？你的，重新组织兵力，弄清前沿火力布置，天黑前，我们要组织一次大规模进攻！"

"嗨！松井俊男亲自组织火力侦察，弄清喋血大队前沿火力布置情况！"日军铃木中队小队长松井俊男信誓旦旦地说。

"好！我火力掩护你们！"日军中队长铃木俊雄大尉说。

日军重机枪嗒嗒地叫了起来。

"除瞭望哨外，全部进入掩体隐蔽。这是小日本的火力侦察，咱们来一个徐庶进曹营——一言不发！"第二分队分队长谢腊梅大声说。

日军重机枪狂叫了一阵，松井俊男交替前进至阵地前。谢腊梅指挥："狙击手就位！"3名狙击手进入狙击位置。

"这个指挥官厉害的很，居然稳如泰山。"日军铃木中队第一小队小队长松井俊男说。

呼地一声，一名日本军士毙命。呼呼，又是两枪，两名军士被击中。

"狙击手！"日军铃木中队小队长松井俊男叫道。日本重机枪再次狂射，狙击手安然退下。松井俊男等3人逃回。

"报告铃木大尉，我等接近前沿阵地80米，喋血大队指挥员过于狡猾，未能侦察全部火力配置，后遭狙击手射击，3人返回复命。"日军铃木中队第一小队小队长松井俊男报告说。

"也难为你们了！此人叫谢腊梅，是喋血大队六虎将之一，第二分队分队长，五雷山重剑高手；另四人是：右翼守将第一分队分队长赵蕾；第三分队分队长郑怡，大队开始进攻时，就受到郑怡的牵制；机炮分队分队长周邋遢；喋血大队参谋长魏丽敏。喋血大队副大队长丁勇，我炮兵、重机枪阵地，大队指挥部就是他率特战队端掉的。这六人，你碰上任何一人都是很难缠的。"日军中队长铃木俊雄大尉说。

"谢中队长教诲，我们会谨慎行事，对待这些恶魔！"日军铃木中队第一小队小队长松井俊男说。

"下去休息，等待命令！不要节外生枝！"日军中队长铃木俊雄大尉说。

谢腊梅召开战前会议："同志们，我简单地说两句，刚才小鬼子两次用火力侦察我前线兵力部署情况，未能如愿。我琢磨着天黑前要大举进攻。据情报显示，进攻我正面的是日军铃木中队，此人狡诈多疑，行事诡秘，纸老虎要当真老虎打！修复工事，除瞭望哨外，全部进入掩体待命。明白了没有？"

"明白了！"大家异口同声说。

"散会！"谢腊梅说。

"木村大队吗，我是野泽大佐，请木村一郎接电话！"日军联队长野泽大佐说。

"大队长，联队长野泽大佐电话！"日军木村大队参谋长麻生玖富说。

"大佐，我是木村！"日军代理大队长木村一郎说。

"战斗形势如何？"日军联队长野泽大佐说。

"大佐，木村大队组织两次进攻，收效甚微！"木村一郎说。

"我命令冈本秀林中队加入战斗，一定摧毁老爷岭基地！"日军联队长野泽大佐说。

"是！我们一定尽快组织攻击，拿下老爷岭！"木村一郎说。

"参谋长，野泽大佐令冈本秀林中队加入战斗，我们务必摧毁老爷岭！"木村一郎说。

"好，我组织人去接应冈本秀林中队！"麻生玖富说。

第四十三章

特别任务

"大队长，林参谋破获小日本电台信息，野泽大佐令冈本秀林中队加入战斗，摧毁老爷岭军事基地！这样，小日本一下增加181人的兵力，总兵力达到1141人，对我阵地防御威胁很大。我们是不是……"桃北抗日喋血大队参谋长魏丽敏说。

"你是想要丁副大队长带领的特战队骚扰一下，打乱小日本的军事部署。我们特战队总共10人，他们经历了摧毁小鬼子炮兵阵地、重机枪阵地，偷袭清水指挥部，已十分疲惫。鉴于目前局势，我看也只能这样了。政委，你看呢？"大队长刘武杰思考说。

"的确这是一步险棋，如果我们能够阻止冈本秀林中队加入战斗，将大大缓解我正面防御部队压力。秤砣虽小压千斤，我同意老丁再作一次冒险。不过告诉同志们，一定要谨慎，大胆穿插，才能取得最好效果。"政委刘长青说。

"参谋长，马上告诉丁副大队长，要他们骚扰冈本秀林中队，阻止向我正面部队发起攻击。"刘武杰说。

"丁副大队长，指挥部来电，要我们特战队骚扰冈本秀林中队，阻止向我正面部队发起攻击。同时派林参谋带4名狙击手在泥鳅坡待命，配合特战队行动。"特战队员刘柳生说。

"哦，特战队又来任务了！大家向我靠拢，我们现在是在敌人心脏战斗。野泽大佐令冈本秀林中队加入战斗，这是我们原来没有预料到的。冈本没有受到打击，士气正旺，大队部命令我们特战队扰乱冈本中队，这是从整个全局考虑的。试想一下，如果让这支队伍进入到前线，我们一线部队将要抗击5倍于我的敌人，所以我们必须对冈本展开袭击战、麻雀战，动静闹得越大越好，拖住冈本，支援主力部队。大家有信心没有？"副大队长丁勇说。

"有！"特战队员异口同声说。

"现在我布置战斗任务：特战队队长张虎、队员姜明、刘柳生为第一组，组长张虎；队员李三子、谢金山、吴丽达、丁勇为第二组，组长李三子；队员张二姥、莫新华、王新、吴祖鑫为第三组，组长张二姥。第一组迅速赶往泥鳅坡，与大队林参谋等5名狙击手汇合，然后2人一组，组成狙击小组，占领地形，迎击冈本中队；第二组直奔泥鳅坡东北，挑衅、骚扰、引诱冈本向泥鳅坡进发，灭敌有生力量；第三组迅速前往土地艒，在那里截击木村派往迎接冈本的向导，完成任务后，协同第二组把冈本中队引向泥鳅坡。各组明确任务没有？"丁勇说。

"明确了！"众人同声说。

"注意，我们袭击的目标是小日本指挥官、军曹、狙击手、重机枪、轻机枪射手、掷弹筒手以及通讯、报务员，我们要打他一个措手不及，使冈本眼前一抹黑，失去方向和辨别力，特战队牵着他的鼻子走，在运动中歼灭敌有生力量。大家千万保护好自己，我们的手段是出其不意、攻其不备。我送大家一句话：大胆、谨慎、果断、灵活。出发！"副大队长丁勇说。

张二姥带领第三组，穿过茂密的树林，半小时到达土地艒，选择地形埋伏起来。5分钟后，传来窸窸脚步声。渐渐地人影清晰了，是6个小鬼子。张二姥招呼大家，把小鬼子放到80米射程，几声枪响，小鬼子便东倒西歪了。"走！"张二姥一声招呼，特战队队员便消失在密林中。

冈本秀林中队接到野泽大佐命令，正马不停蹄向老爷岭运动。

"我说吉野君，清水友林中佐指挥部遭到了抗日喋血大队特战队偷袭，指挥员全体阵亡。小林、铃木中队被咬住，一个200多人的喋血大队牵制了我皇军1000多人的兵力，你看这场仗打得十分荒唐！木村一郎临危受命，也没见喜报频传。还不知道这场战斗如何结局？"日军第三中队中队长冈本秀林说。

"我想冈本大尉不要过于担忧，野泽大佐关注这场战斗，喋血大队一定会被皇军消灭！为清水中佐和死难的帝国勇士报仇！"冈本中队执行官吉野秀夫说。

"吉野君，我们离老爷岭还有多少路程？"日军第三中队中队长冈本秀林问道。

"按照我们现在的速度，还需要一个小时才能到达！"冈本中队执行官吉野秀夫说。

"传令，加速前进！"冈本秀林命令道。

一声清脆的枪声，冈本中队第一小队小队长佐藤宏二被击毙。

"报告，第一小队小队长佐藤宏二遇难！"一军曹报告说。

"报告，第二小队小队长河野青光被狙击手击毙！"上等兵报告说。

"报告,中队执行官吉野秀夫重伤,危在旦夕。"通信员报告说。

"什么来路?连伤我三员战将,第三小队,捉拿狙击手!"日军第三中队中队长冈本秀林狂叫道。

"是!第三小队,跟我来!"第三小队小队长石川高广高喊向特战队第二组追击。轻机枪狂叫起来。

呼!机枪手被丁勇击毙。随后谢金山击中掷弹筒手,头一歪,滚到土坎下。李三子、吴丽达交替撤退,又一名机枪手被击中。

张二姥带领的特战队第三组,摸到冈本附近,莫新华敲掉报务员,尔后一顿手榴弹招呼,冈本战马被炸死,冈本头部飞进弹片,血流满面。歇斯底里狂叫:"出击!"

"走!"四人火速后退。

"向大队发报,冈本中队遭遇不明战队袭击,请求火力支援!"日军第三中队中队长冈本秀林说。

"报告,报务员已被打死,电台已被炸毁!"军士报告说。

"通讯员,传第一分队分队长大野明雄!"日军第三中队中队长冈本秀林说。

"报告大尉,大野明雄报到!"第一分队分队长大野明雄说。

"大野明雄,我任命你为第一小队小队长,即刻组织兵力追击不明狙击手!与第三小队协同作战!"日军第三中队中队长冈本秀林说。

"谢中队长栽培,第一小队坚决完成任务!"第一小队小队长大野明雄说。

大野明雄领命,立即率领第一小队寻踪追击。张二姥回头一看,又上来一队鬼子,对准三名领头的,啪啪几枪,都歪到一边。

"轻机枪射击!"日军第一小队小队长大野明雄发令,机枪嘟嘟地叫唤起来。特战队员莫新华举枪瞄准,呼的一枪,击中轻机枪手脑袋;另一名鬼子接替,被特战队员王新击中,射手配合得天衣无缝。

"交替掩护,分组后撤!手榴弹伺候!"四颗手榴弹飞向敌群,一时涌进的鬼子,被炸得血肉横飞!张二姥、莫新华后撤40米。小鬼子刚要抬头,王新、吴祖鑫举枪撂倒4名鬼子。"注意,卧倒,小心特战队狙击手!"军曹话音未落,被吴祖鑫打碎天灵盖。"撤!"王新吩咐道。

第四十四章

穿插迂回

桃北抗日喋血大队副大队长丁勇，带领李三子、谢金山、吴丽达特战队第二组，已撤至泥鳅坡北200米，日本第三小队小队长石川高广穷追不舍，几经折腾，剩下30多名鬼子，成一线散开。

"同志们，鬼子恼火了，想吃掉我们，上面就是张虎他们，咱们再坚持一阵子，引狼进山！"说完，呼呼两枪，鬼子的轻机枪哑巴了。李三子趁机打掉了鬼子的掷弹筒手，谢金山、吴丽达双枪显威风，几名露头的鬼子瞬间见了阎王。

"一小队的勇士们，喋血队就那么几个人，咱们用力集中压制，不能让他们跑掉！射击！"日军第三小队小队长石川高广说。

"投掷手榴弹！"副大队长丁勇说："撤！"

一阵硝烟过后，日军小队长石川高广张望："追！"

"丁副大队长，你们稍作休息，这里交给我和林参谋了！"特战队队长张虎说。

"好，第二组过来喝口水！"丁勇招呼大家休息。

"哎！怎么一下不见人影了呢？"日军第三小队小队长石川高广说。

"石川少尉，在那儿呢！"日军一分队长说。

"打！"特战队队长张虎下令，泥鳅坡8名狙击手弹无虚发，鬼子一下陈尸十几具。石川高广见状，掉头就溜。"小鬼子要跑了，追！"8名狙击手如同8只猛虎，吼叫下山，那8支枪，如入无人之境，乒乒乓乓又倒下十几名鬼子。石川高广躲在一棵杂树下，被张虎发现。一枪结束了性命。

"鬼子的第三小队已经完了，谢金山，你去转告张队长，兵力东移，阻击日军第一小队！我们其他人从正面压过去。"丁勇说。

"是！"谢金山转身奔下山去。

丁勇、李三子、吴丽达三人向日军第一小队靠拢。特战队第三组边打边退，刚好撞上了丁副大队长他们。

"张二姥，带上你的第三组从左翼，我从右翼正面压向小鬼子，张队长、林参谋他们已从西南压过来了，我们合围歼灭大野明雄的第一小队。"丁勇命令说。

"好的，第三组随我来！"特战队第三组组长张二姥说。

渐渐地，金灿灿的阳光变为了橙黄色，开始变得柔和，妩媚动人。远处巍峨的山丘在夕阳映照下仿佛涂上了一层金粉，显得格外瑰丽。几串凄厉的枪声再度将泥鳅坡唤醒。大野明雄少尉像一只斗败了的禽兽，双眼放出凶光："前进！"

突然，侧翼响起了枪声，大野明雄一下懵了，明明特战队是正面撤退，怎么侧翼又冒出一队人？枪法个个精准，莫非是偷袭清水指挥部的那帮人？如果是，咱第一小队就算遇到对头了。"一分队，全力进攻侧翼敌人！"

日军一分队小队长叫阿部光用，浓眉大眼，含胸拔背，动作敏捷。二话没说，操起轻机枪就是一梭子，两名特战队队员中弹身亡。张虎跃起，投出一枚手榴弹，那挺轻机枪哑了，阿部光用被手榴弹炸飞。6名特战队队员枪声大作，冒头的、顽抗的鬼子，顷刻见了阎王。

正当大野明雄少尉诧异时，正面、左侧响起枪声，队伍不断减员。大野明雄孤注一掷："重机枪射击！"原来进攻时，中队长冈本秀林给一小队加强了1挺重机枪，大野明雄悄悄地安置在这里，突然间帮了大野明雄的忙。特战队队员停止追击，隐蔽寻找最佳战机。

重机枪嗒嗒地响了3分钟，突然停了，原来小鬼子想节省弹药，却不防李三子一枪，重机枪射手便歪倒在一边。第二名射手刚就位，就被张虎一枪撂倒了。林涛快速接近重机枪阵地，随手扔去一枚手榴弹，老鬼子便上西天了。大野举枪向林涛射击，没想到特战队员吴丽达速度更快，一枪击中大野明雄右手腕，大野明雄负痛滚向一边。特战队员各依所托，展开了麻雀战。一场战斗下来，子弹好像长了眼睛，鬼子的指挥官、军曹、机枪射手无一幸免。唯独大野明雄成了例外。

日军小队长大野明雄卷缩在一棵大樟树底下，绝望地搜索四周，刚才还活灵活现的一小队士兵，转眼间却横七竖八摆在面前。我的小队为什么如此不堪一击，不得而解。是喋血特战队太强大了，还是日本兵太窝囊了，这一场战斗，居然会是这样的结果，他不敢多想。周围寂静了，那些神出鬼没的特战队员不知走了，还是潜伏在四周，他心里乱得很。临危受命，我在冈本秀林大尉那儿该如何交代？右翼也没有了枪声，难道石川少尉也遭遇突然袭击？不好了，特战队要袭击冈本大尉了。大野明雄顾不得那么多，起身向中队部跑去。

"跟上这小子！"副大队长丁勇说。特战队留着大野明雄，原因在此。特战队按照大野明雄逃跑路线，悄悄地接近冈本临时指挥部。大野明雄边跑边喊："冈本大尉，特战队包抄……"大野明雄话没喊完，就被特战队第二组组长李三子一枪击毙，日军兵一下慌了神。

"八嘎，射击！"冈本秀林仓促应战，中队部及巡逻兵参战，枪声骤起。

"张队长、林参谋率队穿插冈本第二小队，打乱其建制，分割牵制敌有生力量，我们干掉指挥部后，回援你们！"副大队长丁勇说。

"好！我们先与冈本第二小队捉捉迷藏，玩玩他们！"特战队队长张虎斩钉截铁地说。

"巡逻队长，你的顶住！"日军中队长冈本秀林命令道。

"王新、吴祖鑫，你们俩往右后迂回，防止冈本脱逃！"特战队第三组组长张二姥吩咐道。说着张二姥手起枪落，又有两名鬼子倒下。

"好！"王新答应着，与吴祖鑫闪身去了侧后。

"王新，你看！"随着吴祖鑫手指方向望去，两名鬼子翻身上马，准备离去。王新手疾眼快，一枪击中马匹，军官模样的人摔下马来。吴祖鑫击中后面随从。那军官不是别人，正是日军中队长冈本秀林。摔下马的冈本，翻身一滚，呼呼两枪，迟滞了特战队员的行动。王新快速出枪，打中冈本秀林右腿。冈本反抗，被吴祖鑫击中。从中队部撤退的两名小鬼子，遭遇王新冷枪。

丁勇、张二姥、李三子赶到，王新汇报日军中队长冈本秀林已被击毙。丁勇大手一挥："日军主将死亡，围歼小鬼子第二小队！"特战队员哗地散开，向枪声密集方向出击。

特战队队长张虎故弄玄虚，日军第二小队小队长麻生大男一下摸不着头脑，不敢贸然出击。尽管林参谋两次偷袭，也没能引诱小鬼子离开阵地。张虎吩咐特战队副队长姜明、队员刘柳生，间隔40米，攀爬上两棵大树，负责干掉小日本轻机枪手。小队长麻生大男通过观察，他认为特战队骨干力量在西南方向，于是命令轻机枪向西南方向射击。位于树梢的特战队副队长姜明啪的一枪，机枪哑火了。姜明迅速跳下，隐蔽起来。另一名射手上去，机枪刚叫，被刘柳生击中。刘柳生就势一跃，到了另一棵树梢，哗哗地滑落，不知去向。

两名轻机枪手不明不白死去，惹恼了一向沉稳的麻生大男："出击，消灭偷袭者！"当战壕跃起 20 多名小鬼子，东面响起了沉稳的枪声。"第三分队，阻击东面！"

"同志们，我们的援兵到了，打！"特战队队长张虎一声呐喊，特战队六枪并举，弹无虚发，小鬼子被特战队气势震慑了。趁着兵乱，逃跑中又倒下了十几个。

东面 8 条枪如入无人之境，小日本刚架起的轻机枪，被李三子一枪撂倒。副大队长丁勇举枪打死了那个多舌的军曹，特战队员谢金山干掉了掷弹筒手，枪声慢慢地稀疏下来。喋血大队参谋林涛从土丘后逼出一名小鬼子少尉军官，他拿着军刀冷不防刺进了自己的心窝。

"清理战场，看有喘气的没有？"副大队长丁勇说。

呼的一枪，一名受伤的军曹开枪击中特战队员吴丽达左臂，被谢金山击毙。天完全暗下来了。

"刘柳生，向大队指挥部报告：特战队 3 小时之内歼灭冈本中队 181 人，击毙日军中队长冈本秀林大尉；日军小队长大野明雄、石川高广少尉；小队长麻生大男少尉剖腹自杀。我特战队牺牲 2 人、轻伤 1 人。圆满完成大队指挥部交给的任务，请指示。"

第四十五章

大战在即

"报告刘大队长，特战队报告，他们歼灭日军冈本中队，圆满完成抗日喋血大队指挥部交给的任务。"作战参谋赵敏说。

"我说刘政委，简直不可思议，我一个15人的特战队，居然连续摧毁日军炮兵、重机枪阵地；成功偷袭清水友林大队指挥部后；骚扰、袭击、最后歼灭了日军驰援的冈本中队，取得了令人信服的胜利，他们是好样的。告诉丁副大队长：叫他们立即返回，休息待命。"大队大队长刘武杰说。

"是！"作战参谋赵敏说。

"老刘哇，我们已经干掉清水大队一半的兵力，现木村接手，焦头烂额呀！形势对于我们非常有利！"桃北抗日喋血大队政委刘长青说。

"政委说得不错，这是一场艰难的战斗，部队减员，战士疲惫，接下来仗还得打，我想和参谋长去一线看看。参谋长去赵蕾分队，我去谢腊梅分队，指挥部就交给刘政委指挥了。"刘武杰说。

"好，你们放心去吧，家里还有赵参谋和郑参谋，你们千万注意安全。"政委刘长青嘱咐道。

"对了，丁副大队长回来，就让他先休息，他们已有两天两夜没有合眼了。告诉他，先休息，还有特别任务等着他。"刘武杰说。"我们走了！"

乡村的夜景充满着宁静与和平，月光下的小路上没有一人，只能见到树的影子，微风吹过，树叶摇曳，地上的影子也随着变幻出各种各样的姿态。远远望去，还可见依稀的灯光，时隐时现，增添了几分神秘感。

战斗使老爷岭变得神秘起来，刚才激烈的枪声渐渐地趋于平静，偶尔听到一声枪响，阵地上还未散尽的硝烟，诉说着这里刚才还在进行的激烈战斗。

　　"报告木村大队长，我铃木中队组织两次进攻，差点突破喋血大队谢腊梅防线。这个女人太厉害了，最后还是被他们压下来了！"日军木村大队第二中队中队长铃木俊雄说。

　　"你的辛苦了！恭喜铃木君，你们很快就要见到曙光了。谢腊梅防线经过你们数次进攻，已大量减员，两军相遇勇者胜，祝你好运！"日军大队长木村一郎说。

　　嗨，你还真别说，这铃木俊雄经木村一点拨，还真来劲了。他马上召集小队长以上军官会议，鼓励打气。

　　"帝国勇士们，大家辛苦了！刚才木村大队长表扬了我们。由于我们连续进攻，谢腊梅防线已摇摇欲坠，今天我们不是已经占领阵地了吗？成功乃在一瞬之间。古人云：两军交战勇者胜。我帝国勇士，决不辜负天皇使命，拿下谢腊梅防线，摧毁老爷岭！"日军中队长铃木俊雄说。

　　"我们同喋血大队打的是一场硬仗，也是我们进入古镇后最残酷的一场战斗。中队连续冲锋，削弱了谢腊梅一线防御力量。木村大队长激励我铃木中队，再接再厉，拿下谢腊梅防线，摧毁老爷岭军事基地。我小队请缨继续担任开路先锋。"日军第一小队小队长松井俊男说。

　　"我军连续进攻，已给了一线防御的谢腊梅分队很大杀伤力。我们承认谢腊梅是一个很辣的对手，但她的队伍也不是铁打的。在我军连续进攻下，也要有伤亡，也要减员，所以我们要一鼓作气，拿下这块血腥的阵地。为死去的大日本勇士们报仇！"日军第二小队小队长苏我五六说。

　　"木村大队长的指示给了我参战勇士巨大地鼓舞。桃北抗日喋血大队是一个很厉害的对手，我军曾多次惨败其手下，所以大队才出动全部人马，围歼这股狂妄的力量。两天交战情况来分析，的确令人震惊。300人的喋血大队，抗击着我皇军1100人的进攻，不能不佩服对手的强硬。中国兵书云，知彼知己方能百战不殆。坚持就是胜利！"日军第三小队小队长土蜘蛛荣光说。

　　"铃木中队长传达了木村大队长的鼓励，我们这场仗打得很艰苦。你不得不佩服桃北抗日喋血大队的实力，这是块真正的硬骨头。我们是帝国的真正军人，没有踏不平的山，没有攻不破的堡垒，只要我们尽力了，希望就离我们不远了！"日军机枪小队小队长渡部光影说。

　　"我们与桃北抗日喋血大队对峙已有两天，喋血大队作战水准令人刮目相看，摧毁老爷岭军事基地是我军既定目标。尽管他们进行了顽强抵抗，但我军已歼灭桃北抗日喋血大队大量有生力量，坚持就能取得最后胜利。从我们中队看，减员50多人，但仍是一个有潜力的战斗单位。"日军铃木中队执行官高木雄武说。

"好，你们不愧为帝国军人，更是我大日本皇军决战勇士，天皇没有看错你们！我铃木中队永远是胜利者。为了突破谢腊梅防线，我决定实行中国的车轮战法，轮流攻击，直至突破一线阵地。大家有没有信心？"日军木村大队第二中队中队长铃木俊雄说。

"有！誓死与喋血大队决一死战！"众军官异口同声说。

"第一小队，机枪小队做好攻击准备！"铃木俊雄说。

桃北抗日喋血大队大队长刘武杰来到第二分队，阵地上冒着硝烟，谢腊梅正组织队员修复工事。

"大队长，您来了？"桃北抗日喋血大队第二分队分队长谢腊梅说。

"战况如何？"刘武杰问。

"我分队刚打退日军铃木中队一次冲锋，敌人扔下20多具尸体退下去了。我分队减员22名，阵地防御有些吃力。"谢腊梅汇报说。

"接指挥部。刘政委吗？我是刘武杰，命令郑怡分队立即支援谢腊梅分队。对，现在，火速。"刘武杰说。

"腊梅呀，你分一半阵地给郑怡，阵地上留两名副班长引导他们熟悉情况，防御前线由你统一指挥。"刘武杰说。

一刻钟后，郑怡率第三分队赶过来。"郑怡，你先带领第三分队跟谢腊梅进入阵地，而后我再跟你们交代任务。"

"好。第三分队跟我走！"第三分队分队长郑怡说。

郑怡分队很快进入阵地，10分钟交接完毕。谢腊梅，郑怡双双来到刘武杰面前。"很好。由于第二分队减员，大队指挥部命令郑怡分队立即加入战斗，一线阵地由第二，第三分队共同防御，谢腊梅统一指挥，郑怡协助。估计日军半小时后发起攻击，留给你们准备的时间不多，检查一下轻机枪配置位置，各分队组织3名狙击手，这是一项很重要的工作。这一段，我会留在这里与大家一起战斗。"刘武杰交代说。

"这样太好了，我们期待与大队长共同战斗，歼灭敢于来犯的敌人！"第二分队分队长谢腊梅说。

"你们在阵地前80米，30米处分别布置6处雷阵，严防日军夜间偷袭，准备去吧！"大队长刘武杰说。

"是！大队长，我们走了！"两员女将消失在夜幕中。

第四十六章

风狂雨急

日军铃木中队第一小队小队长松井俊男站在出发的士兵面前："大日本的士兵们，我们马上要发起进攻了，胜利属于前仆后继的勇士们！出发！"

松井看了一眼即将攻击的部队，从心里感到很欣慰。他是农民的儿子，他和大多数日本士兵一样，是罪恶的战争把他们演变成机器。漆黑的夜晚，他不知道他的部下怎么想，只要这枪一响，那就是赴汤蹈火。

松井小队接近攻击前沿还有 100 米，这是冲击的黄金地段。夜，能隐藏偷袭者的险恶企图。"嘭！"有士兵触发连环手榴弹，爆炸声不绝于耳。

"打！"谢腊梅一声令下，阵地上的轻机枪吼叫起来。喋血队员憋在心中的怒火一下迸发出来，子弹准确地射向小鬼子。沉寂的夜被战火击碎。

松井准以为偷袭一举成功，没想到喋血大队连环雷阵一下暴露了他的企图，血腥的战斗来临了。松井小队的装备并不是很弱，可这当头一击他成了劣势。调整部署需要时间，喋血队密集的子弹压得他们抬不起头来，顷刻间阵地前横陈十几具尸体。"奶奶的，宫本侍郎跟我上！"松井俊男一声咆哮："火力掩护！"

"狙击手，给我打掉那挺机枪！"喋血大队第三分队分队长郑怡说。啪的一声，小日本的机枪哑了。"打得好！"鬼子的机枪间隔 5 分钟又响了。"你还真有能耐！"郑怡手起一枪，将轻机枪手击毙。

"机炮分队周队长吗？我是刘武杰，步兵炮向谢腊梅防御阵地前沿支援，狠狠地炮击小鬼子进攻部队！"桃北抗日喋血大队大队长刘武杰命令说。

"好的！大队长你就欣赏天女散花吧！"桃北抗日喋血大队机炮分队分队长周邋遢幽默地说。说着三门步兵炮齐发，随着炮声，刚聚拢的小鬼子又被炸飞上了天。

"炸得好，周大叔有两下子！"第二分队分队长谢腊梅说。"战友们，炮兵兄弟为我们加油了，瞄准小日本，给我狠狠地打！"

松井俊男小队这一下遭到了重创，刚组织起来的进攻队伍遭到重创，他无可奈何："撤！"

"苏我五六，你的小队准备冲击！"日军中队长铃木俊雄命令说。

"第二小队集合听令：刚才松井小队进行了冲锋，为我们铺平了胜利道路，我小队前仆后继，誓死踏平谢腊梅防线！"日军铃木中队第二小队小队长苏我五六说。

"前仆后继，誓死踏平谢腊梅防线！"众军士呐喊道。

喋血大队参谋长魏丽敏来到第一分队赵蕾防守的阵地，赵蕾简单地汇报了战况："参谋长，我一分队连续粉碎日军3次进攻，减员18名，轻机枪报废1挺，弹药所剩不多了。"

"你们打得很顽强，不愧为我桃北抗日喋血大队的战士！我马上联系大队指挥部，给你们补充人员和弹药。"魏丽敏说。

"谢谢参谋长，您来了我们就有主心骨了！"赵蕾说。

"指挥部吗？我是魏丽敏，请刘政委接电话。政委，赵蕾分队减员，请从预备队廖新华的县中队抽一半兵力充实一线防御；请后勤保障分队给赵蕾分队补充3箱弹药，2挺轻机枪；要快！"参谋长魏丽敏说。

"赵蕾，等下廖新华的县中队补充到你们阵地。还有3箱弹药，2挺轻机枪。我们一起战斗吧！"魏丽敏说。

听说参谋长跟他们一起战斗，赵蕾十分高兴。15分钟后，廖新华的县中队赶到一线阵地。

"报告！廖新华率县中队30名战士报到，请参谋长指示！"县中队中队长廖新华说。

"廖队长，县中队分三组补充赵蕾的战斗班，统一归赵分队长指挥。"参谋长魏丽敏说。

"我们服从大队领导的安排，只要能杀鬼子，到哪儿都一样！"廖新华表态说。

"赵蕾，把班以上骨干召集起来，我们开一个简短的会！"魏丽敏说。

"参谋长，班以上骨干都到了！"第一分队分队长赵蕾说。

"同志们，我们经历了两天的战斗，赵蕾，谢腊梅分队守住了阵地。进攻我们的是日军一个1100多人的大队。由于我特战队适时穿插，先后摧毁日军队炮兵基地，重机枪阵地，清水指挥部，而后又骚扰，击溃驰援的冈本中队，打出了抗日喋血大队的威风。加上我一线防御部队消灭的小鬼子，我们已消耗日寇一半的有生力量。从目前形势来看，进攻的木村大队，仍有500多人。所以，这场战斗是持久的，残酷的。为了粉碎小日本的进攻，我们必须加固工事。大队指挥部从预备队抽调30名县大队战友充实你们分队，希望喋血队，县中队团结起来，把小日本的嚣张气焰打下去，胜利一定是属于我们的！一线由赵蕾指挥，廖新华协助。"参谋长魏丽敏说。

"参谋长的讲话很重要，喋血队，县中队团结起来，狠狠地打击小鬼子！"一分队分队长赵蕾说。

"由赵蕾选调3名特等射手，组成狙击手小组，由廖中队长直接掌控。大家做好准备。我会和大家一起战斗。"魏丽敏说。

来了一批新战友，战壕里亲密无间。"小王，你们已经坚守阵地两天两夜了，不简单哪！"县中队副班长老方说。

"我们同木村打交道也不是一次两次了。"喋血大队队员小王说。

"我们县中队传闻你们喋血大队12名队员摧毁日军机枪小队的故事，惊险，刺激，令人回味；而丁副大队长带领的特战队更是神兵天将，两天内先后摧毁日军炮兵阵地，重机枪阵地，偷袭清水大队指挥部，穿插，引诱，击溃冈本中队，创造了神话。抗日喋血大队永远是我们学习的榜样！"老方感概说。

"从战争中学习战争，喋血队从13名队员发展成今天的抗日喋血大队，走过了艰难曲折的路。老方，小日本就要进攻了，我们进入阵地，熟悉情况。"喋血大队队员小王说。

"我第一次参加这样大的战斗，小王要多指点指点。"老方说。

"老方你看，你现在位于第二分队第一班的防御阵地，左起至右40米的地段为我班防御地段。我班原先15名队员，战斗减员4名。你们现补充10名，战斗人员21名。班长、副班长都是有名的神枪手。我们配备2挺轻机枪，2具掷弹筒。"小王介绍道。

"战斗力比县中队强多了！不过你们担负的任务也不一般。"老方说。

"除瞭望哨外，战斗人员一律进入掩体隐蔽。小日本马上要发动进攻了！"一分队分队长赵蕾说。

川岛明雄中队3次进攻均被赵蕾击退，他窝了一肚子火，在等待时机。这下木村大队长电话又打过来了："年轻人，我们期待你的表现呀，你可不要输给铃木君！嗨！大队长您放心，您的部队不会给您丢脸！"

川岛明雄叫传令兵把小队长、执行官叫来，传达木村指令："诸位，川岛中队是木村大队长亲自指挥过的部队，大队长希望我们一鼓作气，摧毁赵蕾阵地，率先占领老爷岭，不要让这份功劳叫铃木中队给抢了。诸位有没有信心？"

"有！"部下异口同声地说。

"哪位打头阵？"日军中队长川岛明雄问。

"这一仗就由我们第三小队打头阵！第一、第二小队需要短暂休整，我们蓄势待发，一定突破赵蕾防线！"川岛中队第三小队小队长上石安康说。

"支持上石君，第一小队渡边君作准备！"日军中队长川岛明雄说。

第四十七章

钢筋铁骨

说到日军小队长上石安康，他为人狡诈，行事诡秘。他安排 3 名军士探阵，意思是滚雷，而冲击部队离探雷军士距离 80 米。如果对方发现雷阵炸响，会以密集火力封锁进攻区域，这样他的进攻部队可以安然躲过炮火袭击。待炮火稀疏，他便可以立即发起冲击。对于防守阵地的对方，这一招是十分阴的。

轰、轰，几声炸响，阵地前硝烟四起。赵蕾防线枪声骤起，一时间火光四射、尘土飞扬。

"慢，停止射击！这是小日本的侦察员，跟我玩阴的，没门！"分队长赵蕾提醒战士们说。"大家注意了，小日本冲击部队离阵地前沿 80 米到 100 米距离，等敌人靠近了打！"

"赵蕾这一着对了！重机枪分队，3 分钟后火力支援！"参谋长魏丽敏肯定地说。

上石安康发起攻击，这小子的确与别人不一样，以迅雷不及掩耳之势突进到防御阵地 40 米。喋血大队机枪分队分队长周邈遖一声喊，两挺重机枪狂射，如同水泡弥影，刚要跃起的小鬼子便一下子东倒西歪了。日军小队长上石安康连中两枪，绝望地闭上了眼睛。

这一轮，小鬼子无功而还。把个赵蕾乐得合不拢嘴："领导靠前指挥就是不一样！"

"三班副班长，你带两名战士，到阵地前沿恢复雷阵。"赵蕾吩咐说。夜间防御，阵地前沿布置雷阵很重要，起到防止敌人偷袭的作用。

"赵分队长，你我都是最先参加喋血队的老战士，所谓从战争中学习战争，是抗日斗争对我们的要求。你我一路走来，才有了今天的成长。这次小日本倾其所能，对我老爷岭军事基地大举进攻，目的是想拔掉桃北抗日喋血大队这颗肉中刺、眼中钉。我们坚决粉碎小鬼子的阴谋。"魏丽敏说。

"我们和小日本已经有三轮对垒，估计下一轮会更加凶险，参谋长，我准备到阵地去看看！"赵蕾说。

"好的，我同你一起去！"参谋长魏丽敏说。

逃亡的日本军士向川岛明雄报告："我是军曹佐藤宏二，三小队上石少尉阵亡，进攻勇士只回来3人，报告完毕。"

"你们是大日本的英雄，渡边少尉，该你们上场了！"日军木村大队第一中队中队长川岛明雄命令说。

渡边大男琢磨着上石安康太过于谨慎，以至于惨死在喋血大队火力之下。于是向川岛明雄建议："中队长，能否渡边小队突破赵蕾雷区后给予火力支援？"

"好！中队竭力支持你们，一鼓作气拿下赵蕾阵地！"中队长川岛明雄说。

"谢谢中队长！渡边小队一定努力！"小队长渡边大男敬礼说。

渡边大男与上石安康发起攻击的招数并没有太大的区别，只是渡边把士兵突破雷阵后的时段交给了日军中队重机枪火力，而他的突击队待在百米外，等待时机，这一点比起上石安康来自然要聪明得多。

5名日本军士踏响了连环雷，防御阵地上的枪声响了，突然日军重机枪叫了起来，打得赵蕾防御阵地抬不起头来。

"请战士们进入掩体，躲过日军火力锋芒！"参谋长魏丽敏督促说。

"他娘的小日本，跟老子叫起板来了，看我怎么收拾你们！"第一分队二班副刘华兴一闪身进了掩体。

"这日本鬼子送死的还真大有人在！"第一分队老兵刘军附和道。

赵蕾喜欢这些生龙活虎的战士，一上战场个个都成了英雄。阵地不垮，全靠这些战士的智慧支撑着。子弹在无情地倾泻着，硝烟弥漫。

"参谋长，看阵势小鬼子会有一次疯狂行动，这次比上一轮来的更猛烈。"分队长赵蕾估计说。

"不错，我已令张新华的步兵炮瞄准小林中队重机枪阵地，马上就有好戏看了。"参谋长魏丽敏接着说。

"好！谢谢参谋长的大力支持，我会把握战机，给小日本一致命打击！"赵蕾自信地说。正说着，黑暗中两团火光一闪，小日本重机枪停止了射击。"同志们，上阵地，给小日本狠狠地教训一下！"

　　"不好，小鬼子冲上来了！"二班副刘华兴一梭子扫过去，几名小鬼子应声倒地。"扔手榴弹！"5名喋血队员张手一扬，嗖地甩出手榴弹，霎时手榴弹在敌群中开花，鬼子被炸得魂飞魄散。由于小鬼子上来得太快，喋血大队的重火力一下派不上用场，战壕里，敌我双方已成胶着状态。

　　赵蕾英姿飒爽，手中双刀齐出，近前的鬼子中刀毙命。天渐渐明亮起来。4名鬼子端着刺刀逼向魏参谋长。"参谋长小心！"只见老兵刘军飞起一石，砸中靠前鬼子的右眼，魏参谋长软鞭飞扬，近前的鬼子挨着就死。"叭、叭"鞭花声中4名鬼子倒地身亡。又见一对老少搭档，大刀飞舞，鬼子鬼哭狼嚎。刀锋所指，无坚不摧。这就是县中队副班长老方和喋血队队员小王，他们的身影，激励战友们奋勇杀敌。

　　"姐姐，妹妹来支援你了！"喋血大队后勤保障分队分队长魏丽霞说道。

　　"伤员处理好了吗？"魏丽敏关心地问道。

　　"处理好了，张力他们正在运送伤员！"魏丽霞说。

　　"注意，小鬼子过来了，四个，咱们一人对付两个！"魏丽敏说。魏丽敏、魏丽霞姐妹背对背旋转，以守对攻。

　　"花姑娘的干活！"日军一军曹叫道。霎时掉头过来7个人。赵蕾一看，这群王八蛋围着参谋长姐妹转。这还得了，柳眉倒竖，双刀飞去，两名鬼子倒在一旁。"刘军，飞击这伙流氓！"刘军应声，石子连击前面军曹，打得前面鬼子东倒西歪。魏氏姐妹扬手飞针，几名鬼子终于享受到了"飞针仙女"的绝艺，不明不白的死去。喋血队员受魏丽敏姐妹俩的鼓舞，持枪与鬼子士兵搏斗。

　　突然，一颗流弹打中魏丽霞，她慢慢地倒了下去。

　　"妹妹！你醒醒。"魏丽敏疯狂跑向魏丽霞，大声地喊道。

　　"姐姐，妹妹在这儿。"说着把手伸向魏丽敏，轻轻地颤抖着。魏丽敏跪在地上，迅速为妹妹止血、包扎，动作一气呵成。

　　"张力，迅速组织医生抢救！"分队长赵蕾命令道。

　　黎明，血染朝阳。随着断续的枪声，这一轮血腥进攻，终于被赵蕾分队击退。狙击手最后几声枪响，送走溃逃的日军。硝烟中，日军小队长渡边大男带着一名军士落荒逃走。

　　赵蕾阵地，战旗飘扬！

第四十八章

任务转移

晨曦徐徐拉开了帷幕，又是一个绚丽多彩的早晨。激战后的阵地飘着硝烟，喋血队员们难得享受战后的安静，迷糊几分钟，除了瞭望哨警惕的眼睛外，整个阵地都死一般的宁静。

"刘大队长吗？我是赵参谋，刘政委要你火速赶回大队指挥部，有要事相商。""好的，我马上赶回。"刘大队长转身对谢腊梅说："注意敌人动向，我返回指挥部开会。"

"好，我会密切注视小日本动向，有情况立即报告给您！"二分队分队长谢腊梅说。

"魏参谋长吗？我是赵参谋，刘政委要你火速赶回大队指挥部，有要事相商。好，知道了，我立即返回！"魏参谋长转身对赵蕾说："注意小日本动向，我现在返回指挥部开会。有情况及时向我报告。"

"你放心去吧，我会关注小日本动向，及时向您报告！"赵蕾说。

抗日喋血大队指挥部。参谋及工作人员忙碌着。刘武杰、魏丽敏几乎前后脚走进作战室。

"二位回来了，喝口水！"政委刘长青招呼道。

抗日喋血大队召开临时军事会议。大队长刘武杰、政委刘长青、副大队长丁勇、参谋长魏丽敏、作战参谋林涛、赵敏、战勤参谋郑萌、县中队中队长廖新华参加了会议。会议由魏丽敏主持。

魏参谋长说："我们召开一个临时军事会议，探讨当前敌我态势，下面由刘政委传达一下地下党指示。"

"是这样，刚才地下党送来指示，日军为加强进攻常德的兵力，决定由野泽大佐率领的联队三日内与国军第七十三军 15 师，七十四军 161 师主力决战，然后回援常德。地下党指示，桃北抗日喋血大队要想办法拖住木村大队，在运动中歼灭它，这样就为正面部队减轻了压力。"桃北抗日喋血大队政委刘长青说。

"这样看来我桃北抗日喋血大队与日军木村大队正面对垒已经结束。桃北抗日喋血大队已经消灭了日军木村大队二分之一的兵力，但兵力仍是我喋血大队的三倍。下面是小日本要撤，我们要迟滞它，这就要起冲突。我们的战术是穿插、拦截，在运动中歼灭敌人。我的想法是：仍由政委坐镇指挥部，重点掌控机炮分队，可由林参谋具体指挥；由我带谢腊梅分队，从右翼分割日军川岛中队与铃木中队的联系，伺机歼灭铃木中队；由丁副大队长带领特战队和郑怡分队，从左翼运动，拦截、断敌退路，把握机会，端掉木村指挥部和炮兵中队；由魏参谋长带领赵蕾分队，从右翼迂回阻敌川岛中队，伺机歼灭川岛中队；后勤保障分三组跟进。县中队，已经到了前线的，跟随所在分队执行任务；剩下的一半由中队长廖新华带领，作为预备队，由政委掌控。各分队留 5 人打扫战场，这 15 人合成一班，作为留守保卫力量，由赵参谋掌控。为了把握战场机动性，我命令部队会后半小时立即行动。"大队长刘武杰下达作战命令。

"我们阵地保卫战进行了两天两夜，战士们很疲惫，打得很坚强。要跟战士们讲清楚，战机稍纵即逝。正如我们桃源人讲的，要吃得苦，霸得蛮。这次任务很艰巨，也很荣幸，谁掌握了先机，谁就掌握了主动权。祝大家一路顺风！"大队政委刘长青鼓励说。

"大家还有什么不明白的？对了，大队长、政委，魏丽霞负重伤了？"大队参谋长魏丽敏说。

"这是什么时候的事？"大队长刘武杰问。

"今早战斗中，被小日本流弹打伤？"魏丽敏说。

"怎么现在才说？你以为她只是你的妹妹，她还是我们喋血大队的指挥员呢！走，我们一起去看看魏丽霞！"刘武杰说。

"魏丽霞分队长在哪里？"刘长青问道。

"医生张力正在进行手术！"魏丽敏回答说。

刘武杰一行来到临时手术室，被护士廖莉挡在门外："大队长，魏分队长刚做完手术，需要安静休息！"

"她目前情况怎么样？"刘武杰问。

"刘大队长、刘政委、丁副大队长、魏参谋长，你们都来了，魏分队长命大，子弹偏离心脏二厘米，已成功取出，无生命危险，修养一段时间就好了。她刚做完手术，你们就不要打搅她了。"喋血大队医生、保障分队副分队长张力说。

"有张医生这句话我们就放心了，等丽霞醒了以后，告诉她大队领导都来看过她，要她静心静养，争取早日上前线！"刘武杰说。"走！同志们，郑萌担负起魏丽霞的工作，20分钟后，战勤组的同志分赴有关分队。赶快准备，准时出发！"

大队长刘武杰来到谢腊梅分队，立即召开班长以上骨干会议，简明扼要地传达了大队指挥部会议精神。刘武杰说："根据地下党指示，日军三日内要与国军决战，回援常德。所以围剿老爷岭的木村大队，很可能马上撤退。地下党指示我们，要拖住木村，运动中将其分割歼灭。减少正面防御部队的压力，粉碎日军回援常德的阴谋。我第二分队，从右翼穿插，首先将日军铃木中队与川岛中队分割，尔后将铃木中队拖住，伺机将其歼灭。执行任务时，分队留5名队员打扫战场，尔后归建留守警卫班，由赵参谋指挥。这就是第二分队当前的任务。"

"战友们，时间紧，任务是这样的。我带领第一班，15人，携带轻机枪二挺，掷弹筒二具，执行穿插分割任务；刘大队长带领第二班，15人，携带轻机枪二挺，掷弹筒二具，执行阻敌北逃任务；副分队长刘大中带领第三班，15人，携带轻机枪二挺，掷弹筒二具，执行由东向西赶鸭上架，伺机围歼任务。三班副班长刘华兴带5名队员负责打扫战场，然后归建大队保卫班。分配下来的保障组，除二班3名外，其余二个班各2名，随队行动。各班去二人随副分队长领弹药，一刻钟后出发。"二分队分队长谢腊梅干净利落地说。

"领弹药的队员跟我走！"副分队长刘大中一声喊，战士迅速列队，"走！"

刘武杰见谢腊梅布置任务井井有条，不由得心生感慨。他的这位师妹原是五雷山平辈中第一剑，下山探望父母遭遇小鬼子，血刃仇人毅然投身革命，成为喋血大队中坚骨干、一名出色的指挥员。打鬼子，她从不皱眉头。今天，穿插分割这么重大任务，她独揽在身，毫不犹豫。乐观，是谢腊梅独有的行事作风。

"谢分队长，后勤保障分队吴茜率队向您报到。"一位率真的大妹子，忽闪着大眼睛，她是喋血大队的战勤医生。

"吴茜，把人员分成三组，随队行动。"谢腊梅命令道。"是！"吴茜回答说。

副分队长刘大中回来了，他督促各班配足弹药，整理行装。"报告分队长，第二分队准备完毕！"

"出发！"一队战士贴近山岚，谨慎地行进着。

素以行事果断的丁副大队长，此刻正带领喋血大队特战队、第三分队行进在右侧山梁。他令郑怡分队火速赶往泥鳅岗设伏，阻敌北撤。而他在盘算特战队如何接近木村豹子嘴步兵炮阵地，摧毁小鬼子最后一点家当，给木村大队来一次毁灭性打击。

郑怡分队到达泥鳅岗，将轻机枪架于右侧土岗上，这里视野开阔，能控制北边小路。25名步枪射手分布土梁后，给机枪以支撑作用。6具掷弹筒位于土丘上，3名狙击手伪装隐蔽，2名前哨距阵地200米监控。这样一个布局显然不足以对付鬼子北窜，但突然袭击，足可以迷惑、震慑敌人，打敌一个措手不及。

丁副大队长把特战队分为三组。第一组，自己任组长，队员：谢金山、刘柳生、吴祖鑫；第二组，由特战队队长张虎为组长，队员：张二姥、吴丽达、赵新云；第三组，由特战队副队长姜明为组长，队员：李三子、吴丽达、莫新华。特战队接近日军豹子嘴步兵炮阵地100米，丁副大队长吩咐第二组往右、第三组往左、第一组实施正面突击，动作要快、出手要狠，一举捣毁日军步兵炮阵地。

张虎带领的第二组，抵近炮兵阵地前沿，发现小鬼子正在拆卸步兵炮组件，莫非他们真的要撤退。嘱咐组员往两边散开。姜明带领的第三组与敌人外围警戒接触，呼的一声敲掉轻机枪射手，第二名替补，被李三子击毙。一少尉出来指挥，撞在了莫新华的枪口上。一时枪声四起。吴丽达趁机打掉两名敌人掷弹筒手，鬼子兵乱窜，成了特战队的靶子。

右翼突然手榴弹爆炸声大作，两门步兵炮被炸飞了天。张虎端枪点射，张二姥、吴丽达、赵新云随后跟进，来不及躲避的小鬼子一下见了阎王。

丁勇大喊："手榴弹伺候！"爆炸声响过，又有两门步兵炮被炸毁。

日军步兵炮小队小队长佐藤奋勇少尉躲在一块山石后面，他弄不清为什么突然一下来了那么多神兵，担任警戒的步兵小队一下就被消灭了。他的6门步兵炮一下就炸飞了4门，他不敢往下想，接下来的结局会怎么样？他突然翻滚过去，操起轻机枪就是一阵扫射，特战队队员被他的火力暂时压制，一下抬不起头来。

"副队长，我去解决他！"莫新华说完就地一滚，匍匐前进，在一小土坎边

　　停了下来，举枪瞄准，呼的一枪，击中佐藤头颅，机枪便彻底哑了。特战队员奋起直追，枪击逃跑中的鬼子。3 分钟后，阵地趋于平静。

　　"丁副大队长，这两门炮怎么办？"特战队队员谢金山问。

　　"你和吴祖鑫炸毁它？大家迅速撤出阵地，我们在前面山背等你们！"副大队长丁勇说。

　　"好的，我们完成任务后就归队。"谢金山说。

第四十九章

好事多磨

　　日军木村一郎大队长接到联队长野泽大佐电令，木村大队 1 小时内迅速撤出老爷岭战斗，紧缩兵力，与国军正面开战。木村急令川岛明雄中队、铃木俊雄中队、佐藤奋勇步兵炮小队，撤出战斗。可指令刚发出，木村一郎便接到佐藤奋勇最后一份电报：遭遇喋血大队特战队偷袭，炮兵阵地被摧毁。便没有下文了。

　　"麻生君，步兵炮小队已遭遇不测，火速命令川岛中队向大队指挥部靠拢，铃木中队断后，大队向北撤退。"日军大队长木村一郎说。麻生玖富答应一声，部署全体撤退。

　　"麻生参谋长吗？我是铃木俊雄，我的中队已被喋血大队咬住，对方战斗力很强，一下很难摆脱对方纠缠。什么？你问对方是哪支部队？现在还很难判定，不过对方装备精良，战术灵活，从穿插和集结的速度来看，很可能是喋血大队六支劲旅中的一支。对，我会快速撤出战斗，配合主力向北运动。"日军木村大队第二中队中队长铃木俊雄报告说。

　　"报告木村大队长，铃木中队被喋血大队缠住，一下很难撤退。"日军木村大队参谋长麻生玖富说。

　　"参谋长，咱们攻又攻不上，跑又跑不了，咱们的对头真是个大魔鬼！"日军大队长木村一郎几乎歇斯底里。

　　"出牌不依章法，这正是土八路难缠的地方！我们与喋血大队交战，成功几乎为零。"日军木村大队参谋长麻生玖富分析说。

　　"你再催催川岛中队，请他们火速向大队指挥部靠拢。"日军大队长木村一郎急切地说。

　　"接川岛中队！"作战参谋把电话递给麻生玖富。"是川岛君吗？我是麻生参谋长，木村大队长令你部立即撤出战斗，向大队部靠拢。什么？你们遭不明身份的游击队穿插、分割，一下子很难摆脱他们的纠缠。"

"木村大队长，川岛中队形势不容乐观，他们被喋血大队咬住，一时半会脱不了身。"麻生玖富报告说。

"糟糕了，喋血大队将我两个中队穿插、分割，目的很明显，是要彻底消灭我木村大队。麻生参谋长，你再向两中队陈述厉害，彻底摆脱喋血队的纠缠，立即向我大队指挥部靠拢。"日军大队长木村一郎着急地说。

"川岛大尉吗？木村大队长命令你中队不惜一切代价，摆脱喋血大队的纠缠，火速向大队指挥部靠拢！"日军木村大队参谋长麻生玖富命令道。

"麻生参谋长，我是川岛明雄，我明白木村大队长的意思，一中队被喋血大队三面围住，正在激战中，一下很难摆脱喋血队的纠缠。我会积极向大队指挥部靠拢。"中队长川岛明雄回答说。

"木村大队长，川岛中队被喋血大队三面包围，正在激战中。"麻生玖富说。

"再催催铃木中队，请火速向北撤离！"日军大队长木村一郎说。

"是！属下这就去办！"参谋长麻生玖富说。

"铃木中队吗？我是麻生参谋长，木村大队长命令你中队火速向北撤离！什么？你们被喋血大队分割咬住，已击退喋血大队三次进攻，兵力已损失三分之一，情况不容乐观。"

"木村大队长，铃木中队被喋血大队穿插、分割，兵力已损失三分之一。"麻生玖富向本村报告说。

"麻生君，指挥部停止工作，告诉警卫分队长高木武夫，咱们向北撤离！"木村一郎命令道。

"是！"麻生玖富答应道。

"你们走不了啦！"随着桃北抗日喋血大队副大队长丁勇一声断喝，李三子、谢金山、吴丽达四杆枪齐头并进，巡逻的高木武夫分队猝不及防，碰着就亡，呼呼几枪，横陈十几名鬼子。高木武夫令轻机枪扫射，两个回合便被左翼进攻的特战队副队长姜明举手敲掉，一射手接替，被特战队队员刘柳生击毙。小鬼子失去了轻机枪火力支援，乱成一团。

麻生玖富见外面枪响，于是大喊："喋血大队偷袭了！"

日军木村指挥部准备撤退的人员，慌忙拿起武器，仓促应战。这伙机关人员比起清水友林指挥部组成人员要利索得多，因为多数人刚从基层中队调任，战斗经验比较丰富。短暂忙乱之后，大多数利用障碍物进行还击。

木村一郎躲在一土堆后，盘算着如何脱离险境。外面枪声急促，突然一具死尸从土堆边耷拉下来，木村灵机一动，将尸体移至胸前，而双腿伸进壕沟，从外表上看造成假死现象，接着又一具尸体倒下来，完全掩盖了他的全貌，以致后来有特战队队员经过，也没发现这两具死尸下面还藏着一个大活人。

右翼张二姥带领的特战队第三组迂回到侧后，遇小日本警卫分队长高木武夫率5名鬼子抵抗，张二姥连发二枪，高木武夫中弹倒了下去。一军曹操起掷弹筒刚要发射，被特战队员莫新华首发击中。另3个鬼子拔腿就跑，被特战队员张二姥、王新、吴祖鑫击毙。

突然，30米处冒出两个暗堡，火力劲猛，一梭子扫过来，正面进攻的特战队员吴丽达连中两枪，痛苦地闭上了眼睛。副大队长丁勇奔向吴丽达，被打中左臂。丁勇一个侧滚："卧倒！谢金山，用掷弹筒敲掉它！"谢金山答应一声，匍匐前进，在刚才小鬼子死亡的地方，找到了那具遗弃的掷弹筒。谢金山屏住呼吸，轰的一声，左侧暗堡被摧毁。

"吴丽达，吴丽达……"丁勇深情的呼唤着，吴丽达微睁双眼："副大队长，我没完成……""丽达，你是好样的！"颤抖的声音在阵地上回荡。"狠狠地打击小鬼子，为吴丽达战友报仇！"

右侧暗堡的机枪还在疯狂地叫着，谢金山移动位置，将掷弹筒从侧翼瞄向暗堡，轰的一声，暗堡开花，特战队趁机跃进。

躲在土堆后的麻生玖富，和剩下的5名鬼子还在作最后顽抗。殊不知从左翼迂回接近的特战队队长张虎一行，已悄悄接近背后。50米，张虎、姜明、刘柳生突然冒出来，一阵枪响，麻生玖富等被打成了筛子。

"报告丁副大队长，清场完毕，木村逃跑了！"特战队队长张虎说。

"这老小子倒还跑得快，姜副队长，你带队员谢金山、王新护送战友吴丽达遗体到大本营，其他的战友跟我援助谢腊梅分队，击溃铃木中队。"副大队长丁勇说。

"请丁副大队长放心！我们保证完成任务！"特战队副队长姜明说。

"刘柳生，向政委报告：特战队摧毁佐藤奋勇步兵炮阵地，端掉木村大队指挥部，击毙日军参谋长麻生玖富、木村漏网；特战队员吴丽达牺牲；特战队现在去支援谢腊梅分队。"喋血大队副大队长丁勇说。

第五十章

中国大刀

喋血大队政委接到特战队发来的电报，知道喋血大队特战队又立了新功，摧毁佐藤奋勇步兵炮阵地，端掉木村大队指挥部，为全歼木村大队扫清了障碍。急忙将信息传递给各个分队。刘大队长回电，特战队的胜利，为喋血大队歼灭木村有生力量创造了先机。请转告特战队，谢谢他们主动支援谢腊梅分队，这将是战场机遇的再次转变，我们期待喋血大队新的胜利。

话说谢腊梅、田新伟带领第二分队一班果断穿插，这时赵蕾分队已咬住川岛中队，日军木村大队的两支主力显然被分割。谢腊梅占领银梭岭西北无名高地，布置防御，阻敌北窜。而刘大中、谢云山带领的第三班正在由东向西赶鸭子上架，铃木中队急于摆脱喋血大队的纠缠，所以刘大中、谢云山带领的第三班进展顺利。

刘武杰、张荷花带领的第二班率先进入银梭岭东北侧长岭，这里荆棘丛生，当日军铃木中队松井俊男小队北撤，埋伏于长岭地段的喋血大队第二分队第二班的队员们，断敌退路，突然枪响，打了日军铃木中队松井俊男小队一个措手不及。

面对突然横陈的十来具尸体，松井俊男暴躁如雷："土八路大大的坏！吉田君，轻机枪射击！"那个叫吉田的军曹，迅速占领高坡，两挺机枪叫了起来。

"副班长，你带2名队员把小日本的轻机枪打掉！"第二班班长张荷花命令道。第二班副班长覃光威侧身一滚，与两名喋血队员从侧面靠近小日本机枪，呼的一声左边机枪哑了，接着另一名战士敲掉另一挺机枪。3分钟后，小日本轻机枪又叫了起来。

"这样不行，我掩护你们，匍匐前进，用手榴弹把它给彻底炸了！"第二班副班长覃光威指挥说。

"好的，副班长，看我们的！"两名战士齐声答道。

两战士翻滚腾挪，接近机枪阵地前沿30米，忽地投出两枚手榴弹，机枪腾飞，彻底哑了。

"好，炸得好！"覃光威欢呼道。

"报告班长，小日本两挺机枪已被我们炸掉了！"副班长覃光威汇报说。

"好，归队！"第二班班长张荷花说。

"张班长，我带2名狙击手去侧面，小日本马上就有行动，狠狠地教训他们一下！"大队长刘武杰说。

"大队长你放心，我们一定积极阻击鬼子，让鬼子北撤的行动化为泡影！"张荷花表态说。

"执行战斗方案！特战队已向我方靠拢。"刘武杰说。

"是！"张荷花说。

松井俊男思考了一阵子，他认为喋血大队之所以拦截日军北上主力，目的是运动中打乱日军建制，分割歼灭北进中队。我松井一定要挫败土八路的阴谋。

"西村君，你的第一分队上！我的火力掩护！"松井俊男命令道。

"好，我第一分队坚决突破喋血大队北线防御，扬我大日本军威！"松井小队第一分队分队长西村雄男说。

小日本机枪叫了，一下压制了张荷花二班的火力。"大家注意，松井马上要进攻了！大家守住自己的位置，不能让小鬼子突破我们的防线！"二班班长张荷花叮嘱道。

日军分队长西村雄男振臂一呼："冲击！"15名鬼子哇哇地冲过来，喋血大队第二分队第二班两名战士中弹牺牲。大队长刘武杰举枪射击，日军分队长西村雄男倒地身亡。"分队长，分队长！"一日军军曹俯身呼叫，突然站起，持枪扫射。被喋血队狙击手李欣打中。日军西村分队并没有因分队长被击毙而停止进攻，军曹一个接一个上，行动更加疯狂。阻击中，又有一名喋血队员牺牲。

正当张荷花感到正面威胁时，喋血大队副大队长丁勇率领的特战队一行7人，出现在阻击阵地西北角。丁勇开枪击毙日军机枪手。特战队队长张虎出手极快，一持掷弹筒的鬼子被打中头部，歪在一边。几名特战队员如下山猛虎，将正面进攻的鬼子一扫而光。

"老丁，你们来得太及时了，目前鬼子进攻的第一分队已被我们歼灭，我们乘势歼灭日军松井俊男小队！"大队长刘武杰高兴地说。

"好的，我从右，你往左，这松井最后一点家当我们就包饺子了！"副大队长丁勇说。

"好！张荷花，第二班跟我来！"大队长刘武杰命令说。

松井俊男小队长一下傻眼了，这是从哪里冒出的几名神枪手，太厉害了，刚一交锋，西村雄男的第一分队便全军覆灭了，太不可思议了。不对，他们分明是围歼我松井分队，看来只能拼死一搏了。"大日本帝国的勇士们，为天皇效忠的时候到了，咱们杀开一条血路，中野伟光，从左翼；木下三郎，往右；冲击！"

极度恐慌的松井小队，在松井俊男的煽动下，40多名鬼子，一窝蜂向北突击。俗话说：兔子急了还要咬人，何况还是一群狼呢！

正面阵地已没有了人，这不是喋血大队的疏忽，他们运动兵力，向两侧悄悄迂回。鬼子一阵火力侦察后，感到蹊跷。冷不防两侧枪声响起，侧后传来枪声。特战队员李三子一枪撂倒松井小队第二分队分队长中野伟光。枪打出头鸟是喋血大队惯用手法，接着，左翼抗日喋血大队第二分队第二班班长张荷花敲掉了日军第三分队分队长木下三郎，鬼子群狼无首，开始像绿头苍蝇乱窜。

右翼特战队8支枪，如入无人之境，打着就死，碰着就亡，短短几分钟，小鬼子便横七竖八横陈尸地上。

木下分队剩下10多人，绝望中疯狂挣扎。

"喋血队员们，不要放走一个鬼子！"刘武杰话没说完，副班长覃光威就敲掉了一个鬼子。"好！"刘武杰抬枪打死了小鬼子掷弹筒手。张荷花呼呼两枪，又干掉了两个。一名战士跃起，投出一枚手榴弹，爆炸声中，几名鬼子魂飞魄散，阵地恢复宁静。

突然。从土堆后爬起一名鬼子，扔掉手枪，手持东洋刀，作好格斗态势。

"松井？你还没死！还不赶快投降，你赢不了中国大刀！"刘武杰威严地说。

大刀是一种古代兵器，作为最典型的传统冷兵器之一，为中国所独有。特点是刀身前部宽厚，势大力沉，适合劈砍。大刀的优势是刀重势猛，砍上非死即伤，但作用距离有限，必须尽量贴近敌人身体，因此最适合在工事、房屋、树林等空间有限的环境中使用。

大刀对日军之所以有威慑作用，主要是因为日本人信奉神道教和佛教，相信生死轮回，虽然武士道"教义"让他们并不畏惧战死，但在一定程度上仍希望保留全尸。而且日本人相信灵魂存于头部，一旦丢失了头颅，灵魂便不能归国，永远只能做异国他乡的孤魂野鬼，因此大刀在战场上有时能取得意想不到的效果。

刘武杰从身旁战士手中接过一把大刀，与松井对峙，他身若游龙，砍劈迅劲，当的一声，化解了松井倭刀术绝技。

　　松井也不示弱，一招疾空刀势，跳跃和落下速度配合得天衣无缝，利用身体动作和刀的反弹力，凌空疾跑，同时挥刀斩击，再行险招。

　　刘武杰脚随身变，避实击虚，俯仰吞吐，疾如鹰扑。一时叮叮当当，二人斗到第二十六回合，足显双方功力。刘武杰顺步撩衣，乌龙盖顶，大刀凌空劈下，松井躲闪不及，倒在血泊中。

　　喋血队队员欢呼，松井小队全军覆灭！"大刀向鬼子们的头上砍去，全国武装的同胞们，抗战的一天来到了，抗战的一天来到了。前面有东北的义勇军，后面有全国的老百姓，咱们中国军队勇敢前进！看准那敌人，把他消灭！把他消灭！[喊：冲啊！]大刀向鬼子们的头上砍去！[喊：杀！]"《大刀进行曲》在阵地久久回荡。

第六卷

走向胜利

第五十一章

疑案称奇

特战队姜副队长带队员谢金山、王新护送战友吴丽达遗体，缓缓经过无名高地，突然听见右侧前方有窸窸窣窣地响声。"慢！那不是魔头木村吗？"大队特战队副队长姜明说道。

"是日军大队长木村一郎！"特战队队员谢金山回答。

"王新，你留下陪伴战友吴丽达，我和谢金山追捕木村大魔头！"姜明说。

"好的，副队长、谢金山保重！"特战队队员王新回答。

这里是一片杂树林，四周荆棘丛生。夕阳下显得格外清静。只见姜明、谢金山一左一右向目标接近。日军大队长木村一郎中佐似乎发现了什么，呼的一枪，谢金山被击中左臂。谢金山"哎呀！"一声滚下土坎，调整姿势，瞄准，击发，木村被击中右腿，侧身靠在一棵松树下。姜明迅速前移，一枪打中木村头部。姜明、谢金山跟了过去，证明木村一郎确死无疑，姜明顺手摘下木村配置手枪和中佐标志，双双返回丛林。

"金山，伤势重吗？"姜明关切地问谢金明。

"子弹贯穿肌肉，还能挺得住！"谢金山回答。

"金山，你坐下，我给你包扎！"姜明麻利地为谢金明清创，"金山，这颗子弹从肩胛骨旁进入，没伤着骨头，你忍着点，我帮你把子弹取出来！"姜明说着，已把子弹夹了出来，敷上药。

"姜副队长，你还真有两下子！这伤经你一折腾，好多了！"谢金山说。

"不瞒你说，我爷爷是祖传专治跌打损伤的，到了我父亲这一辈，勉强说得过去。我呢，偏好狩猎，不过平常耳濡目染，也就留意了一些，和野兽打交道，不免有些小伤小疾的，还能应付。"姜明说。

"您是真人不露相，谢谢姜副队长施救。"特战队队员谢金山感谢说。

"走，我们看看王新去！"姜明说。

之前，姜明和谢金山去追捕本村一郎刚走 5 分钟，忽然从背后传来轻微飘浮声。王新掉头还没弄清怎么回事，就被人稀里糊涂点了穴，昏昏欲睡。当姜明、谢金山返回时，他还不知道战友吴丽达遗体已失踪。

"王新，你怎么了？醒醒！"姜明呼唤道。

"不好了，吴丽达遗体不见了！"谢金山说。

"姜副队长，你们回来了！"王新睡眼蒙眬地说。

"这里刚才发生了什么事？"姜明问道。

"你们走后 5 分钟，忽然背后一阵风，我掉过头看，就被黑衣人点了穴，以后发生的事我就不清楚了！"王新回忆说。

"被人点穴，黑衣人，他们弄尸体干什么？"谢金山自言自语。

"会点穴，说不定这人是医学奇才或是武林高手，你们没听说高手在民间么，或许吴丽达有救了！"姜明突发奇想。

"那我们还找不找？"王新问道。

"找！我往西北，谢金山往东南，王新往东北方向各行 1000 米，无论能不能发现吴丽达遗体，一小时后立即返回原地互通情报。"姜明叮嘱说。

"谢金山明白！"

"王新明白！"

"金山，你那枪伤碍不碍事？"姜明问道。

"不碍事！"谢金山自信地说。

"那咱们分头行动！"姜明斩钉截铁地说。

黑衣人扛着吴丽达遗体，快步如飞，只听耳边风声呼呼，不到一个时辰，便见一座石门半虚半掩，黑衣人手一挥，那石门便自动开启。这石洞嶙峋古错，像形奇特，玉笋瑶簪，雕镂百态。

"师傅！您回来了！"小道童飞快来到石桌旁，协助师傅将吴丽达遗体放下。

"取件棉被来！"老道人伸手一探，感到吴丽达身上还有余温，老道人喜上眉梢，他要实施他的五雷心法，这是五雷仙山道家武学最高境界。掌握这门武功秘学必须有很高的武功造诣，五雷道观规定，只有主持才能研习这门武功。这老道人不是别人，正是五雷仙山主持张天华。他令两道童将吴丽达扶正，双手运功，一股掌力直击后背，片刻吴丽达脸色由白转红，接着吐出一口乌血，溅了小道童一脸。张主持旋转劲力，再度发功，两颗射进体内的子弹被逼出体内。张主持收功吐纳，一气呵成。

"明真，明悦，好好看护吴施主，为师需要好好休息一下。"五雷仙山主持张天华说。

"好的，师傅！"明真、明悦齐声道。

这是一间宽大的石室，顶高约有3米，面积有50平方米左右，钟乳石盘错奇出，千姿百态。静听之下，传来潺潺流水声。室内空气流畅，真乃绝然仙境。练功者选择这里，也是造化。

张住持的卧室就在隔壁，说是卧室，其实也是一间练功房，八尺见方，壁如玉脂。张主持正在打坐休息。这处所在，是主持探险找到的，与世隔绝，奇幽隐秘。因此地独特的环境，张主持选择了五雷心法修炼场所。前两天出关，便有了前面取吴丽达遗体之事。

张天华打坐完毕，前往隔壁察看吴丽达伤势。他手捏吴丽达脉搏，见脉象平稳，于是令道童明真，明悦扶正吴丽达身体，张天华再度给吴丽达输入真气，驱逐邪毒。一阵翻江倒海之后，吴丽达脸上圆润了好多。张主持收功吐纳，将吴丽达平稳放下。

张天华松了一口气，终于为拯救吴丽达，这位抗日英雄的生命而感到欣慰。

先不说吴丽达如何化险为夷，再说姜明、谢金山、王新三人，按照约定一小时后返回原地，大家交换意见，搜索中并没有发现什么有用的线索，一时陷入沉思。

"这事真的很奇怪，什么人会打遗体的主意呢？我和姜副队长追击木村的时候，周围没发现什么人。从种种迹象来看，来者会点穴功夫，轻功极高，莫非？"谢金山糊涂了，想不出所以然来。

"都怪我警惕性不高，轻易地中了招，害得大家无所适从。但我就想不明白，他们要遗体干吗呢？现在倒好，丢失了战友的遗体，回去怎么向大队长交待！"王新说。

"这事也不能全怪你，我也太麻痹大意了，没想到我们击毙了木村魔头，却丢了战友遗体，看这事弄得……"副队长姜明自责地说。"这样吧，该面对的总要面对，我们去找丁副大队长，向他承认错误，争取得到领导的谅解！"

"行，那我们走吧！"谢金山说。

姜明他们三人，朝着枪声密集的地方走去。

在北线一土坡下面，姜明一行见到了正在指挥战斗的丁副大队长。"你们这么快就回来了？"丁勇问他们。

"报告丁副大队长，你处分我吧？"姜明低头报告说。

"什么情况？"丁勇问。

"我和谢金山、王新三人护送战友吴丽达遗体行进途中，遇到了逃跑的木村。当即我决定追捕木村，不能让这个魔头北逃。当下我令王新守护吴丽达遗体，我和谢金山追赶木村一郎。我们追了一段距离，木村发现我们，一枪打中谢金山左臂。谢金山负痛开枪击中木村右腿。我乘机运动，接近木村，一枪打中木村头部，我们确定木村一郎死亡后，摘下他的中佐标志和手枪开始往回返。

到停放吴丽达遗体的无名高地，我们突然发现吴丽达遗体不见了，旁边躺着王新。我们叫醒王新，原来被人点了穴位。王新回忆，我们走后5分钟，他听到后边有轻微的飘浮声，刚转头，就被人点了穴位，接下来发生的事他全然不知。

我们三人马上分头向三个不同方向、在1千米范围内寻找吴丽达遗体，结果一无所获。我们纳闷，是谁劫走了战友吴丽达遗体，他们要遗体干吗呢？不得而解。"姜明报告说。

"击毙木村，是你们大功一件，丢失战友遗体，值得检讨。不过遗体被丢，是不是遇到什么高人呢？"丁勇思考着说。

"丁副大队长，您也这么认为？"谢金山乘机问道。

"我这只是猜测，大千世界，无奇不有。眼前我们协助赵蕾分队围歼日军川岛中队。姜副队长，你带谢金山、王新、莫新华、吴祖鑫前去泥鳅岗，支援郑怡分队，决不能让小鬼子逃出我们的包围圈。"丁勇叮嘱说。

"是，我们坚决完成任务！"姜明表态说。

第五十二章

血溅残阳

　　泥鳅岗阵地，郑怡分队已抗击川岛中队的 3 次进攻，绝望的日军到了歇斯底里的地步。后面，赵蕾分队撵得很紧，几乎没有让川岛喘气的机会，这样就加大了正面防守的任务。郑怡分队打得太艰难了，50 多人的第三分队仅剩下 13 名战士，而且还有 2 名重伤。

　　郑怡，这名喋血大队最年轻的指挥员，脸已被硝烟熏黑了，稚气的脸上透着坚毅，阵地上滚动着她机敏的身影。战友们从她身体力行中受到鼓舞。"只要我们人在，小鬼子就别想从我们阵地溜过去！"阵地上响彻指挥员坚定的声音。

　　"分队长，小鬼子又上来了！"分队第三班班长王大胆提醒道。

　　"看准了，一颗子弹消灭一个敌人！"郑怡果断命令道。

　　"打！"郑怡枪响，冲在前面的日军军曹被击毙，7 名鬼子倒下。突然右侧响起了轻机枪声，一波鬼子被压了下去。一会，一队战士出现郑怡阵地。原来是第一分队副分队长王茹率领的第三班战士前来支援。

　　"郑分队长，我奉赵分队长命令，前来支援第三分队，共同完成阻击任务。"王茹说。

　　"太好了，谢谢第一分队的无私支援！王茹，你负责右边，我负责左边，咱们共同抗击日军的进攻！"郑怡说。

　　"郑分队长，你们打得英勇顽强，我王茹绝不给你们丢脸！第一分队，进入阵地！"王茹向一分队下达命令。

　　郑怡与王茹说话的当儿，第三分队第二班班长沙小明悄悄地向前沿爬行了 20 米，他的双眼是日军第二次冲击时被掷弹筒弹片炸伤的，怀里别着两颗手榴弹，当郑怡发现时，敌人第四波冲锋开始了。郑怡来不及抢救沙小明，只得指挥战士向鬼子射击。

沙小明躺在土坎下，右耳贴地，当确定小日本离他只有 5 步之遥时，突然拉响手榴弹，与 5 名鬼子同归于尽，硝烟腾空，勇士与大地长存。

"沙班长，一路走好！"战士们在愤怒中又一次击退敌人进攻。山岗上，第三分队那面战旗在斜阳中迎风飘扬。

"沙班长，好样的！同志们，我们第三分队，还有 12 名战士，我们一定活着迎接曙光！"郑怡慷慨激昂说。

"为牺牲的战友报仇！"阵地响起沉重的声音，硝烟弥漫，山风依旧。

日军川岛中队第一小队小队长渡边大男，莽撞突围三次，都被死守的郑怡分队给打了回来。他 54 人的小队，还剩 29 人，损失已近一半。他心里明白，他碰到的对手是喋血大队最出色的指挥员之一，如果他迟缓进攻，等待他的将是全军覆灭的命运。喋血大队赵蕾分队追的很紧，一念之差将会葬身虎口。他把几名分队长叫拢来，明确最后决战任务。

日军渡边大男少尉说："大日本帝国的勇士们，我们腹背受敌，面临最大的生死考验，三次突击，都被顶了回来，这样下去，我们非要死在这里不可。木村大队几次督促我们脱离喋血大队的包围圈，向北，我们才有生的希望。我们必须鼓起勇气，来一次生死较量。下面我带田园一夫的第一分队和小队部向左翼突击；山口生发的第二分队与新进雄大的第三分队向右翼突击。齐头并进，给喋血队一个措手不及。"

"我赞同渡边少尉的部署，背水一战，两军相遇勇者胜，效忠于天皇的大日本皇军，一定发扬帝国的武士道精神，扬我军威！"第二分队分队长山口生发说。

"上次进攻时，我侦察了一下，喋血队指挥正面战斗的是一个年轻女人，我们只要组织打掉这个女人，他们就会不战自乱。我的分队交给小队长渡边少尉，我带 3 名狙击手执行这个特别任务。"日军第一分队分队长田园一夫说。

"这是个好主意，田园君提出的这个方案不妨一试。敲掉了敌人的指挥官，有利我部突然发起攻击。"日军第三分队分队长新进雄大说。

"好，我同意田园君提议，由分队长田园一夫组建狙击组，我们火力掩护他们的行动，这次突击，必须一举成功！准备行动！"日军小队长渡边大男少尉说。

第一分队副分队长王茹正在阵地移动，她嘱咐三班班长左三星组织好火力，应对小日本突然冲锋。同时，她与副班长钟黎明、战士童凡中组成狙击组，在左侧高地选好狙击位置，暗中监视戒露头的小日本指挥官、狙击手、机枪手、掷弹筒手等重要目标，枪打出头鸟，这是喋血大队惯用的游击手法。

郑怡把右翼阵地交给了战友王茹，面对 12 名战友，她的心久久不能平静。她是铳佬的女儿，父亲、母亲、弟弟，惨死在小日本屠刀下，她和姐姐郑萌参加了抗日喋血大队，一路走来，姐妹俩成了喋血大队指挥员。她的分队 50 多名战士，38 名牺牲了，18 岁的姑娘没有后退，稚嫩的肩膀挑起阻击小日本的重任。郑怡分队，如一道铜墙铁壁，屹立在泥鳅坡的冈陵上。抬头，她望见了第三分队的战旗，猎猎飘扬！

"嗒嗒！"枪声骤起。"小鬼子进攻了，进入阵地！"分队长郑怡指挥道。

小日本轻机枪狂扫一阵子，突然偃旗息鼓，没有动静了。

"大家隐蔽好，防止小鬼子使诈！"郑怡提醒大家。

阵地上鸦雀无声，静如处子，经过战火洗礼的战士，判断敌人可能使用的新招。果不然，5 分钟后枪声又响了，小鬼子呈蚂蚁状陆陆续续爬上来。战士们稳住呼吸，郑怡一声："打！争取首发命中！"那枪真像长了眼睛，枪响，小鬼子扔下 10 具尸体，退了下去。

桃北抗日喋血大队特战队副队长姜明带领特战队员谢金山、王新、莫新华、吴祖鑫，悄悄接近泥鳅坡东侧，他们沿山梁一线散开。刚才日军川岛中队渡边小队山口分队进攻失利，第三分队分队长新进雄大说："山口君后退，我第三分队进攻！"

日军分队长新进雄大吸取山口生发分队莽撞冲击教训，采取交替掩护，步步推进方式发起进攻，显然比山口分队战术上有了变化。殊不知螳螂捕蝉黄雀在后，这一招刚好被刚刚进入侧翼埋伏的姜明特战队看了个一清二楚。当新进雄大命令第三分队出击时，特战队副队长姜明首发击中新进雄大，那一枪来得如此突然，以至新进雄大还没有反应就到阎王那里报到去了。特战队队员如入无人之境，枪枪中的，新进雄大分队 13 人被彻底击毙。

郑怡看得亲切，当姜明出现时，她一把将姜明拉下土坎，"姜哥，可把你们盼来了！"说着抽泣起来。这是亲人对亲人的倾诉，这是战友对战友的亲情。

"妹子莫哭，姜哥来晚了，特战队知道你们打得很艰苦，阵地还在你们手里，就已经很了不起了！"姜明安慰郑怡说。

"可我的那些战友，走得都很壮烈！沙班长被小日本炮弹炸瞎双眼，可他坚持爬向敌阵，拉响手榴弹与 5 名鬼子同归于尽！"郑怡回忆说。

　　"郑怡，渡边小队经此折腾，元气大伤，他的第一分队正与王茹率领的第三班激战，我们特战队过去助王茹一把力，把渡边干掉。你们在这儿坚守防线，防止小鬼子突围。"姜明说。

　　"好的，我们第三分队配合你们！"郑怡说。

第五十三章

风擎红旗

日军川岛中队中队长川岛明雄，为了迅速摆脱桃北抗日喋血大队的纠缠，决定向北突围，亲自跟新上任的川岛中队第三小队小队长田中一光交代："田中君，你为本中队后卫，负责对付喋血大队赵蕾分队。这个赵蕾是铁匠的女儿，行事泼辣，作风强硬，是喋血大队有名的女将。我中队向北突围，这人是个灾星。你好好的表现，你的举动关系到我川岛中队的安危。"

"请川岛中队长放心，我田中一定担负起责任，为大日本皇军争光！"小队长田中一光表态说。

"好！第三小队现在还有多少人？"川岛明雄问。

"报告中队长，第三小队现在还有47人，其中2名伤员。"田中一光回答说。

"你们边打边撤退，挑选2名有战斗经验的军士，勘察撤退路线，始终保持与中队200米距离，把主动权掌握在自己手里。执行去吧！"川岛明雄说。

"是！"田中一光转身消失在丛林里。

田中一光颇具战术头脑，按照川岛指令，他将目前三个分队，每个分队13人，2名军士勘察撤退路线，小队部4人，2名伤员，这样一个组合，显得比较精干。战术上采取用第一、第二分队正面防御，而第三分队离100米设置缓冲地段，10分钟后果断撤退，这样交替轮换，显得撤退有序。无论桃北抗日喋血大队赵蕾分队怎么追击，田中小队小心应对，忙而不乱。

对阵两番后，赵蕾摸索小鬼子行动规律，于是阵前召集班长以上骨干会议。赵蕾说："我们面前的这股劲敌非常狡猾，要这么耗下去对我分队不利。大队的意图非常清楚，要我们在运动中相机歼灭这股敌人。我想改变策略，正面追敌依然不能放弃，由我带一班及二班一部，在正面开展打击鬼子的同时，插入侧后给小鬼子意想不到的打击，大家听明白没有？时间紧急，参谋长，您有什么指示？"

"赵分队长的思路是对的，我们只有消灭日军有生力量，才能立于不败之地，我和你一起组织侧翼拦截！"大队参谋长魏丽敏说。

魏丽敏、赵蕾带领 23 名战士，在鬼子交换移动位置之时，悄悄地进入侧翼拦截，这一招果然奏效。突然枪响，一下敲掉田中小队 16 名鬼子，田中撤退的美梦被击碎。

"赵蕾果然不依礼数，我们也突破常规，我田中跟你较量较量！"田中一光说完，他把小队所有力量调动起来，选择有利地形，突然对赵蕾正面追击力量进行了反击。这一着也是赵蕾没有预料到的。

赵蕾分队第二班副班长张少华，带领 8 名战士翻过山梁，执行尾追任务。突然遭遇埋伏在无名高地的鬼子的伏击，8 名战士全部壮烈牺牲。

第二班副班长张少华，小腹被轻机枪击中，肠子流了出来，他一手将肠子塞了回去，左手按住腹部，用尽全力扔出一颗手榴弹，炸掉了小鬼子的轻机枪。

枪声停了，赵蕾心里一震。她鼓舞战士，血债要用血来还！

"走，咱们迅速撤离！"日军小队长田中一光说。

这时，赵蕾已悄悄进入田中返回的左翼，以逸待劳。"小鬼子来了！"第一班班长游华玲报告说。

"作好准备，我们要把田中一锅烩了！"赵蕾坚定地说。

刚刚击败了喋血队的田中，算是喘过一口气来。军曹提醒他，防止喋血队断他的退路，他一想，也对，他叫第一分队长带 10 名军士先行，自己随后跟进。

不过赵蕾是铁了心要端掉这批鬼子，耍什么花样都是徒劳了。当鬼子第一分队进入视线，赵蕾一声："打！"处于神志极度紧张的鬼子一下就懵了，还没来得及挣扎就见阎王去了，赵蕾分队赢得干净利索。

田中一光一惊，果然喋血大队给皇军下了套，我田中不是贪生怕死之辈！他把剩下军士编成 4 个战斗组，决心死战。

赵蕾对游华玲说："游班长，我和一班在右翼，参谋长和廖兴吉班长在左翼，我们一定吃了田中残部，不能放过一兵一卒，听我枪响为号"

"赵分队长您请放心，二班坚决完成任务！"二班班长廖兴吉说。

"这田中十分狡猾，大家严防死守，坚决歼灭这股敌人！"赵蕾提醒大家说。

日军田中一光做好垂死挣扎的准备，带领残兵向赵蕾防地逼近。在兵力对比上双方接近，赵蕾方是同仇敌忾，田中方是孤注一掷，这是正义与邪恶的较量。

无名高地寂静得出奇，偶尔能听见树叶沙沙的响声。小鬼子上来了，100 米，

80米，60米……"打！"复仇的子弹射向鬼子，行进中的鬼子被打得鬼哭狼嚎，阵地前扔下8具尸体退下。

田中确定方位，指挥刀一挥："冲击前进！"就在这时，赵蕾击中田中一光头部，田中倒地身亡。日军开始混乱，班长游华玲击毙一军曹。交错的枪声，无名高地又遗下7具敌人尸体。

"大日本皇军的勇士们，为国尽忠的时候到了！冲啊！"在一军曹的鼓动下，6名鬼子凶狠狠地上来了。火力密集，一下打得正面阵地埋伏的赵蕾分队战士抬不起头来。参谋长忽地带着二班廖兴吉班长等3名战士绕到鬼子侧面，猛地开火，使狂妄的鬼子不知所措，魏参谋长甩手一枪，一名鬼子应声倒下。廖兴吉举枪击中另一名鬼子。

鬼子的火力减弱，班长游华玲指挥战士及时开火，最后4名鬼子全部倒下。

二班班长廖兴吉激动得跳了起来："我们胜利了！"冷不防一名受伤的日军军士突然开枪，击中廖兴吉头部，英勇牺牲。魏参谋长反手一枪，击毙了这个日本兵。

"廖班长，廖班长！"战士被这突来的变故惊得不知所措。野地风拂，青山如黛。

"报告分队长，第二班副班长张少华和8名战士，已全部壮烈牺牲。"通信员报告说。

"一班副班长谢金明，你带2名战士负责把廖班长的遗体和那9名战士遗体放在一起，然后负责看护，等我们完成任务。"抗日喋血大队第一分队分队长赵蕾吩咐说。

"是！谢金明保证完成任务！"

"同志们，我们分队刚才歼灭了日军田中小队，我们离胜利又近了一步。我们牺牲了10名战友，王茹副分队长带领的第三班不知情况怎么样？我们分队现在还剩20名同志，这就是我们目前的本钱。川岛中队现在也好不到哪儿，他的第三小队已经没了，我们在追，郑怡分队在堵，腹背受敌，这个滋味也不好受哇。我想兄弟分队也已取得了不少战绩，我们离胜利的曙光已经不远了。黎明前的战斗一定很激烈，我们要作好打硬仗、打恶仗的心理准备。20个人，分二个班，魏参谋长带游华玲的第一班，我带第二班，刘兴亚为第二班副班长。散会后，分班议一议，明确下任务。参谋长，你看这样行不行？"赵蕾向参谋长魏丽敏请示道。

"好哇，赵分队长很有见地，我同意。咱们就分开讨论，统一思想，第一班跟我来！"魏丽敏说。

"战友们，我分队刚刚消灭了日军田中小队，同时我们也牺牲了10位战友，战争是残酷的，接下来我们的任务还很重，川岛中队虽然损失了田中，但他还有三分之二的兵力可以同我们抗衡。我们要认清当前形势，不能盲目乐观。所以，我们只有统一了思想，才能应对复杂的局面。下面大家说说。"大队参谋长魏丽敏启发道。

"由魏参谋长带领赵蕾分队，从右翼迂回阻敌川岛中队，伺机歼灭川岛中队，这是喋血大队出发前既定目标。所以战士们都很清楚，分割歼灭川岛之敌，是赵蕾分队当前任务。我们浴血奋战，总算割了田中这个尾巴。下一步任务，就是紧跟分队部署，围歼川岛中队。"一班班长游华玲说。

"游班长说得很透彻，战友们都明白了没有？"魏丽敏问道。

"明白了！"战友们异口同声，情绪高昂。

第五十四章

血刃鬼子

　　"嗒嗒、嗒嗒！"日军渡边小队田园一夫分队的一挺轻机枪封锁王茹阵地，打得第三班抬不起头来，2名战士壮烈牺牲。在轻机枪掩护下，又有一拨鬼子向阵地恶狠狠地冲来。

　　"大家憋住气，等小鬼子靠近了打！钟副班长，你带领一名战士伺机干掉小鬼子的机枪，我掩护！"赵蕾分队副分队长王茹说。

　　"是，王副分队长！"三班副班长钟黎明说。随即匍匐前进，向小日本轻机枪位置摸去。

　　"鬼子已进入阵地前沿了！"三班班长左三星提醒道。

　　"打！"副分队长王茹命令道。

　　"呼！"三班班长左三星首发命中。"哧！"副分队长王茹击中军曹，田园一夫倒下。

　　"手榴弹侍候！"班长左三星及时下达命令。防守阵地12枚手榴弹砸向敌人，一时血肉横飞，硝烟弥漫，小鬼子组织的第一拨进攻被打退，阵地前横陈8具尸体。

　　这个时候，副班长钟黎明端掉鬼子轻机枪，为了保险，钟黎明还投了一颗手榴弹。

　　子弹横飞，小鬼子歇斯底里，一波鬼子又冲了上来，那是日军渡边小队山口生发率领的第二分队，也是渡边大男最后一点家当了。山口分队加上渡边小队部的力量，以及田园分队残部，总共23名鬼子蜂拥而来。日军小队长渡边大男枪法很准，有3名喋血大队队员中弹牺牲，王茹阵地形势发生逆转。

　　喋血大队第一分队三班与鬼子发生近距离搏斗。副分队长王茹两组飞刀击毙冲在前面的2名鬼子，山口生发举枪击中王茹左臂，王茹忍痛只手与鬼子搏斗。

3 名鬼子包围王茹，副班长钟黎明冲上前来用枪托击昏一名鬼子。另一名鬼子用刺刀刺进王茹小腹，王茹倒在血泊中。

"王副分队长！"钟黎明奋力向王茹奔去，一名鬼子抬枪击中钟黎明前胸，钟黎明站立不稳，倒了下去。

山岗形势发生急剧变化，又有 5 名战士壮烈牺牲。8 名小鬼子突破王茹阵地防线，向北窜去。

在这千钧一发之际，东北角突然出现一支队伍，抗日喋血大队特战队副队长姜明带领特战队员谢金山、王新、莫新华、吴祖鑫，如猛虎下山，断了逃亡小鬼子的退路。一阵枪战，逃亡的鬼子尽数归西。特战队调转枪头，与冲上来的鬼子再次照面，特战队员莫新华击毙张牙舞爪的渡边小队第二分队分队长山口生发，将剩下的鬼子逼下岭岗。

阵地飘来一阵青雾，黑衣人背起王茹，突然隐去。与鬼子激战的喋血大队队员们，一时忽略了这个细节。

"战友们，咱们努把力，把面前的这拨小鬼子送回老家！"特战队副队长姜明说。

"三班的战友们，谢谢特战队及时援助，消灭小日本这帮畜生！"赵蕾分队三班班长左三星鼓励道。

三班是王茹奉命带来支援郑怡分队的，郑怡分队为阻击小鬼子北窜，打得相当顽强。而三班接手右翼阵地，知道了郑怡分队的艰辛，三班防御中先后牺牲了 7 名战友。仇恨的火焰凝聚枪口，这笔仇一定血债要用血来偿。

特战队员王新冲在最前面，战友吴丽达的牺牲，对他打击很大。他把仇恨埋在心里，争取多杀几个小鬼子。

王新的情绪被特战队副队长姜明看在眼里，他怎能不知战友在想什么，嘱咐特战队员谢金山关照好王新。王新机智地避开小鬼子火力，举枪撂倒了 3 个鬼子。躲在大松树后的日军小队长渡边大男阴笑了一声，呼的一枪击中王新左腿。王新就势翻下土坎，一枪击毙了另一名鬼子。随后跟进的谢金山，捕捉到隐藏的日军小队长渡边，渡边一挪位，就被谢金山打了个正着。

渡边小队最后 9 名鬼子在一名军曹带领下，迅速占领无名高地。第一分队三班班长左三星率领 6 名战士从右侧迂回，姜明带领特战队员莫新华、吴祖鑫从左侧包抄，正面有王新、谢金山佯攻，小鬼子陷入四面楚歌。

呼！的一声，姜明击毙了张望的小鬼子军曹，第一分队三班班长左三星趁机敲掉鬼子轻机枪手，王新打掉另一名小鬼子。这下小鬼子真正懵了，四面八方的枪声令小鬼子不知所措。接着又有3名鬼子被击毙。最后3名鬼子,绝望中破腹自杀。

"左班长,我们歼灭了日军渡边大男的第一小队,川岛明雄中队的步兵力量就等于全部覆灭了。川岛明雄还剩一个中队部,19人,和被打散的机枪小队,估计人员在30人左右,这帮人去了哪里呢?糟糕了!他们肯定去偷袭老爷岭喋血大队指挥部,我怎么就忽略这点了呢?王新,你有伤行动不便,和左班长继续坚守泥鳅岗阵地,我和谢金山、莫新华、吴祖鑫支援老爷岭,时间紧急,快!"特战队副队长姜明斩钉截铁地说。

副队长姜明估计的没错,日军中队长川岛明雄在渡边小队组织突围的时候,就打定主意偷袭抗日喋血大队指挥部。他估计,面对日军一个大队的进攻,喋血大队指挥部的防御兵力肯定是薄弱的,既然突围无望,我何必吊死一棵树上呢?他与中队执行官江口广日中尉、机枪小队小队长松山武南少尉一合计,决定冒一次险,或许还有一线希望。31名鬼子就这样在川岛带领下,偷偷地潜入老爷岭防御阵地。

战士们三天没合眼了,指挥员也一样,他们坚守着最后的防线。抗日喋血大队作战参谋赵敏,忙完指挥部业务,又来督促检查指挥部的防卫警戒。战士巡逻是分两班轮值的,每班15人,5人一组,间隔3分钟,应该说,这种值班还是很严密的。

傍晚,太阳收敛起刺眼的光芒,变成一个金灿灿的光盘。那万里无云的天空,蓝蓝的,像一个明净的天湖。慢慢地,颜色越来越浓,像是湖水在不断加深。远处巍峨的山峦,在夕阳映照下,涂上了一层金黄色,显得格外瑰丽。过了一会儿,太阳笑红了圆脸,亲着山峦的头,向大地、天空喷出了红彤彤的圆脸,这就是美丽的晚霞。太阳显示了自己的美容,快活地一跳,消失在西山背后了。

突然,指挥部前面有黑影晃动。"有鬼子!"抗日喋血大队作战参谋赵敏发出警告。轮值班长发出紧急哨音,指挥部值班人员听见了,立即摇醒刘政委,全体人员走出值班室,利用地形组织战斗。刘政委派通信员通知后勤保障分队、机炮小队留守人员,马上进入战斗状态。

正在养伤的喋血大队后勤保障分队分队长魏丽霞,翻身下床,指示后勤保障分队副队长林正华、张力负责伤员警戒;自己和炊事班支援指挥部。

喋血大队枪炮分队队长周邋遢接到命令,立即命令枪炮分队步兵炮炮长张新华,组织重机枪向指挥部前60米进行火力支援。自己带4名狙击手支援指挥部。

小鬼子抵近指挥部,抢先开火。攻势猛烈,警卫班一下倒下7名战士,政委刘长青一下火了:"给我狠狠地打!"赵敏挥枪击毙了2名鬼子,作战参谋林涛打死了另一名鬼子。魏丽霞潜伏土坎下，小鬼子前行，近距离飞镖齐出，跑在前面的 3 名鬼子应声倒下。川岛中队执行官江口广日，举枪向林参谋射击，林参谋中弹牺牲。这一细微举动，被后勤保障分队炊事班班长罗沅澧发现，一枪将江口广日击毙。川岛瞄准刘长青，连发两枪，抗日喋血大队政委倒下。

"政委，刘政委！"后勤保障分队分队长魏丽霞哭喊着："郑参谋，你负责把刘政委抬到医务室抢救。"

喋血大队枪炮分队分队长周邋遢赶到："这帮狗娘养的，给我狠狠地打！"5 名狙击手阵地开花，小鬼子纷纷倒下。

日军中队长川岛明雄见势不妙："撤！"

周邋遢对旁边一名战士说："你去告诉步兵炮炮长张新华，叫他停止射击，我们去追捕川岛这个狗日的，叫他有来无回！"

"是，周队长，保证完成任务！"警卫战士走了。

"罗班长，你过来，你参加我们追击行动！"周邋遢说，"魏分队长，你有伤，留下来与赵参谋打扫战场，消灭川岛的任务，就交给我们 6 个人了。"

"好，周叔小心！"魏丽霞说。

"马上抢救政委，一定要让他站起来！"喋血大队枪炮分队分队长周邋遢吩咐说。"我们走！"

第五十五章

峰回路转

赵敏回到指挥部，马上向谢腊梅分队发报："谢分队长转刘大队长，天黑前，小鬼子川岛中队残部30余人袭击喋血大队指挥部，林参谋及7名战友牺牲，刘政委受重伤正在抢救，周邋遢分队长、罗沆澧班长率4名狙击手正在追击川岛残部。赵敏。"

谢腊梅接报后立即递与刘武杰："紧急电报，指挥部出事了！"

"怎么会这样？我一时被胜利冲昏了头脑，怎么就没考虑到这层呢？我们既然可以捣毁敌人指挥机关，小日本也会效之，那个川岛颇具战术头脑，我们还是挨了他一枪。腊梅，我回指挥部一趟，这里围歼铃木中队的任务就交给你了，务必全歼小鬼子。"大队长刘武杰说。

"大队长请放心，腊梅保证完成任务！"谢腊梅说。

"通信员，我们走！"刘武杰说。

"大队长小心！"谢腊梅关切道。

当刘武杰赶到指挥部时，特战队副队长姜明带领特战队员也到了，得知机炮分队分队长周邋遢率领狙击手正追击川岛残部，马上请示刘大队长要求前去支援。刘武杰手一挥："去吧，一定要捉住川岛，千万不能让这个恶魔跑掉！"

"是！我们一定协助周分队长干掉这个恶魔！"姜明斩钉截铁地说。

周邋遢是位老猎手，对这一带地形很熟悉，几经辗转，跑在小日本前面。"罗班长，你带2名狙击手去左翼，我在右翼，咱们就在这儿招待川岛吧！"

这是一条逶迤的岭岗，山上植被茂密，树木葱茏，适于小股部队隐蔽。喋血队员们迅速选好狙击位置，以逸待劳。10分钟后，有2名小鬼子向岭岗走来，这是小日本侦察的前哨。"罗班长，不要开枪，咱们秘密地干掉他！"

罗班长会意，对身边狙击手说："我掩护，你们等鬼子走近了干掉他！"

那两鬼子刚走到近前，突然从草丛中窜出一条2米长的眼镜蛇，袭击前面鬼子，只听"啊！"的一声，一个小鬼子倒地身亡，一切来得那么突然。另一名怔在那里，罗沅澧飞起一石，砸中小鬼子太阳穴，倒了下去。周邋遢分队长伸出拇指，真是大千世界，无奇不有。潜伏的喋血大队狙击手，目睹了这离奇的一幕。

特战队副队长姜明带领特战队员谢金山、莫新华、吴祖鑫，都是本地猎户，他们很快就接近了鬼子。

日军小队长川岛明雄庆幸自己的高明，只那么几下虽然没有使喋血大队指挥部瘫痪，起码也受到重创，这叫东方不亮西方亮，黑了北方有南方。他正带领20多名鬼子向西南突围。

特战队副队长姜明低声对特战队员说："周分队长在前面阻击，我们后面尾随，一定咬紧了，前面枪响了，我们再打，叫小鬼子必死无疑！"

众人打出手势表示明白。

"打！"机炮分队分队长周邋遢手起枪落，一名军曹应声倒地。几名狙击手弹无虚发，又有5名小鬼子横尸阵前。

川岛一不留神，背后又倒了4个。"糟糕，我们腹背受敌！松山武南少尉，带8名勇士，突破喋血大队防线！"

日军松山武南少尉答应一声，带领8名小鬼子接着往前冲了。这川岛明雄脑袋一转，现在不走还待何时，随即带领日军中队4名随员潜下谷底，悄悄地溜了。

罗沅澧班长长了一个心眼，在周邋遢分队长与日军接火时，他告诉狙击手，守住位置，自己提前下到了谷底。川岛明雄以为高明，没想到还真遇到了克星。前面说了，罗沅澧是神枪手，这种本事是在战斗中练就的，由于他有一手好的烹饪技术，被喋血大队领导安排进了炊事班。所以，一段时间内喋血队员不晓得他的本领。

川岛明雄绷紧神经，摸索前进。罗沅澧睁大眼睛，突然发现有5名鬼子狼奔豕突闯来。越来越近了，80米、60米，只剩50米，还有一名军官，肯定是偷袭指挥部的川岛，要从我罗沅澧面前越过，没那么容易。啪的一枪，川岛明雄倒地，那几个日军士兵慌忙趴到。罗沅澧不慌不忙，接速开枪，不到5分钟，4名鬼子全部见了阎王。

日军松山武南少尉开始挺凶，一阵扫射使隐藏的喋血大队狙击手不敢现身。机炮分队分队长周邋遢等待时机，松山武南一侧身，被周邋遢逮了个正着，这个日军机枪小队小队长松山武南终于被击毙。剩下的几名鬼子见势不妙，企图后退，尾随的特战队副队长姜明和特战队员莫新华啪啪几枪，将它们全部击毙。

"周队长，你们抄捷径堵住了小日本退路，为我们歼灭川岛残余势力创造了条件。特战队赶到指挥部，赵参谋说你率5名狙击手追击川岛，我料定你会抢在鬼子前面，所以我们尾追川岛赶了过来。"姜明说。

"战斗一打响，你们在小鬼子屁股后面放枪，我断定是特战队的战友们。对了，姜副队长，那个川岛明雄是不是跑了？"周邋邋问。

"我已派特战队员谢金山、吴祖鑫追了过去。"姜明回答说。

"川岛明雄跑不了了！"接话的是喋血大队炊事班班长罗沅澧。

"罗班长，你说！"周邋邋说。

"是这样，当你们与日军接火时，我告诉其他狙击手，守住位置，自己提前下到了谷底，这是走出谷底的唯一通道。果然见川岛明雄带着几个日本兵向谷底窜来。我迅速调整射击位置，啪的一枪，川岛明雄倒地，那几个日军士兵闻声慌忙趴到。我不慌不忙，不到5分钟，把剩下的都送回老家去了。周分队长，这是我从川岛明雄身上扯下的日军大尉标志。"罗沅澧说着从身上取下日军大尉标志物件，递给周邋邋。

"这个恶魔终于被击毙，我们可以告慰牺牲的同志了！"姜明回答说。

"走！我们上山吧！"周邋邋说。队员们从小鬼子身上摘下枪支，返回老爷岭指挥部。

"报告刘大队长，周邋邋、姜明率领的狙击手击毙川岛中队残部，打死小鬼子23人，完满完成任务！"周邋邋报告说。

"谢谢战友们，你们辛苦了！这个川岛终于被击毙了，进攻老爷岭的日军清水友林大队中的冈本秀林中队、川岛明雄中队已被彻底消灭，剩下铃木俊雄还在作垂死挣扎，我们胜利在望！"大队长刘武杰满怀激情地说。

"是呀，我们喋血大队抗击三倍于我们的日军的疯狂进攻，然后转入反击，粉碎了日军北上突围的企图，创造了惊天地泣鬼神的英雄事迹。抗日喋血大队是一面不倒的战旗！"抗日喋血大队特战队副队长姜明感慨地说。

"对啦，刘政委经抢救无效已经牺牲了，这笔账，我们记在小日本鬼子的头上。我们还牺牲了林参谋及15名战友，目前围歼铃木中队的战斗还在继续。姜副队长，带领你的特战队回援谢腊梅分队，不能放走一个敌人！"大队长刘武杰命令说。

"是！"特战队队员们接受任务，去支援谢腊梅分队。

激战下来的赵蕾分队第三班战士，清理烈士遗体，独不见副分队长王茹，这可把三班班长左三星急坏了。副班长钟黎明牺牲的时候，分明见小鬼子用刺刀捅进王茹小腹，倒在地上，可这人去了哪儿呢？战士们七嘴八舌，不得其解。

"战友们，战斗还没有结束，大家迅速进入阵地，防止小鬼子狗急跳墙。王茹分队长牺牲的事，我会准确地向领导汇报的。"左三星说道。

借助烟雾背走王茹的依然是五雷山道观张天华。张天华自上次从无名高地救走特战队队员吴丽达后，这是他第二次救走濒临死亡边缘的喋血大队战士。张天华的五雷心法，是五雷仙山道家武学最高境界。掌握这门武功秘学必须有很高的武功造诣，从救治吴丽达的情况看，张主持的确有超人的医术。

吴丽达是枪伤，王茹是刀伤；吴丽达为男性，王茹为女性。这不同性别、不同性质的致命伤，对张主持是一种挑战，也是一种考验。张主持的五雷心法虽然没有达到炉火纯青的境界，但救死扶伤的信念一直支持着他。而且他救治的都是抗日英雄，就这一点，值得他骄傲。

张天华将王茹背进洞府，早有徒儿伺候着。他吩咐徒儿取来两床棉被，并把山洞御寒的唯一一张虎皮也拿来了，他说，女性比男儿更需要温暖。作好这一切后，他令道童明真，明悦扶正王茹，对着王茹发功。张天华驱动真气，用八分掌力，助王茹体内血液循环，突的一下，王茹吐出一口污血；再次运功，又一口污血喷出，王茹脸色红润了许多。张天华收功，明真，明悦轻轻地将王茹平缓放下。张主持吩咐明真清创，将刀伤药敷上，轻轻地缓了一口气："王茹的体质不错，刺刀没有伤到要害部位，看来她很快就会恢复的！"

"恭喜主持，看来女英雄有救了！"明真、明悦异口同声地说。

"她的刀伤，就是没刺到要害部位，失血过多，也会要命的。王茹是本主持捡回的一条命，她比那些牺牲的战士幸运多了，我们祝王茹早日康复！"张天华说。

第五十六章

浴血云盘

　　热水坑地处桃源县城东北约 60 里处的云盘山麓，与石门、慈利及常德等县为交界。南北石山高耸，有古道纵横其中。山坳处有温泉流出，层林叠嶂，颇为险要。

　　1943 年 11 月，日寇围攻常德城，抢占了热水坑高地。日军 116 师团的一个大队，于东西山口，凭险要构筑工事，以堵击从九澧及湘鄂方面来援的我方军队。话说这个第 116 师团出生显贵，乃是京都第 16 师团的留守师团编成的正儿八经的野战特设师团。属于日军当中的精锐师团，成立于 1938 年 5 月 15 日。一成立就开往中国战场。曾抽调了 4 个大队组成石原支队参加了武汉会战。日军为了夺取洞庭湖粮仓，钳制国民党兵力，迫使集结云南的中国远征军回师救援，悍然把矛头指向湘西北常德这一军事要地，与国民党第六，第九战区在以常德为核心的十几个县市进行了一场殊死的血战。日军师团长岩永汪中将奉命率全师团疾驰常德。盘踞热市与国军对峙的是日军 116 师团野泽雄男联队。

　　国军第 73 军 15 师在湖滨大战之后，驻扎在慈利城郊整补。上峰命令 15 师寻机拔出这个日军据点，以打通热水坑这个战略要地。

　　此时的 15 师刚刚经历大战，整补还未完成。第 44 团接新兵未回，第 43 团调出增援友军未回。师长梁祗六当机立断，亲自率领第 45 团（实编 2 个营）及师直属队对热水坑之敌进行奔袭，务求一举歼敌。

　　这 2 个营都是湖滨战役留下来的老兵，对日军侵略之暴行恨之入骨，报仇心切。在休整的几个月中，老兵们都快被憋疯了。在接到作战任务后，一个个摩拳擦掌，踊跃积极。

战前梁祇六师长对营以上军官进行了简短动员："将士们，我们面临的是日军野泽雄男联队，这支部队与国军 73 军 15 师，74 军 161 师对峙半月，双方有了部分接触。中共地下党领导的桃北抗日喋血大队打了几次大胜仗，目前他们正拖住清水大队，激战了三天三夜，减轻了国军正面进攻的压力。我们要抓住机遇，与友军 161 师歼灭目前这一股顽敌，挫败野泽回援常德的阴谋。战争是残酷的，我们思想上要作好打硬仗、打恶仗的准备。"

"是该教训教训这些龟儿子的时候了！湖滨战役留下来的老兵，我们对日军侵略之暴行早已恨之入骨！"国军第 73 军 15 师第 45 团团长王一之说。

"王团长，这回就看你的了！日军野泽雄男联队辖三个步兵大队，清水大队被桃北抗日喋血大队牵制，我们对付酒井大队，宫崎大队就交给友军 161 师了。这个酒井生发大队有三个步兵中队，分别为松山民夫、岸谷胜男、仓木仰光中队。据司令部赵参谋侦察敌情反馈，酒井生发防御部署呈前三角形，利用地形构成环形防御。明碉、暗堡、轻重机枪火力点交叉，是一块难啃的骨头。下面我命令 45 团为主攻力量，师突击队侧翼配合你们！"

"是！45 团官兵坚决完成任务！"45 团团长王一之表态说。

王一之接到命令后，立刻组织力量，部署战斗任务。他以第 1 营为前卫队，每人配备 20 响驳壳枪 1 支，大刀 1 把，手榴弹 8 颗，提前潜入日军阵地前沿，拔除日军在各处的岗哨。以第 2 营猛将谢儒轩率领攻击队为主力，在得手后，率领人马冲入据点迅速消灭日寇，师直属队为预备队，随时策应前方战斗。

此时正值 10 月下旬，入夜朔风扑面，寒星满天。凌晨 2 点许，王一之率领突击队摸到日军据点岗哨。日军在热水坑前山高地上的设 2 个双岗，里面的 2 个日军哨兵正在呼呼大睡。突击队悄悄摸进岗哨，用大刀砍下了这 2 个鬼子的脑袋。

拿下岗哨后，二营长谢儒轩率部冲入日军据点。激战瞬间打响，日军依托工事用轻、重机枪对 2 营士兵扫射，不少勇士当场牺牲。谢儒轩命令所有人扔手榴弹，几十枚手榴弹在 1 分钟内全部扔出去，日军被炸死、炸伤无数，机枪也被炸哑巴了。

谢儒轩趁机率领 2 营冲入，日军惊魂未定，仓皇应战。据点里残留的 300 百日本兵不甘心坐以待毙，纷纷发疯似的挥舞起东洋刀、刺刀冲向谢儒轩等人。鬼子的拼刺技术绝对是强的，与鬼子拼刺必须把握机遇。此时双方都杀红了眼，战士与小鬼子混战一起，狭路相逢勇者胜。

二连长席中武，连续刺杀了 3 名鬼子，当第四名鬼子侧后向他偷袭，被通讯兵发现，一枪托将鬼子砸死。席连长又向一名鬼子冲击，只用了两个回合就结束了这名日本兵的性命。

两鬼子相向端枪刺向班长小王，却被小王借力打力，轻轻一拨，鬼子向着了魔一样，相互穿透，倒地而亡。

一连连长钟琪挥起大力，一刀将鬼子头颅削掉，这颗头颅飞到侧翼又砸伤另一名鬼子，鬼子一下被眼前的情景吓蒙了。一愣当儿，又有两名鬼子倒在血泊中。

日军一中队长松山民夫，带领8名鬼子蜂拥而至，惹怒了一连一排刘排长，只见他连削带打，捷若猿腾，转手砍死两名鬼子，一脚踢中松山民夫小腹，松山栽了下去。两名鬼子飞快抬起松山后退，被刘排长赶上，一刀结束了性命。小鬼子队伍混乱，开始后撤。

二营长谢儒轩将驳壳枪扔掉，双手挥舞大刀从据点寨墙上跳下去，大刀对准一个日寇的脑袋砍去。这名鬼子来不及躲闪，下意识地用刀来挡，东洋刀质量不差，竟然将大刀砍了个豁口。谢儒轩随即一脚将鬼子踢到，再一刀将鬼子脑袋连着钢盔砍落在地。

日本兵蜂拥朝着谢儒轩扑来，他毫无惧色，大刀在手中挥舞得呼呼作响。不到半个小时，他的脚下堆满了鬼子残破的尸体，他接连用大刀砍死了11个日本兵。

日军一中队一小队黑木小队长指挥日军占据有利地形，疯狂还击，攻击队伤亡增加。上等兵董陈烨，被机枪打中小腹，肠子流出体外，他眼睛眨都没眨，顺手将肠子塞进小腹，用绷带扎紧，随后加入战斗，拼尽最后一丝力气，向碉堡扔去两枚手榴弹，将小日本机枪炸飞。

团长王一之率领突击队及时赶到，双方合兵一处，组织攻击日军最后防御据点。

鬼子相当狡猾，右翼日军二中队长岸谷胜男利用地形和火力优势，打得突击队一时抬不起头来。

二连长席中武，带领6名战士，交替掩护，匍匐前进，举起炸药包刚要往暗堡里塞，日军二中队长岸谷胜男组织重机枪扫射，二连长席中武及6名战士中弹，全部壮烈牺牲。

正拿着望远镜观察部队进攻情况的一连长钟琪，见到了战友倒下的情景，他向营长请缨，端掉小日本火力点，为部队扫清障碍，为战友报仇雪恨。说时迟那时快，钟连长兵分三组，10分钟进至敌阵地前沿60米，日军二中队长岸谷胜男指手画脚，被钟连长一枪击毙。冷不防左翼一挺重机枪扫过来，突击队来不及躲避，全部遇难。

团长王一之见残敌如此猖狂，于是果断率队亲自组织攻击。冲到左翼北端距仓木仰光中队日军据点不远处，王团长不幸被日军机枪打中大腿。王团长顺势跌倒在半山腰上，日军的机枪不断往他躲藏的地方射击，情况相当危急。

紧急关头，二营长谢儒轩率领突击班再上，他用仅剩的几颗手榴弹扔向日军据点，在敌军躲避时抱起团长往回跑。然而，日军很快发现他们的企图，一排机枪扫射过来，掩护的突击班士兵一下倒下4个。

紧接着第二排枪弹又打了过来，二营长谢儒轩为掩护团长，后背中了10多弹，壮烈牺牲。

日军正要开枪补射，15师侦察参谋赵正华率领师突击队绕到了日军身后，对日军发起突然袭击。日军腹背受敌，阵势大乱，重机枪据点被增援的迫击炮击毁，日军中队长仓木仰光被赵参谋击毙。据点内的日军除100多人窜逃之外，全部被国军15师歼灭。

45团与日军血战三个多小时，攻克日军据点，打死日军350多人，打伤日军100余人。缴获重机枪7挺，步枪300多支。

45团的损失也是惨重的，团长率队冲锋被击伤，二营营长谢儒轩、一连连长钟琪、二连连长席中武壮烈牺牲，士兵阵亡80多人，受伤130多人。45团以自身的伤亡，夺下了热水坑据点，拔除了日军这颗顽固的钉子。被击败的日军残部，狼狈向常德方向溃退。

战斗结束后，15师师长梁祗六，满怀深情为阵亡的将士撰写挽联：

　　　　人杰地灵，热水清泉流日夜；
　　　　成仁取义，碧血丹心照古今。

第五十七章

迎接胜利

　　桃北抗日喋血大队特战队副队长姜明带领特战队员谢金山、莫新华、吴祖鑫，立即返回丛林，枪声哪儿急，他们就朝哪儿奔。

　　这一带地形，对于他们来说，简直就是轻车熟路。几场激烈的战斗，他们趟过这里山山水水，爬过这里的沟沟坎坎，每一草、每一木，都洒过他们的汗水和热血。日军清水大队进攻老爷岭，抗日喋血大队与强敌血战二天二夜，终于迫使小日本由进攻转入退却。而喋血大队抓住机遇，分割日军川岛中队和铃木中队，使敌不能北窜。如果不是川岛明雄突然袭击喋血大队指挥部，那么喋血大队有可能取得完胜。姜明受命支援谢腊梅分队，那儿的战事还急着呢。

　　铃木俊雄见西村雄男、中野伟光、木下三郎三名小队长先后阵亡，立即令网代新雄、苏我五六、土蜘蛛荣光接替小队长。三个小队经兵力调整，形成每小队12人的组合。加上中队部7人，日军还有四五十人。这个铃木别出心裁，他令第一小队网代新雄、中队机炮小队小队长渡部光影进行正面佯攻，而他却带领苏我五六、土蜘蛛荣光的小队悄然离开攻击方向向西北转移。

　　"报告，铃木带领30余人向西北方向溜了！"负责监控的谢腊梅分队第二班副班长覃光威说。

　　"大中，你带田新伟的第一班，谢云山的第三班，在此阻击小日本的强攻，我带张荷花的第二班追击铃木，行动要快！"二分队队长谢腊梅说。

　　"是！"刘大中回应，立即进入狙击阵地。

　　这个铃木脑子转动很快，不一会儿便消失在山岭中。

　　谢腊梅对二班长张荷花说："你随后跟进，我和覃光威先行一步！"说完一闪进了树林。第二班副班长覃光威虽不会武功，但小伙子体魄强健，头脑灵活，枪法精准，分队长带着他是不错的助手。

微风拂过，给沉寂的阵地带来一点凉意。桃北抗日喋血大队第三分队分队长郑怡，对潜伏西北岭岗的喋血大队队员们说："打起精神来，越是到最后，我们越要提高警惕，绝不让一只苍蝇从我们阵地飞过去！"

"分队长你就放心吧，我们等着它呢，为牺牲的战友报仇！"第三分队第三班班长王大胆说。

"报告分队长，有小股日军向西北方向移动！"负责监视的第三分队第一班班长陈高山报告说。

"各班进入阵地，小朱，你转告右侧左三星班长，作好战斗准备！"郑怡说。

谢腊梅跟踪小日本，像一道阴影防不胜防。突然嚓的一声，一小日本倒下。可四周除了树叶沙沙，什么也没发现。又一小日本头颅落地，仍不见人影。又一剑影一晃，一日本军曹头颅滚出一丈多远。土蜘蛛荣光这下看清楚了，只是对方来得太快。如一道闪电，实在令人难以捉摸。

"八嘎！"日军铃木中队第三小队小队长土蜘蛛荣光终于感到威胁，发出了绝命嚎叫。谢腊梅就势一剑，土蜘蛛荣光倒在血泊中。众鬼子慌乱，举枪向四面射击。

一军士报告铃木俊雄："一不明身份剑客，瞬间杀死我5人，第三小队小队长土蜘蛛荣光阵亡！"

"不明身份剑客？那就是谢腊梅，五雷山平辈剑客高手，喋血队六名战将之一，她怎么跟来了，这个难缠的女魔头！"铃木俊雄想着，立即令二小队小队长苏我五六断后。他在察看地形，随队的2挺轻机枪架在哪儿，这可是他最后的一点家当。

随着枪响，喋血队第二班副班长覃光威接连敲掉了两名小鬼子。

正面担任防御的郑怡分队，突然打出一梭子，又有6名鬼子倒下。特战队副队长姜明带领特战队员谢金山、莫新华、吴祖鑫，到了左翼，几个点射，向西突围的鬼子被打昏了头，只得回撤。一时枪声四起，小鬼子成了热锅上的蚂蚁，抱头乱窜。

张荷花带领的第二班跟进，一下扎紧了围歼铃木残敌的口子。

突然，架在左翼土岗上的两挺轻机枪叫了，打得左翼防御的左三星班抬不起头来。

"糟糕，小鬼子想要突围了！"特战队副队长姜明说："谢金山、莫新华，你们负责干掉这两挺机枪！"

"是！坚决完成任务！"谢金山、莫新华交替掩护，很快接近目标。呼的一枪，谢金山敲掉了左面的那挺；接着莫新华干掉了右面的那挺。两分钟后，那两挺机枪又叫了起来。这回可是小日本松尾明雄、渡部光影两名少尉亲自操作。

"奶奶的，还真灭你不掉么！上一个，打一个；上两个，灭一双！"莫新华说完，举枪打掉了那一挺；与此同时，另一挺也被谢金山打哑了。随即两人与逃窜的鬼子展开了战斗。

"战友们，给我狠狠地打！"左三星知道，对于残败的鬼子，只有狠狠地回击，才能挫败鬼子的气焰。他们守卫的这一块阵地，是战友用鲜血换来的，坚决粉碎小鬼子北窜的阴谋。他的班，还剩6名战士，6名战士就是六座铁塔，六座翻不过的高山。刚才战斗，又有4名鬼子横陈阵前。他们知道，坚持就是胜利。

张荷花交替掩护，步步为营，她带领的二班，再次打掉4名小鬼子。突然，一名军官带领6名鬼子向二班冲了过来。张荷花不慌不忙，瞄准军官就是一枪，那军官便倒了下去。只听一军曹扑了过去："高执行官，您醒醒？"原来张荷花击中的是铃木中队执行官高木雄武中尉，小日本又一爪牙被击毙。

执行官被击毙，剩下的那些兵可就没有那么走运了，复仇的烈火一下子向小鬼子倾泻，顷刻这6名小鬼子也就见阎王去了。

铃木俊雄脱掉军装，只别了一把手枪，拿着东洋刀与两名士兵复入丛林，企图逃脱喋血大队的追捕。这一细微举动被执行搜索的特战队副队长姜明、特战队员吴祖鑫发现，悄悄地跟了上去。

谢腊梅利用丛林掩护，再次接近鬼子，不知不觉中又有3名鬼子身首异处。

剩下的最后6名小鬼子再一次向郑怡阵地发起攻击。副分队长田大中手起枪落，领头的军曹被击毙。三班班长王大胆、二班班长宋元明双枪脆响，两名鬼子滚下土丘。分队长郑怡更是神了，一枪穿了两个窟窿。剩下的那名鬼子往后挪，被一班班长陈高山发现，跑步送了一颗手榴弹，那名鬼子哀哉哀哉一块报到去了。

谢腊梅见到了郑怡，两姐妹相拥，喜极而泣。"郑怡，你好样的，咱姐妹为你骄傲！这样，张荷花的二班由你掌握，你们还是守住这块阵地，左翼你是不是派人去看看？战斗告一段落，这个铃木却不见了？我估计姜副队长去追他们了！我和副班长覃光威去协助！"

"好，腊梅姐注意安全！我们一定守住这块阵地！"郑怡说。

"那我们去了！保重！"谢腊梅说。

铃木俊雄熟悉山地战法，逃窜起来干净利落。特战队副队长姜明和特战队员吴祖鑫是猎户出身，对待野兽有那么一套办法。两人一合计，决定分头追击。

当姜明向左，发现前方 100 米有 3 个人影在晃动，确定为逃窜的铃木一行后，于是加快速度，快速追去。吴祖鑫在 150 米距离上也发现了这伙人，他要赶到他们的前面出其不意，阻止西逃。

而随后赶来的谢腊梅、覃光威，正在寻找猎物，任何一点风吹草动，都会引起他们高度的警惕，毕竟逃窜的是一伙亡命的小日本残部。

嗖的一声窜出一只兔子，把逃亡中的铃木吓了一大跳。而这只奔忙中的兔子也帮了谢腊梅一个忙，他们终于发现目标了。谢腊梅加快速度，那是一个剑客疾行的功夫，三五点跳，几乎看清了铃木的脸。谢腊梅扔去飞镖，铃木两亲兵倒地身亡。就在同时，特战队员吴祖鑫一枪击中铃木俊雄膝盖，铃本栽倒在地；姜明反手一枪，打中铃木面额；而覃光威一枪，却穿过铃木鼻梁。四位战友相对一笑："该死！"

姜明和谢腊梅等人返回郑怡分队，他们放心不下日军铃木中队第一小队网代新雄攻击刘大中阵地情况，恰巧大队丁副大队长派人送来战报：谢腊梅率队走后，副大队长丁勇与赵蕾分队直奔北线刘大中阵地，合力将网代小队歼灭。丁副大队长指示：以各分队为单位，迅速组织清理战场，护送伤员和烈士遗体，然后上报战绩和队伍伤亡情况。

第五十八章

星光点点

　　清晨，万籁俱寂，东边的地平线泛起的一丝丝亮光，小心翼翼地浸润着浅蓝色的天幕，新的一天从远方渐渐地移了过来。战后的老爷岭，显得格外宁静。

　　抗日喋血大队指挥部内，大队长刘武杰与参谋长魏丽敏正在组织各分队清理战后数据。据作战参谋赵敏统计报告，日军这次攻击老爷岭共投入一个大队，即清水友林（后为木村一郎）大队1100人，一个炮兵中队即河野青光中队122人，总计兵力1222人。桃北抗日武装力量为一个喋血大队252人，一个县中队80人，总计兵力332人。小日本企图以3.7倍的兵力摧毁老爷岭防御阵地。经二天二夜的阵地防御和三天两夜的围追阻截，全歼日军。

　　桃北抗日喋血大队指挥部战勤参谋郑敏统计：

　　赵蕾分队：参战50人，其中牺牲33人，重伤5人，轻伤7人；歼敌211人，缴获轻机枪9挺，子弹1235发；步枪162支，子弹425发；手枪26支，子弹511发；掷弹筒18具，炮弹57发；望远镜6具；摧毁重机枪1挺。

　　谢腊梅分队：参战50人，其中牺牲26人，重伤7人，轻伤9人；歼敌214人，缴获轻机枪11挺，子弹1369发；步枪165支，子弹476发；手枪24支，子弹485发；掷弹筒21具，炮弹64发；望远镜7具。

　　郑怡分队：参战50人，其中牺牲35人，重伤4人，轻伤6人；歼敌267人，缴获轻机枪7挺，子弹986发；步枪187支，子弹616发；手枪31支，子弹653发；掷弹筒23具，炮弹69发；望远镜9具。

　　张虎特战队：参战16人，其中牺牲2人，重伤3人，轻伤4人；歼敌264人，缴获轻机枪4挺，子弹586发；步枪139支，子弹426发；手枪43支，子弹753发；掷弹筒16具，炮弹42发；望远镜15具。摧毁日军92炮兵阵地二处，炸毁 92 炮 12 门；摧毁日军重机枪阵地二处，炸毁重机枪 14 挺。

周邋遢机炮分队：参战 26 人，其中重伤 1 人，轻伤 7 人；歼敌 144 人，缴获步枪 35 支，子弹 110 发；手枪 7 支，子弹 153 发；望远镜 3 具。

魏丽霞后勤保障分队：参战 24 人，其中轻伤 2 人；歼敌 21 人，缴获步枪 18 支，子弹 58 发；手枪 2 支，子弹 25 发。救护重伤员 20 人，轻伤员 37 人；补充输送 92 炮 1 门，轻机枪 9 挺，步枪 73 支，各种弹药 6000 余发。

喋血大队指挥部：参战 11 人，其中牺牲 2 人，轻伤 5 人；歼敌 34 人，缴获步枪 25 支，子弹 258 发；手枪 2 支，子弹 20 发；望远镜 1 具。

抗日喋血大队综合统计：参战 252 人，其中牺牲 98 人，重伤 20 人，轻伤 37 人；歼敌 1155 人，缴获轻机枪 31 挺，子弹 4176 发；步枪 731 支，子弹 2369 发；手枪 135 支，子弹 2600 发；掷弹筒 79 具，炮弹 232 发；望远镜 41 具；炸毁 92 炮 12 门，摧毁重机枪 15 挺。后勤保障分队救护重伤员 20 人，轻伤员 37 人；补充输送 92 炮 1 门，轻机枪 9 挺，步枪 73 支，各种弹药 6000 余发。

县中队：参战 80 人，其中牺牲 37 人，重伤 11 人，轻伤 21 人；歼敌 65 人，缴获轻机枪 3 挺，子弹 488 发；步枪 47 支，子弹 419 发；手枪 7 支，子弹 53 发；掷弹筒 9 具，炮弹 19 发；望远镜 3 具。

桃北抗日喋血大队与前来支援的县中队，他们以劣势兵力，与张牙舞爪前来围剿的日军清水大队，河野炮兵中队，进行了殊死的较量。在二天二夜的阵地防御和三天两夜的围追阻截中，以大无畏的喋血精神，书写了桃源抗战史上最为壮丽的颂歌，为中国军队摧毁日军热市据点，作出了贡献。

老爷岭战斗，桃北抗日喋血大队、县中队先后击毙日军军官 41 名，其中中佐 3 名，大尉 9 名，中尉 6 名，少尉 23 名；20 多场激烈战斗中累计消灭日军有生力量 1222 人；取得了桃北抗日喋血大队组建以来最辉煌的胜利。

"大队长，英烈追悼大会会场准备完毕，部队已整队完毕！"新任桃北抗日喋血大队政委，原喋血大队副大队长丁勇说。

"大队指挥部除留下赵参谋及机要人员警卫人员外，其余全部参加追悼大会！"桃北抗日喋血大队大队长刘武杰说。

战勤参谋郑敏带领指挥部人员进入会场。

风吹寒水起悲波，哭声相随愁云飞。桃北抗日喋血大队英烈追悼大会会场位于老爷岭南麓，这里曾经是这次战斗的主阵地。会场中央悬挂十名英烈代表的画像，他们是：喋血大队政委刘长青，喋血大队作战参谋林涛，喋血大队第一分队副分队长王茹，特战队队员吴丽达，第一分队第二班班长廖兴吉，第三分队第二班班长沙小明，第一分队第二班副班长张少华，第一分队第三班副班长钟黎明，县中队一班班长李青，县中队三班副班长雷忠。英名如雷贯耳，容颜熠熠生辉。

桃北地下党负责人谢云，桃北抗日喋血大队大队长刘武杰，抗日喋血大队政委丁勇，抗日喋血大队参谋长魏丽敏，县中队中队长廖新华以及喋血大队、县中队全体指战员参加了追悼会。

追悼会由新任桃北抗日喋血大队政委丁勇主持。战士鸣枪。向英烈致哀，那些英烈的容貌，如闪电瞬间走过。

政委丁勇说："战友们，我们今天在这里隆重地举行追悼英烈大会。六天前，小日本野泽联队清水大队，河野炮兵中队出动1222人对我老爷岭防御阵地实施进攻，企图吞掉我桃北抗日喋血大队，为其回援常德扫清障碍。

我桃北抗日喋血大队与前来支援的县中队，没有被数倍于我的小日本兵力和优良装备所吓到，我们挺直腰杆，运用地形与敌周旋，坚守二天三夜后，转入三天两夜的围追阻截，穿插、分割，像磁铁一样吸住小日本清水大队，创造了桃源抗战史上的奇迹，一个建制的小日本大队，被我们蚕食了，真是打得痛快淋漓。

这个胜利，是我们抗日喋血大队战友用鲜血和生命换来的。桃北抗日武装参战332人，牺牲135人，重伤31人，轻伤58人。这个数据告诉我们，喋血大队战友的鲜血，洒在了桃北这片沃土，他们气壮山河，精神千古！

今天，我们在硝烟尚未散尽的土地上，追悼我们牺牲的战友，他们的事迹永存。喋血大队践行了成立时的诺言，把小鬼子赶去桃源！我们也一定会等到那一天，把小鬼子赶出中国！

下面请桃北抗日喋血大队刘大队长讲话。"

"同志们，战友们：今天我们在这里隆重举行追悼老爷岭战斗牺牲的英烈，向英烈默哀。桃北抗日喋血队由开始的8人，5条枪，发展成为今天拥有3支步兵分队，1支机炮分队，1支特战队，1支后勤保障分队的252人的抗日武装队伍，我们走过了艰难的历程。

就在六天前，我桃北抗日喋血大队，为配合国军向热市据点日寇全面发起进攻，在老爷岭阻击和拖住小日本野泽联队清水大队和河野炮兵中队。小日本在兵力和装备上，比我们有优势，但我们进行了一场惊天地泣鬼神的战斗。我们在付出了巨大的牺牲后，取得了最后的胜利，我们有135名同志献出了富贵的生命，我们不会忘记他们的。这组数据告诉我们，这场战斗的惨烈。我们有的班成建制牺牲在战场上，他们面对小鬼子的淫威，用血肉筑起不可逾越的防线，他们是我们的战友，人民的英雄。

　　桃北抗日喋血大队原政委刘长青，是桃北地下党一名十分优秀的负责人。担任喋血大队政委后，对发展壮大喋血大队，特别是铲除桃北地下党叛徒，纯洁地下党组织，发展统一战线，解决喋血大队后勤保障，作出了不可磨灭的贡献。当日军小队长川岛明雄偷袭喋血大队指挥部，立即组织指挥部人员沉着应战，几次打退小日本的猖狂进攻，激战中牺牲。刘政委是喋血大队当之无愧的英雄，永垂不朽！

　　第一分队副分队长王茹，是抗日喋血大队智勇双全的女将之一，裁缝的女儿，最早加入喋血队的8名队员之一。她沉着稳重、胆大心细，多次胜利完成战斗任务。在泥鳅岗阵地防御战中，协助郑怡分队阻击北窜日军。当小日本突破阵地，喋血大队第一分队三班与鬼子发生近距离搏斗。副分队长王茹两组飞刀击毙冲在前面的2名鬼子，王茹在左臂负伤的情况下，只手与鬼子搏斗。最后英勇牺牲。王茹，我们的好战友！

　　第三分队第二班班长沙小明，战斗中他的双眼是小日本第二次冲击时被掷弹筒弹片炸伤，但他视死如归，拉响身上的手榴弹，与5名鬼子同归于尽。硝烟腾空，我们的勇士与大地长存。

　　135名烈士，他们的事迹感动苍天。这里每一寸土地，流淌着他们的鲜血。今天，我们告慰英灵，不可一世的日本侵略者一定会被赶出桃源，赶出中国。

　　英雄浩气千秋在，烈士忠魂万古存。我们要学习他们坚贞不渝的革命精神，完成他们未竟事业，把小日本赶出中国！战友们，安息吧！"